重楼/著

BUMU
CHANGSHENG

不慕长生

台海出版社

图书在版编目（CIP）数据

不慕长生 / 重楼著 . -- 北京 ：台海出版社，
2021.10
ISBN 978-7-5168-3163-2

Ⅰ．①不… Ⅱ．①重… Ⅲ．①长篇小说－中国－当代
Ⅳ．① I247.5

中国版本图书馆 CIP 数据核字（2021）第 199789 号

不慕长生

著　　者：重楼

出 版 人：蔡　旭　　　　　　　　　　封面设计：树上微出版
责任编辑：王　艳

出版发行：台海出版社
地　　址：北京市东城区景山东街 20 号　　邮政编码：100009
电　　话：010-64041652（发行，邮购）
传　　真：010-84045799（总编室）
网　　址：www.taimeng.org.cn/thcbs/default.htm
E - mail：thcbs@126.com

经　　销：全国各地新华书店
印　　刷：武汉市籍缘印刷厂
本书如有破损、缺页、装订错误，请与本社联系调换

开　　本：710 毫米 ×1000 毫米　　1/16
字　　数：268 千字　　　　　　印　　张：17
版　　次：2021 年 10 月第 1 版　　印　　次：2021 年 10 月第 1 次印刷
书　　号：ISBN 978-7-5168-3163-2

定　　价：68.00 元

内容简介

世间种种，不过是此心经过彼心。一旦经过，就显得无足轻重。剩下的都是度过时间的方式。以他人的眼光去观望，就像翻越了山川遇到河流。故事里，一直在试图证明什么。试图证明一个女人，可以同时爱上两个男人吗？又或者，想要化解至深的黑暗，是应该将它暴露在光天化日之下，逐渐消弭，还是始终选择背光前行，逐渐在黑暗中寻找那一丝微弱的光？深圳一年的生活。爱情不必非要是彼此的爱恋，对等。它也可以化作时间，亲情。所有已知的熟悉重新回来。他是她今生擦肩而过的爱人。他是在她发烧昏迷中轻轻唤她南浔的人。他是那个在她落水搁浅岸边为她盖上大衣却又不知如何去爱的男人。

现在，此刻。她必须为这个幻觉做出选择。她选择离开。

他想要过上符合本性的生活。种种迹象表明，最终不是按照人的方式，而是时间本身，又一次证实人的无能为力。

地平线的尽头，长生长久地凝望着直冲天际无边蔓延的黑色翅膀。他听见她低低呢喃，也许是他自己的幻觉。他内心因为过分的清醒而感觉迷惘。而这迷惘又因为自觉自持的孤独更觉寂寞。这一刻，他们似乎同时抵达了远方的荒原。荒原的尽头，遥遥相望。也许，这是最后的道别。闲和长生。

主人公是一个出场就仿佛空白的人，然后慢慢寻找。最终的答案。半因果式的叙述。我希望能呈现一种全新的写作方式。

就像故事里的情节：

那天夜里长生发起烧来，开始持续地做梦。有谁在耳边低语。

"也许你并不爱我……"

"贯穿一生的孤独，只因你与时间都薄凉"，弥语临走时不无悲伤地注视他。

"我们这些被生活揍趴下的人，一生，一定有可以赢一次的机会。"苏铭在黑暗中向他伸出一只无限延伸的手……

闲说："长生，我就在这里。"

"如你所愿，直到永远。"南浔最后的微笑。

"如果没有发生，一切维持现状。"执法人员冷冷地说。

猫在雨夜中瑟瑟发抖地呼唤着什么，"喵。"

月光皎洁，树林，田野，虫鸣鸟叫，风声鹤唳。全无保留地被这具身体烙印下来。仿佛来自遥远国度的黑暗的风。

在世间获取一种孤独体会。绿色是江水，淡蓝薄雾，山就在那头隐藏起来，时而露出。鸟儿在独奏。猫头鹰在凝视。蝴蝶挥动摧枯拉朽的翅膀……

他醒来的时候，纯粹的阳光，仿佛穿越漫长的旅途，透过云层，照射进来，脸上和煦温暖。这一刻，他的心终于平静。

目 录
contents

第一章　旅途中

1

对她来说，那次交谈近乎一场仪式。就像她将重要至极的过去埋葬于旷野，其实地点并不重要。它可以埋葬在空旷平原，也可以是山涧溪谷，更可能是人来人往的街道。

重要的是，她将以怎样的形式忘记。选择遗忘，并不是每个人都有足够的勇气。那种撕裂、抽空、黑暗、覆盖、毁灭近乎令她窒息。但她甘愿承受。她必须经过它。为了抵达更远的地方，为了看见海拔4500米雪山之上的洁白莲花，为了得以证实无数个夜晚心底深处的回声，也为了她自己。她开始尝试遗忘。很多人，很多事，在内心徘徊，像深暗的旋风，凛冽和疼痛使它们渐渐淡出记忆。影像模糊，终于不见了踪迹。

他说，如果这就是你的选择。你要坚定地走下去，要更加爱自己。

一直想找个这样的地方，然后相遇，他不明白记下这样的时刻，到底有何意义。即使，到来，也始终觉得：日光之下，并无不同。

2

他醒来，夏日清晨的明媚阳光从东错青年旅舍的玻璃窗照射进来，仿佛昨日的疲倦和厚重得以延续，他轻轻摇晃着头，让这些天的疲倦快速忘记。

有几天的时间，半夜醒来，都以为还在路上，高原雪山，有瞬间的茫然。似乎身体依旧穿梭于时空外继续骑行。内心莫名的失落，又感到欣喜。恍惚中，天便亮起来。

如果骑行中感到饥饿，那就只是饥饿，不为别的，只想填饱肚子而已。让食物快速消化吸收，转换成提供人体所需的蛋白质、纤维和能量。在连续匀速直线运动中，一个人不可能同一时间做别的什么，但也许会浮想联翩，思绪不受控制，漫游天外。

遇到狼群的那个夜晚，是距离格尔木还有两百公里的青藏公路上。那是他独自骑行的第七天。天晴。微风。这一天，码表上显示的里程是一百五十公里。已经傍晚时分，相距可以投宿的乡镇遥遥无期。荒凉戈壁，笔直的国道，空旷寂寥，仿佛一眼就可以望到尽头似的。又好像人被困在这里，直线道路只是一种障眼法，实际上，不过在一遍一遍画着圆圈。

天色越加暗沉，除了偶尔呼啸而过的大挂货车，再无其他。这一路经过，他发现那都是一些运送煤块的货车。因为颠簸，地上有陆续地掉落下来的。他的体力将要消耗殆尽。终于，他选择推着车行走。吃着压缩饼干，随意喝了几口纯净水，慢慢恢复体力。天空，在一个瞬间黑暗下来。他打开手电，依靠这样的光源赶路，微弱却稳定的光。

不知什么时候，一轮圆月，浮现夜空。在这荒凉无边际的戈壁上，清冷般遗世独立，仿佛千万年。周围星星点点。他的心，空旷得就像一无所有的荒原。继续骑行。这时会生出一种错觉，也许注定成为孤独的行者。天地苍茫，与谁都没有交集。

仿佛有某种警觉，是一种人在进化过程中仍未完全褪去的兽性。他的两旁陆续跟着一些绿油油的光。也许是错觉，在昼夜温差接近二十度的高原，体力的透支已经让他产生幻觉了吗？他使劲地晃动脑袋，努力把这些想法甩开。又过了二十分钟，他确定这是一些有生命的东西，比如野狗，或者成群结队的狼群。只有狼的眼睛是这般颜色。圆润、凛冽。望过来时，寒气逼人。

很诧异的，并不觉得害怕。他知道狼的习性。疑心重，谨慎。四处徘徊又不敢上公路。只是这样不远不近地缀着。渐渐地也就不再管它们。过了一段时间，他看了一眼手表，凌晨一点十一分。它们还在附近，悄无声息，有序，绿油油凛冽的寒光，躲在沙丘或者杂草丛中。这时月亮已经升至高空，又大又圆，挂在头顶。四周静悄悄，连车辆也许久不见。他似乎有些害怕了。

推着自行车越过 109 国道，来到右面不远处的空柴房，那是一间间相隔十几米并排着的空水泥房。不知道用来放置什么。一个敞开的入口，五平方米，正对门口是一扇窗户，同样没有防护。他用自行车将门口堵住。手里攥着手电和防身的匕首 —— 一把潜水短刀。打开皮套，弧线的钢刀周身在白色手电照耀下闪烁凛冽寒光，晦暗难明的意味。多少增加了安全感。

它们就在那里。他知道。看不清数量。它们的轮廓模糊难辨。但是，它们就蹲在那里。匍匐，埋伏。眸光幽幽。这个夜晚异常冷。他分心从驼包里费力地找出一件冲锋衣，披在身上。月光，戈壁，远处的山丘轮廓，黑暗中的狼群。沉默中的凝视。寂静无声。

不知过去了多久，是黎明前的黑暗，还是黑暗过后的黎明。那一刻，清楚地听到一声嘹亮的呼啸。高亢，霸道，自信的呼喊，由内向外，从远及近。然后是交相呼应的嚎叫声。他看到它们排着整齐的队伍，缓缓退去。秩序，规整，就像一支军队。从容有序。在各种石块掩体中，它们消失。

天彻底亮起来的时候，重新启程。多少次，他回想，到底是一场幻觉，还是真实的发生，始终没有答案。就像一场来势汹涌的暴风雪之后，阳光洒落，雪水顺着山涧流淌，那些存在的、出现的、消失的皑皑白色，就再也看不到痕迹了。

"这世界，我来了。"所以他来了，拉萨。一千九百公里，青藏线的骑行。抵达布达拉宫脚下那一刻，他与所有的人分道扬镳。

3

拉萨，这个海拔三千多米的偏远城市，伤感中透着绰约，强颜欢笑中迎接一批又一批游人，背包客、骑行者、文艺青年。恍惚中被定义了其存在的价值。高原上这颗璀璨明珠，持续散发出迷人的色彩，吸引那群逐光飞蛾。

因为清楚地知道，这个世界不是所有的人都可以一直这么走下去。仿佛旅途不止，道路就没有终点。其实，更多的人仅仅适合陪你走一段路，又好像擦身而过的一瞬间。相处更长的时间，不管愿意与否，会把一些伤口不自然地展示出来。也许是代表对一个人的信任，也许是为了博得更多同情。就像，韩静。她说，叫我静静就好。

那是在昆仑山脉上骑行的时候。他们四个人是在路上相遇的，然后结伴同行。他和韩静的体力相若。其他人在更前面的几十公里开外。这一天只有他们两个人。在平均海拔4600米以上的昆仑山上，常见的暴风雪袭来。只能求助当地人，与说着不流畅的普通话的藏民沟通。留宿在他们为游客准备的简易集装箱房间里。冰天雪地偏僻的旅馆，度过这一晚。

他还记得。他出发前放了一本小说在驼包里。西班牙的作品——《世纪旅人》。开篇是：你冷吗。被这句话深深打动，携带身上。他把书取出，就着头顶不足半米的供亮设备阅读起来。《世纪旅人》，这本书在海拔4600米的地方看上去显得寒气逼人。他听见她说，她刚离婚，带着两岁的女儿。她说起她的前夫。他们发生的争吵。慌乱中，被捅了一刀，在腹部。**她撩开外衣，指出那道伤疤。**昏暗的灯光下，他看到它以某种扭曲的姿态在夭折。而窗外是大雪覆盖下的一切。她的上一次骑行是在蒙古，海拔1000米的高地。同样独自一人。她的声音飘忽不定，慢慢地，也就不知道是在对他讲，还是对自己说。四周氧气变得稀薄，空气渐冷，他在忽远忽近的气息中沉沉睡去。

　　他在拉萨花了一天的时间参观色拉寺。门票上它的全名叫色拉大乘寺，位于拉萨北郊3000米处的色拉乌孜山麓。周围柳林环绕。他看到许多僧尼小寺环绕其间。红顶白墙，错落分布。走进其中，他知道，来到了正确地方。因为感知心是属于这里的。

　　辩经，空幻，错觉，谁能清醒。门口流浪的狗，慵懒自知。光阴错落中，恍若隔世。兑换零钱供养大佛，是当地藏民最为生活质朴的表达。佛龛里，烛火幽幽，一直燃烧不熄，千百年也犹如一瞬间。一簇簇火苗因为陌生人带进来的微弱的风，轻轻摇曳，左右摇摆，仿佛是不堪轮回的叹息，更像是时间深度的不可测量。空气中弥漫着淡淡松香。若隐若现的尘埃颗粒，在地面涂上一层薄金色。窗外洒落的阳光更加深了它的颜色。酥油灯，千年不灭，点亮的是黑暗还是人心。他在一座两米高的古老金刚佛像前伫立。仔细观看它的轮廓，感受它的威严内敛。他听到自己呼吸的声音和心轻轻跃动的喜悦。

　　一些特别气味远远飘来，带着浓郁的香甜气息，若有若无地闻到，仿佛指引。他在一座古老门房前停留。那些转经筒，那么多虔诚的藏民长期转动着，它们因为汗液和时间的发酵，形成棕黄的抛光。摸在手掌间的触感。温润，光滑。他都记得。

　　来到拉萨第五天，东错青年旅舍的门口，《世纪旅人》这本小说看到接近尾声，三块一壶的当地甜茶，与他共同度过了一段又段一静逸安详的时光。

　　似乎带着某种使命感，像烙印一样，他来到这里，住下，仿佛前世的相逢。那一天夜里，在遍布留言的青年旅舍围墙上，找寻到不起眼的角落，他写下第一段话：我最好的年华葬在哪儿。

经筒旋转，永不停止
让谁供养你
一世的沧桑

迷失方向
没有方向
爱，
恨，以及诸多无常
幻觉

那一刻，他对着虚空发出浅吟低语，请让我的黑暗可以永远拥有力量。

4

她给他发了一条短信：谢谢，沈闲。

她说，小时候孤独感始终萦绕着她，只有在极端和泪水中才能真正感到自身的存在。沉默寡言积累着渴望。很早就看到常人看不见的事物，并且不动声色。命运将种子悄悄埋下，等待开花结果。

疑惑腐蚀了生活力。遥远的世界，是那种在空间上隔得很远而在心灵上相距甚近的广阔世界，那么期待奇迹，一次又一次的落空。

她仿佛是在隔岸观望一场飘散的蒲公英，看见它们在别处开花结果，自己被滞留原地，得以发现真相；有时候真相和真实是同一属性。与时间的赛跑输掉了，或许一开始就没有获取比赛的资格，都是假想中的对比。

疏离感，是她与别人隔着的一面看不透的墙，不主动接近，原地滞留，练习书法，表现出强烈天赋，她学会如何让心安静如初。连续三年大赛得奖，她神秘而骄傲，自给自足的内心。

她又要面对遗世独立。也许内心曾浪潮汹涌，或者每一刻保持的鲜活完满都不足以掩盖无时无刻突然出现的空白失落。这种无力的、挣扎的、困惑的、迷惘的时刻，她只能静静独自经过，没有任何方式方法能把他重新带回人间，所以她感到寂寞，无比的孤凉。就仿佛秋风吹落最后一片叶子，树叶清楚知道自己的无能为力，仍旧苦苦地挣扎，旋转徘徊被吹到世界的尽头。

这一天，看着镜中的自己，她轻声叹息，你寂寞吗？镜子不语，那是另一个世界的梦，那么这些年来的精疲力竭，也只是发生而已。它们发生，它们碎裂，它们愈合。与世间寡言的寂寥。

二十八岁，她选择独自旅行。

5

喜欢花草，有两种方式，与生俱来的亲近喜爱、后期突然的迷恋。他是后者，前面十几年光阴匆匆如水般流过。错过，遇见。现在生命辗转中重新认识自己并接受这种属性，对他来说是特殊的际遇。

喜欢水仙，是因为水仙与少年的传说，湖边美少年顾影自怜，水仙爱着他眼中的自己，两者毫不相干却被一只看不见的手关联。喜欢这样的与世间相接无碍的遗世孤立。

于是，他在出发时将这盆水仙带了出来。骑行的二十天，悉心照料，从未忽略。即使这样，即使这样，他看着它一天天枯萎，无能为力，他说，我这样无能为力。

有这般尽兴的生，才会那样无知觉的死。这是你教会我的。他对它说。在梦中，他依然是孤立我执的俊冷少年。深夜醒来，持续的失眠。明天，再停留最后一天，他就离开。票已网上订好，车子提前托运，拿起背包就可转身而去。二十五岁的他，早已成为随时可以停留，随时可以行走的男子。

看到他，是在叫作东错的青年旅行舍门口，住在哪里，她的心已有计较。古建仓旅舍在另一个方向。不知道为什么停下脚步。在他从书本中抬起头的瞬间，眸光璀璨，星辰寂灭。一瞬间，她仿佛陷入一场时间的洪流，呼吸骤然停止。那是前世，她梦到过无数次的前世，自己一定是与他曾经相识的。

他说，你也是徒步？

不知怎的，心里因为言语产生欣喜。

她说，我是徒搭过来的。旁边有中年人想要她凑人数去往阿里，喋喋不休地叙述种种好处。心里厌烦，不知所措。

他说，你可以住这里。环境很好，去问问看。

借着他的话，她摆脱尴尬处境。在擦身而过的瞬间，仿若时间停止。是的，也许他的时间停止了，在很早之前，以后的日子，彼此相互纠缠，是不断循环往复的重复。陷入对彼此的对抗，来到世界的尽头。

当书被阴影遮挡住，他疑惑着抬起头看到她时，发现她的柔美，这里面似乎包含一种他所能理解的感动。这一切，似乎为他准备，还有那日落香樟，烟雾袅袅。

看见她在犹豫，他走来，这里男女分开住，安排得很人性化，性价比很高。

她说，我坐在这边，你说什么，我左耳听不见。

左耳，那个电影中的情景吗？这让他再一次拥有某种感动。对她产生怜惜，他想帮她。她的手机没电，他将自己的递给她，眼神清澈接受她的谢意，看她在网上搜索古建仓。

他想起自己住的三人间，另外两名游客早上已经退房，现在空下来。他说，你可以把东西放在我那里，顺便给手机充电，四处参观一下，再做决定。

没有任何犹豫，就像书中说的，相信他，一如相信她自己。

将她安顿在2032室，放下背包，他看着她说，你休息一下，我下午看书。

在转身的空气中，他听见她说"谢谢你"。一丝不易察觉的微笑在嘴角轻轻蔓延。

在做什么呢。他给她发了短信。

换衣服。

他说，出去走走？

嗯。

她最终决定住下来，是在遇到另一个人之后。女人比较容易说服女人。

她说，那个姐姐说附近有个好吃的牛排，我想去尝尝。

不知为什么，他愿意满足她，即使他已经吃过晚饭，独自一个人。

走在人潮涌动的北京东路，她突然停下来，对他说，我真的舍不得，一起搭车的那些人，他们对我那么好。她的眼睛瞬间湿润。

他静静地看着她，就像观看一株奇异的水生植物，姿态摇曳中独自自怜。他的声音掉落深渊，他感到她的脆弱。先去吃东西吧。他说。然后加快了脚步。

不懂得经营一段情谊要细水长流，她的单刀直入、投入旺盛感情、精力充沛的一厢情愿，收获的往往是镜花水月。她对朋友的需索、依赖，有时胜过了一切。

她内心的敏感天性与成人理性发生剧烈冲突。最终，她任由毫无来由的悲伤淹没，牵引着离开他们，直到遇见他。

她是一只在黑夜里迷途的幼兽，偶然来到这里，偶然遇到了他。

他是木屋的主人，发现了她、招待她、收留她，一时的善意。

从很早以前，她就幻想着远方的道路，会是怎样的漫无边际，怎样的原始森林苔藓丛生苍翠碧绿，怎样的戈壁荒凉无尽头……

6

这是一家任何人都可以想象的简易西餐厅。狭小的街道转角处，三张粗木桌子被游客占满。到处充斥着闷热甜腻气息。当时是否还放着什么音乐，她不清楚，这是以后属于回忆的事。

他们坐在门口露天的地方。她点了菲力牛排。他说我吃过东西了。然后要了壶蜂蜜柚子茶。

是用酒精加温的精致玻璃壶具，配有两个迷你口杯。他给她先倒上一杯，然后是自己。看着幽蓝火焰慢慢烘烤它的底部，慢慢，慢慢地。

身体会对经历过的寒冷存有记忆吗，当意识消亡之时？火焰唤醒了记忆，仿佛那是发生在遥远时空的往事，她记不清了。

她说，有时人因为太空虚，就想填充自己的胃，用食物。她用手拢了拢头发，那一刻，他看见一个成年女子知性的一面。

他看她吃牛排的样子：用叉子固定它，然后刀子一点点切下肉，送入口中。优雅、娴熟。最后她说，太麻烦了。我直接吃掉。他低下头，微笑，只是侧过脸。一个女人愿意表露真实的自我，她应该对他心存信任吧。

又添了一壶水，果香味变淡，就像所有美好的生活开始一样，接下来归于平庸。我不希望这样，闲。他这样唤她。

这天地是否显得太过威严肃穆。人在星空下到底因何存在。天空说，来也匆匆，去也匆匆。我们实在太渺小。

此时黑夜拉开它的帷幕，霓虹亮起。街道与行者呈现出人我两忘，这里是如此之美。因着与内陆两个小时的时差，她知晓现在的时刻。

她开始流泪，还是放不下那些陪伴她一起而来的人。他们在等我，她给他看手机里他们对她说的话。

他说，已经放下了，何苦再执着。

她说，不知道为什么，执念是这样的深。

如果人的执念深沉，那么他的罪恶同样深重持远。我们都是同样的人，沈闲。

人如果不能在需要的时候前进，不能将自己变成洪流之中的一条沙丁鱼，甚至不确定真正的方向，该如何是好？所以她被时间所遗弃。

他说，如果一个人不在需要的时候做出选择，那么世界就会替他选择。

她说，也许有一个人命中注定是会见证另一个人生命中的重要时刻，也许你就是正确的那个人。

每个人都有可能成为另一个人不经意间的拯救，也许对别人来说并没有什么，只是陪你走完了一段路而已。所以他说话的时候，也许是他最寂寞的时刻。

他笑着，你说我们算是那种千百年前的守望，换来今生一次的回眸吗？

她说，为了这句话，我们握手。她的手修长白皙。指尖冰凉，染上红色的指甲向他伸来，一瞬间，带来的幻觉：给我一双手，对你依赖，给我一双眼，看你离开；就像蝴蝶飞不过沧海，没有谁忍心责怪。

7

他们走在午夜的大街上，餐厅打烊。他提议去酒吧一坐。他说，我知道这附近有个清吧，我们去看看。他用了我们，仿佛两个人早已不分彼此。她跟着他。相信他。一如相信真相。

终于发觉为什么那么喜欢夜晚的感觉，那是充盈光与影的世界，她看见一只狗，慵懒地带着它的影子旅行。白昼使一切无所遁形，夜的覆盖，才是整个城市最真实的故事。即使它是属于另一个地方的味道。

这段时间，微念酒吧人满为患，不复清吧相貌。他早该想到。进去的一刹那，他们就已感受，转身离开，默契的共识。

其间他的笔遗落吃饭的地方，她想把自己的留给他。我只使用自己的。这也是他的执念。

他们原路返回，笔已丢失，四下无从找到。他看到她的内疚，他安慰她，之前在来的路上，也曾捡到一块色泽清润的昆仑玉，别人都认为颇有价值。可是抵达拉萨它就不见了。它们一样不属于我。他只是它们的曾经持有者。

他一直以为这次旅行一定会发生些什么，有所改变，可是直到即将结束，他终于警觉，原来一切都不会变化，路就在那里，他途经、停留，然后两手空空离去。云朵随风而行，流水向平原蔓延，世界以本来面目呈现在期盼之人眼前，该怎么样就怎么样，万物原来如此静默如谜语般。

他说，即使这样，即使这样，也愿意为这样一个地方做出停留，哪怕短短几天。然后我遇到你。

她说，我也只是世俗的女子。

他在心里说，不，你不是，我们是同类人。

8

他说起曾经参加一次初中同学聚会，所有人都沉浸在 KTV 推杯换盏的灯光气氛中，大声唱歌、聊天，热络地说一些似是而非的话语。也许只是为了说而说。仿佛不说话就无法容忍；仿佛不说话，他们就会马上成为陌生人。

他拿起手中的罐装啤酒，默默走出去，关上门时，轻轻吐出一口气。独自倚在墙角，大口大口喝下去。

她是当年坐在他前排的班长，刘小溪。她从洗手间走回来，看见他。轻轻发出疑问，为什么要一个人？

他将手中酒一饮而尽，回过头看着她缓缓走来。朦胧微醺中回忆起她曾经的模样，他们曾经是很好的朋友，如今却只能通过同学聚会重新相逢了。岁月啊，他只能无奈地笑了。

她一步步走来，在擦身而过的瞬间，他稍微挡住她，低下头贴近她的耳垂，轻声说，这些人，他们。他用手指向包厢里的人。他们知晓人与人之间的欢聚能使人生的速度加快，所以他们坐在那里。但是如果一个人内心荒芜至死，那么他该如何背负别人的那部分感受。

他说，所以我会忘记你，就像忘记所有人一样。我多么希望自己一下子老去，不必选择面对人世繁华，不会为了琐事计较得失，不必拥有一颗老去的心，而身体是青壮年。是的，他的心正在老去，看到这个世间的寂寥，索然无味。

她没有说话，因为不知道该说些什么。这个中学的同学在消失的十年经历了什么，无法猜测。她也只能这样默默看他走回包厢，以强颜欢笑为面具。只有他自己心里清楚到底有多么的寂寞。她看着他，即使他的脸在笑，眼睛也始终是平静的。

那天晚上，他告别他们之后，心里突然寂静得可怕，仿佛突然行走在一条无限延伸的道路上，看不到任何光亮，也望不到它的尽头。

突然很想一直这么走下去。就这样没有缘由地走。也许他原本就是适合走路的人。没有感觉到丝毫疲倦，从深夜一直走到翌日清早，却始终没有走出一座城。永远也走不出去了吧，他想。

他看着街道上沉默的灯光，有一种凄凉的悲哀。然后，终于他醉倒路边。只有你们是自由的，他对着树枝上的鸟大声地说。

9

午夜之后，看到众人将散发出来的倦怠和茫然混入空旷寂寥之中，各自在肉身的尘埃起伏上消融于夜色。

夜色薄凉如水，人在沉默中持续走进黑暗深处，搅动起无边波澜。

她感慨万千地说，为了能去更远的地方，我们都曾付出了多么大的代价。

他说，我用了很久很久的时间学会顺服，不是那种表面看上去的样子，是内心真正的顺从。我们都在这场红尘中争渡，谁走得更远，谁活得更久，谁得到的更多，当一切成为过去时，我们都输了，时间最终获胜，将来是，并且永远都会是。那么这所有的过往曾经又有何意义。

如果心有不甘，他今后所行之事在这种非刻意的需索中，有时候会获得一种心灵上的安慰，但是那只是幻觉。清楚知道并甘愿付出代价。有时候呈现的又是另一种自我的满足，不执着过去，不期盼充满变数的未来，只活在当下。此刻，他仰头，面朝夜空星光，在多少光年外，它出发，穿越孤寂宇宙，眼神交汇的瞬间，相信他们彼此在世间的因缘，并为之热泪盈眶。

重新走回东错，就像一个因果轮回。从哪里来必回到哪里去。她仍坐在相同的位置，继续刚才的话题。谁都没有看手机，谁都没有提及时间。

大门闭合，留下中间小小铁窗。一只狗闯入，觅得一处有昏暗灯光所在，趴下休憩。

她突然发现自己开始忘记很多。七岁之前的记忆，那些发生的事，他们的名字，以及种种她努力想要逃离的过往，在时光里，通通成为湍急河流中的一滴水，微风细雨中的一片落叶。生命老去，一些人消失，一些人出现，总有各自的因缘。现在，她要一直往前走。而这一切都仿佛断续的篇章，犹如没有结束的序曲。

她说，人无情，才更强大，才能走得更远。如果生活将人逼到角落，什么才是幸福。

她对他讲起小时候，她总是做梦，梦到死去的人。那些人，都是死去不久的邻居。感到害怕，却不会哭泣，特别悲伤的感觉。她能感到他们对世间存有的依恋。即使肉体消亡，灵魂依然留了下来，所以她不哭。

她说，我一直坚信人在逝去之后总会有一些什么保留下来，它成为后代繁衍生息的血脉，分裂无数次的细胞。它们刻录了一切，隐藏起来。直到有一天，直到我们记起。

如果有一天我死去，甚至连名字都被遗忘，那该多么的可怕。第二次的死亡，没有人愿意经历。

他被她猝不及防拉入隐秘深处，这是不曾有过的体验。他说，就好像一个故事，所有的发生都是情节，只要我们在通往未来的路上没有终止，那么永恒时空内，回过头看昨日都是那么的理所当然。

她说，我也只是你的过客，故事中的一个人吗？直到现在他们还与我联系，想要一起走完这段旅程。

第三次，他看见她眼中的晶莹。

她说，我没有哭，并努力吸了回去。

他说，不是所有人都能拥有这样的选择。假使你没有下车，假使你没来到这里。

就不会遇到你，她接下后面的话，你也是个好人。

没有谁的一生黑暗无边际，如果过不去心中的坎，我来帮你，闲。他告诉她，如果你不确定现在停留的选择是否正确，那么姑且把他们想象成有目的的坏人，然后重新开始下一场旅行。如果结局是后悔的，那么你就恨我吧。我不介意，作为某人某种黑暗的牺牲。或者说，为了你，我愿意。

她有过一瞬间的犹豫，因此时间一再拖延。她偏过头试探道，我们一起好吗？可以走青藏线。

青藏吗？他的旅程已经结束，早在她抵达那一刻，所以他拒绝。

他们的谈话到此陷入沉默。之后这样的想法一直在心里发出声音，继续走，不计后果说走就走的真正旅行，不要计划，不求结果。就是这样的几个小时，让他心里产生动摇。

所有电影中的结束，他们说晚安。

这天晚上发生的是否只是一场幻觉，是他潜意识里面的想象。与这个古老城市里的幽灵邂逅，黑暗灯火，天亮告别。

10

回到床上，他辗转反侧，然后在备忘录里写道，如果她愿意再提及一次，他愿意重新选择，勇敢一点，发生一场新的故事。就这样，他的心在跟着地球转了一圈之后，天亮了。

收到她的短信：我走了，下次有机会再一起吧。我这次也许真的有些累了。珍重。
也许作为故事，你应该走，但是我不希望你这样走。原谅我的自我。他的心里充满犹豫，他回应，我只想知道，你要去往哪里。

深圳。

他不该让她一个人，想象她的孤独，他的心那样痛。他对自己说，还有梦吗，西藏的旅程本已圆满，现在，她成了他为数不多的遗憾。
等不到这样的人了吧，一期一会。拉萨啊，每个人的故事都在这里成为终点或者起点。也许有些人只适合陪你走一段路，成为彼此的过客；有些人，却成了一世的遗憾。

他想明白了，如果有机会，他要对她说，根本就不需要什么故事，他也本是这个世界的一个故事。一切都要时过境迁了，等到山高水长。

如果被人问起，这一次旅行最难忘的回忆，他一定会不假思索地说，遇到一个人，发生一场灵魂对等的交谈，关于死亡，关于黑暗，然后看她这样离去。我想我们都是如此执着，我们的罪深重持远。

后来，他对她说，即使付出了无法想象的代价，也要像等待时间般，等待种子酝酿、发酵、成型。这其中我们成长，逐渐老去。因此才有机会检索过去的历史，回忆。也就有了越来越深沉的爱，人因此沉默，并学会感恩。

第二章　沈闲，且以安日

1

成年之后走南闯北。她渐渐发现，很多事情都有亏欠，不曾圆满。需要等待时机的过程。等待结果。一种水到渠成的坦然。太多的消耗。所以尝试不去计较。不兴起争辩之心。不贪恋世俗享受。然后会发现，很多时候感受到的是一种磅礴意志。一直都在她的身边，一切都在命定安排中。这是沈闲这么多年的体会。

也许，她真的开始变老了。

某一刻，站在镜子前，看着镜子中的自己，轻声问，你疲倦吗。然后，用力敲碎它。看着里面另一个自己在时空中寸寸碎裂。手在流血。鲜红黏稠的液体，经久不变的红色。沉淀，变为暗色。她这样告诉自己，还好，感觉到疼痛。我还活着。

一场旷日持久的深深疲倦。一朵开在旷野里顾影自怜的小花。风经过的地方，云层四散。阳光照在花蕊间隙的露珠上面，蒸腾起七彩的涟漪。这个季节，分不清时间的界限。夜晚，模糊了视野边缘的似尘繁星。她轻声叹息，我在这里等。而你，又在何方。

你说，若是想要化开黑暗，是将黑暗带入光明，还是在无边的暗夜里始终追逐眼前的那一线光明。独自一人，饮尽了杯中明月。她在等待，也许是一个人。

周末，她在收快递拆快递里度过满足的时光。拆开包装的一瞬间惊喜，竟然也仿佛抵达了一段看不见的旅程。虽然知道里面装的东西是什么，但也会存在片刻的新鲜感、期待，就是这么回事。但也仅仅如此而已了。

2

沈闲的生长和坚韧，自有其骨血里的支撑。小时候，走过漫漫长路。森林里，古老教堂屹立其中，与它对峙着的是遥远天际的两座山峦 —— 老黑山与药泉峰。夕阳染血，无数的蝙蝠从残破的窗户蜂拥而出，遮天蔽日的漆黑翅膀发出啪啪声响，相互碰撞、盘旋，空气中弥漫腥腻气息。无数的蜉蝣就在那条不远处的河沟里交配、产卵、坠落，数以千万计，沦为蝙蝠的食物，成为自然循环的一部分。这种美，美得如此惊心动魄。

她获得当下的深刻内省。一个人最终会成为这个世界的过客。她经过。她离开。彼时，成为时间里最荒凉的坟墓。然后突然出现的夜晚，她看见一片坟地，仿佛来到放逐之地。月光皎洁，一轮浑圆的月遥挂天际，带着无法猜测的神秘探寻。也许下一个瞬间便坠入山涧。她听见夜晚的风穿过白杨树，发出哗哗的声音。四周传来芬芳的野菊气息，大股大股的，仿佛即刻绽放。她在幻觉中将衣服逐一褪去。散落在地面的衣裙像盛开的洁白花朵，芳香恬馥中升起一种错觉。仿佛月光就是她的爱人。遥遥相对，遥不可及。那天晚上，她好像做了一场不曾忘记的美梦，如此甜蜜芬芳。这些经历漫长的时光，会留在记忆里，被永久地保留下来，成为她的珍宝。

　　她在等待，除了虚空中看不见的东西。就只剩下遥不可及的等待，以及待消磨殆尽的漫长寂寞时光。会羡慕更温暖的生活吗？

　　她在人生经历的几个阶段，就像人对狗的感知一样。三个阶层：你是它的主人，与它平等，成为它的仆从。大抵相同。她终究要在这个世界里跋涉万里，然后遇到一个人。人最终的归宿，是生活归于平淡。

　　完成拼图需要多久时间，这是她正在实践的事。一千块的木质卡片，对应谜一般的图案。简单方法是按照背面二十六个英文字母的排列顺序一次拼凑。可是手中的时间那样富裕，又没有其他的要紧事，因此，她决定一片一片拿起，看着拼图的原型模板，一点一滴遵循它的轨迹，这是最麻烦的方式。
　　如果时间是生命，生命是一切，那么它存在的意义又是什么？是为了超越星辰吗？世间自由通往哪里？生也不过是死的通路。她说，爱一个人。从此孤独。

3

　　她心目中的沙漠，荒凉废墟之上，仍然存在着蓝天。她所有的等待，所有的寂寞，所有的痛处和泪水，都在这一刻清楚无余地展现眼前。

　　她的生命一如眼前的荒凉沙漠。天空中，没有一只鸟儿飞过。
　　报名参加一次驴友的户外徒步。无意中得知一个相关的论坛，简单注册了账号。翻看帖子，过滤与她无关的信息，这也是她拿手的。于是看到了一则消息：内蒙古库布齐沙漠的徒步路线。她去查阅了相关信息。这是中国第七大沙漠。库布齐，为蒙古语，意思是弓上的弦。没来由的，她喜欢这个名字。

　　她给领队打了电话，问了注意事项。她开始做出发前的准备。高帮登山鞋、防紫外线的衣服、防沙套、登山杖、速干裤、帽子手套、抓绒的冲锋衣、魔术围巾、充足的水源……即使做足了这些准备，那天她发现实际走起来还是少了很多经验。阿拉善左旗开始，反向穿越响沙湾——一个著名景点，预计一夜的时间。

　　开始徒步的那一天，她来了例假，本来应该在三天之后的。突然提前，让她措手不及。晚上她和一个同行的姐姐共用一个帐篷。无暇欣赏洁白月光下广阔的沙漠，也忽略了头顶如瀚海般美丽的星河。她开始出大量的冷汗。疼痛、颤抖。梅姐发现了状况，责备她的不小心，并把随身携带的止疼药给她服下。虽然外面是零下的温度，但是她感觉心里温暖。是什么时候失去了被人照顾的这种感受？她已经忘记了。

　　或许对于她，痛苦也只是会经历会过去会终结的一段路罢了。她是天生适合赶路的人。体力好得仿佛可以撑起所有的疼痛、所有的失望和想象。跋涉。一步一步。左脚超越右脚。拼接起一整个荒凉人生。正如这个沙漠，大风呼啸带走了什么，又送来什么。

　　过去，此刻，只是没有了未来。站在星空下，她对自己说，可有道路。也许，她始终都是行走在路上的人，告别，仪式感，月光照耀下的小片阴影。远处点点的灌木丛，在视线中即刻与山丘连成一体，仿佛一直都在。她的影子出现在夜晚，和她一起翩然起舞。风扬起沙尘，彼此默然。这沉默中唯有风的声音以及苍白的月光。这其中产生的联结和交流，是她所理解的隐秘。

　　最终疼痛成为某种制约。它形成平衡坚硬内核中那些不经意流露黑暗属性的对立面。与之对峙，互相压制、覆灭、中和。而这些看不见所带来的结果是，手臂上的伤口与日俱增。新旧交替中产生一种冷漠的秩序。仿佛这早已不是自己的身体，是与之无关的其他什么。她需要这种疼痛，来认清现实，感知自己此刻还活着的生命状态。

　　梅姐走出帐篷，递给沈闲一杯用炉头小瓦斯罐儿烧开的热水，做这些的时候驾轻就熟。这些都是常年玩户外积攒下来的经验，她笑着对沈闲说。

五十多岁的女人，因为生活富足、心态乐观，岁月并没有在其脸上留下深刻痕迹。享受生活，感受路程当中的一切，成为当下的体验。梅姐从事业单位病退下来，痊愈之后，因为觉得无事可做，便跟随健队一直参加各种户外活动，已有两年。其中爬山、雪乡、自驾、河谷穿越无数，库布齐是第二次，南北线。地地道道的老驴友。不知为何，梅姐对沈闲很是照顾，可能是觉得她需要补偿什么吧。后来交谈中，梅姐说起她的女儿，如果还活着，应该和沈闲一般年龄。梅姐的女儿是在一次交通意外中丧失生命，连同她的爱人。

她说，人在痛苦当中，除了恨，不会有别的什么了。恨上天的不公平，恨自己的无能为力，这些都化成黑暗中的实质包围自我。经过这么多年，终于一点一点走出来。

她说，肉体的卑微让我们无法接触更高层的世界，那是广义上的维度空间。我们出生于泥土，最终也要回归那里。我们在这个世上，终究是要感谢一些人的。那伤害我们的，使我们更坚强。而过早离去的人，最终使我们完整。那些伤心过往，带领我们认知快乐。有距离地观望一段路的发生，获得足够深刻的内省，突破内心的边界。

人在痛苦中熬炼出来的真意，她一辈子也不会忘记。探索一种情感远比世人眼里的更加深沉。躯体投到试炼中，仿佛灵魂旁观，看着这个身体，痛苦辗转，好像都与自己无关。也许能够好受一些。

此时夜色如海一般沉默。远处的风更加迅疾，吹得帐篷哗啦直响。沙子被掀起成一片水墨般景象，借着倾斜下来的月光，银色在蠕动。她们躺在睡袋里，梅姐已经睡下，发出轻微鼾声。

因为寒冷，沈闲始终难以入睡。感知体温慢慢流失的过程，就像从一条缝隙里倾泻下来的光。空气中充满飘忽的尘埃颗粒，斑斑驳驳。眼里看到逐渐加深的色彩。夜晚无法睡眠的状态是，期望黑暗无限延长。哪怕只是想到这种可能，都是心中的安慰。拥有伤痕的人，比没有经历的人更加懂得珍惜。短暂的比持久的更能成为永恒。月光照不到的地方比黑暗更加寂寞。

4

日出，以其变化多姿的光彩预示新一天的到来。他们吃完早饭，收拾好行装，帐篷折叠好放进收纳袋中，然后卷成一个长的椭圆用登山包的卡扣固定好。周围的垃圾随手打包带走，每一个人都具有环保意识。领队带头准备出发。这一天将要抵达响沙湾。直线距离8000米。旅途的最后一天。终点。

沙丘连绵起伏，阳光照耀下闪烁金黄的光泽。一些黑甲虫不知从何处爬出来觅食，小小扁长的样子，探头探脑，十分活泼。不断地校准方向。远处一个又一个连绵沙丘，起伏不定，像极了迷你版的金字塔。但它们是流动的，随着风声呜咽，缓缓流动，形成金黄色的沙海。

因为之前下雨，所以走沙路并不觉得费力。有人带了滑板下坡，冲下去的一刹那，感觉失重与自由双重乐趣，惊险而刺激。天空没有一只鸟。接近中午时分，他们前方出现一方白色建筑，像是一顶手工毡帽，在沙漠深处若隐若现。沈闲以为是海市蜃楼。又向前走了一小时，得以看清它的全貌。

这是一座典型蒙古圆形巨塔。他们又花了四十分钟，终于来到它的面前。领队介绍起它的来历。它是阿拉善左旗的当地人每年祭祀的地方。塔顶海拔1000米。他们各自找到合适的地方休息，吃午饭。其间梅姐给沈闲拍了一张照片，拿给她看。不知为何，闲觉得画面熟悉，似曾相识。没有给她多余的时间思考，随后继续出发。

下午三点，随着领队的招呼，已能窥视响沙湾的全貌。一个巨大的下坡，落差100米。游客租了滑板依次排队滑沙。

梅姐给她讲解响沙湾的来历。响沙湾沙高110米，坡度45度，呈弯月状形成一个巨大的沙山回音壁。这里沙丘高大，比肩而立，一望无际。顺着云梯攀缘而上，人们从沙顶向下滑动，便会听到犹如飞机掠空而过的巨大轰鸣声；当你对着两手猛力向中间捧沙时，便会听到哇哇的蛙鸣声。基于独特的地形地貌及地理位置，响沙湾因而得名。

　　旅游的景点。游客。车辆收费项目。又重新回到人类世界。有人说经过了河流，就有了河流的宽广；经历了山峦，便有了山峦的巍峨；那么沙漠呢？她想，她拥有一整个沙漠的孤独。

　　在回程的客运站，她们互相告别。长途大巴车上，夕阳正在缓慢地下沉着，远远坠在客车尾部。闲抱着自己的手臂依靠在车窗上，看着风远远地扬起沙尘，她想，在漫长的人生当中，这也许就是一生一次的旅途。那一定也有许许多多的一期一会组成这完整的终点，只是她的终点会在哪里。车轮滚滚向前，她在昏昏欲睡中体验到一种前所未有的轮回之感。

5

　　一个人，公寓的生活。忘记时间，忘记存在，忘记她自己。人的天性是，全力以赴地活一次。这是一一确认，得到的结果。

　　窗户紧闭，窗帘暗合。即使是风，也丝毫进不来。陈旧感，是破碎的婆娑。唯有阳光是强大无懈可击的存在，寻着那一丝间隙踏足路过，稍做停留。她看到一个凝固的时光剪影。瓷砖整洁映射着窗台盆栽，有绿萝、多肉、发财树，沙漠玫瑰开出了火红花朵，黄荆在泥土中吐出新的枝叶。老去的枯萎，新生来到。

　　显微镜下的微观世界。以小见大的终局是：一沙一世界，一朵野花一座天堂。最近常常无私无想，觉得时间仿佛停止了一样。好像感觉自己已被时光的丝线包裹住，在下一个瞬间被遗忘。然而真正令人寂寞的，又是另外的事。

心情不好时，胃就会陷入深度睡眠。她说，无知无觉。记忆真是无限虚空的东西。她一边剥橘子一边自言自语。她说，我觉得这是自己这辈子吃得最认真的橘子了。

时间真是奇怪的东西。本来一道很深的伤口，流了那么多的血。现在，它只是一条略微殷红的红线。时间也好，这个世界也罢，都是那么奇怪。

长生说，只是更加寂寞了。允许生命中一无所有，允许自己的一片空白，允许落魄困顿跌落谷底。如此，他才能继续往前走，生存下去。

她说，可有人与你这般分享生命？发生的一切，真实、热烈，一瞬抵达。

很多感情去向不明。她说，因为看到的越来越多，快乐也就越来越少了。

他说，有时会感到恐惧。看到那些逐渐熄灭的压抑的暗下去的灯火，以为人生也就这样了。重要的人和不重要的人也就那么多了，不再结交新的朋友，慢慢看着他们逐渐消失，这就是生活的实质吧。

6

人世间所有的隐喻。当她产生完整自我意识的时候，她就开始喜欢下雨，也许是名字中含有水的属性。阴天会使心情变得平静，感知力突然敏锐，她会更加意识到万事万物都应有写就一切的手，掌管冰霜雪露、风调雨顺。她开始痴迷于自己的想象。

无数次，只差一点点，她就触摸到什么，无法抗拒，无法自拔，不可言喻的神秘姿态。于是，她在所有的偶然间，开始无意识地寻找。直到所有的选择带领她来到指引的所在。

一日，她做梦，醒来时，泪流满面。嘴里呢喃着，长生，长生。不知为何会想起他的名字，也无从知晓为何这样呼唤。

人类探索精神领域一直无限接近于某些真相。一部电影，反派大声疾呼，是天堂为奴，还是地狱为主。然而一部小说异曲同工地写道，我死后，哪管洪水滔天。

即使在深圳，这个冬天，对于她来说，还是很冷。

有人喜欢花开，有人喜欢看到结果。对她而言，重要的是看到一颗种子发芽破土的时候。因为，那是它最有力的时刻。

在黑暗中行走太久，以至于忘记光芒的样子。你的破土，是我今生最大的救赎。这样一颗来自世界的种子，被春天的风送入土壤，生长至今。希望它长出怎样的果实，然而过早的期盼和过早的失望同样可笑。

电影中最后出现的一个镜头："你们为什么没有在一起？""人和人的出场顺序真的很重要，陪你酩酊大醉的人是没办法送你回家的。"

万物按照自己的种性去生长，然后看到它们开始凋零。是因为不适合生长吗？如果没有根基，是无法继续生长的。无法前进，无法走下去。看到种子发芽、枯萎。她尽了最大的努力，无法挽回，无能为力。

这个世界，没有什么可以长存不朽。饭菜即使放进冰箱密封起来冷冻，依然发霉，长出霉菌。绿色，褐绿色的斑状物。最后倒掉，来去空空。

这种苦难折磨痛苦煎熬，深陷其中，不能自拔。时间如同淤泥，挣扎得越久陷得就越深。彼时，人就像一滴清水，独自存在的终局是被阳光蒸发，融入大海，在其中观望自身的荒原。一滴水，一个世界，映射到的地方出现在幻境中。如同人在寻找一面镜子，其中的过程曲折，千辛万苦。人站在镜子面前的时候，看到的也许并不是自己。

在这天地间，寂寞的独自存在，仿佛谁都不重要。在时间中，观望一种情绪。思念，遥远彼方的一个并不存在的人。男人，女人。她还是他？又仿佛天地一沙鸥。沉淀的思绪，化作光线下四散飘逸飞舞灵动的细小尘埃颗粒，于无风的寂静中流淌。岁月漫长，等到尘埃落定，成为看不见的丝幕笼罩。看不见，却不代表不存在。

然而，下雪了。天地间还会有为了接住一片来自天空的雪花而轻轻伸出双手，看它在掌心温暖融化的男子吗？

7

她深深地沉潜。那些对立的，那些存在的。人在一瞬间意识陷入得很深很深。没有看到光，因为光找不到这里，因为连光也只是表达，一种蒙蔽双眼蒙蔽六识的表象。也许，都是想象。那么众生的祈祷，该由谁去聆听。如果无法继续往前一步，任谁在时间面前都同样无能为力。最终只是终结，一切的关联。

会饥饿很长时间，然后吃一顿饭。二十几个小时里，感受饥饿在胃里蠕动，像是蛆虫在胃壁四周疯狂地寻找腐肉，徒劳无功。于是横冲直撞，肆意破坏着系统间的平衡。

她订外卖，是比萨。距离她住的地方不远，手机软件显示送达时间为四十分钟。在这段时间里，她看清了生活的本质：她的存在，如同黑暗泥土中还没长出翅膀的昆虫，无声无息。即使死去，也同样腐烂得悄然无声。回到土壤中，不被察觉，不被关注。

预计时间没有送到的外卖，然后又是差不多半个小时，她接到外卖小哥的电话。他说，您的外卖，久等了，麻烦按一下电梯。她说，好。即使她住的是二楼，也没有多余解释。

她吃自己的比萨，在极度饥饿中咀嚼食物。不经意将塑料叉子咬碎在嘴里，差一点吞咽下去。

她想，原来生活竟是如此简单。饿了，吃饭；渴了，喝水；累了，就去休息。如果还要寻求，这就是她全部的真实。就像她一直受困于时间洪流当中。

8

她是生活在深圳的女子。三十二岁，拥有一套自己的公寓，从事金融行业。这份工作她做了三年。对于沈闲而言，这既是一份服务性质的行业，同时也是销售的一种。让客户拿到高于银行同期利率，同时自己获取高额佣金，实现双方共赢。最终也是以庞大的金融知识，了解同行公平竞争的优胜劣汰。弱肉强食的法则，在哪里都是如此，她早已懂得。

这个世界，从来就没有怜悯。是的，没有怜悯。现实的残酷，也只有被完完整整的打败，亲身体验之后，才会彻底感受到，人情冷暖都是留给能存活下来的人的。

她付出了十二分努力，这其中艰辛自不必说。有了稳定的资源，因此拥有现世的安稳生活，在相对小范围里实现个人的一点点自由。这家公司管理高层对她的能力认可，她被升职，由普通财富顾问升职到客户经理。于是，终于不用再东奔西走拜访客户、四处收集资料。数九寒冬，严寒酷暑。现在的工作相对简单。培训新人，负责老客户的维护，定期举办中小型讲座活动，用礼品和专业金融知识帮助组员和客户之间互动并建立长期关系。这些，她已经驾轻就熟。

每月一次的团建，采用集体AA制。这让沈闲感到放松。她觉得，如今社会，谁若是付出真心，就势必把自己交到对方手中。这样的分配最是公平。集体中享受自己那份孤寂，联络感情，互通讯息。不过多接触，也不过分疏离。沈闲觉得，维持良好的人际交往很重要。这也是生活教会她的。

她说，过早识别了生活的真相，到底不是一件益事。也不比任何人快乐。

可是，多少次，她在空无一人的房间里醒来，满脸泪痕。身体被巨大的悲伤和寂寞包裹，不能自己，无法动弹，无力挣扎，身不由己。她的内心就像沦陷于一座孤城，沦陷与缺失共存，齐头并进。相互掺杂、渗透，不分彼此。此刻，她仿佛站在岸边，观望隔岸的灯火。这光源顺着河流，越漂越远，直至逐渐暗淡，找不到归宿。

她在内心感受的深沉幻觉，并因它感到深沉伤痛。她面对这遗世独立，再一次身心因浪潮汹涌起伏不定。或许，每一刻所保持的鲜活完满，都不足以掩盖无时无刻突然出现的空白失落。这种无力的、挣扎的、困惑的、迷惘的绝望感受，她只能静静一个人独自度过。那样的时刻，没有任何方式和方法能把她重新带回人间。所以，她感到寂寞，无比孤独。

要到许久之后，沈闲才终于明白，这种缺失的意义。生命中的缺失形成经久不愈的伤口，最终撕裂成一道巨大的、丑陋的峡谷。悲伤成河，与人世遥遥相望。理解这种情感的微妙，她付出了多少时间和等待。

每一天，看着街道万千光火逐一升起和熄灭，是如此渴望与生命中的真实产生联结。以此前行，如何获得抵达另一个人的生命渠道。如果存在这样的途径，那么又要付出多么巨大的代价，才能彼此同行。

一次，沈闲在路边发现一枚一角硬币，默默无闻地掉落，如同遗忘在世间的湖泊，在阳光下闪烁微小光芒，可是无人问津。那一刻她看到它的寂寞、它的泪水。她将它拾起，不顾周围目光，这目光包含着惊讶、诧异、疑惑、盲目、无视、轻蔑、嫌弃，以及诸多复杂情感。沈闲不在乎这些，她只是觉得，无损于生命的真实比什么都重要。她只是希望这枚硬币会继续在人群中流转，在手掌中变得温暖，变得有价值，去完成它自身的使命。

诸多琐碎无常，对应着尘世间岁月齿轮下各式人的命运流转。也许，她真的开始老去。是否甘愿原本就是无所谓。在不断前进中，事物呈现本源模样。城墙朱红染漆褪色到一定程度，轰然倒塌。候鸟褪下黑白双翼下丰满的羽毛，又重新长出。而人，若不选择与之同行，便显得形迹可疑。在看似不断后退实则原地不动中沉潜，无法自拔。最终与现实产生距离，破碎虚妄。

9

就像她对长生描述的那个梦境，似乎更像是遗失的一段过往经历。在梦中，她和很多人聚在一起，他们低低交谈。听不清说的究竟是什么，只记得面前是一条河流。河水潺潺流淌，是那种寻常不得见的幽暗碧绿的颜色。

她站起身，指着身后遥远地区白雪皑皑的喜马拉雅山脉说，谁愿意与去往那里，我可以带他一起飞起来。没有人说话，他们开始沉默，是能够看得见密度的沉默。然后，她知道自己只能独自走下去了。她在梦中梦见自己再一次睡去，一个梦中梦。

恋物情结，收集旧的物品。以此留住时间，以为可以让它多停留一会儿，这一切都显示出人老去的迹象。自欺欺人，过于相信幻觉。一天下午出门买菜，垃圾桶旁边有被人丢掉的植物。走近点，看到是几株品相残缺的虎皮和绿萝。突然她知晓，所有事情的临近，都是积累到一定阶段的产物，是时间的累积。人有恻隐之心。一瞬间生出心软的情绪。当她弯腰捡起它们的时候，一股强烈地想要活下去的渴望通过根茎传递过来，直抵心灵。后来她对长生说起这种感受，无声的表达，仿佛来自空旷原野的微风，那种震颤是言语无法形容的音符。又好像年少时的她自己。

她将它们带回家，用洗衣盆装上泥土小心翼翼栽种上。浇透水之后，它们呈现清新的本来面目。又打了两个鸡蛋放在上面，蛋清一点一点流淌、渗透，提供养分。看着它们安静的样子，内心满足。现实一如手中泡沫，轻轻一捅就破，个人轨迹也像无常的种子，落在哪里，便开放在哪儿……她说，努力地活下去，生长吧。

一天夜里莫名惊醒，再也没有睡意。她看着墙上夜光钟摆，左右摇晃。长期以来，这个家一直需要一个男人，成为依赖，成为担当。

在新安街道遇到算命的老先生，从他面前反复经过了很多次。第七次，她停下匆忙的脚步，打量他。他看上去有五十岁，若是再仔细看，又仿佛有六十岁。老式中山装上衣，黑色粗布棉裤，老北京帆布鞋。面目安详地坐在树荫下，一个小摊位，一条板凳，悠然地阅读着一本道家的古典读物。泛黄的书籍已有年头，封面满是破损痕迹，但是却很干净，是一种说不上来的直觉。她来到他的面前，坐在板凳上，面有迟疑，眼神中流露探寻意味。

老先生让她在宣纸上用毛笔写了几个字，之后看了她的手相和面相。良久，意味深长地说，你会穿越一座桥。也许它不会是你漫长生命所抵达的终点，又或者它只是一段必须经过的道路。如果有忠告，过桥的同时要小心脚下的河流，不要让水漫过自己。乘车的时候，更不要做安全旁观者。

当她还想再问更加具体内容的时候，算命先生摆了摆手，打断了她。于是她站起身，礼貌道别。

如果，如果遇见长生是沈闲心中长久期盼的结果，那么它是否更像一场宿命般的安排。生命的状态、质地、属性、结构以及内核都需要一一对应，如此方能确认，是否是正确的那个。

有时候，她的情感模式就像狗一样。需要有个人陪在身边，安安静静，哪怕不发生世俗的联结，不说话，不参与，不哭，不闹，不笑。没有一点声音，都可以让她不那么孤单。也许，她需要的仅仅是一点温度，来自尘世的人间温暖。

于是有人建议她养只大狗。她确实心动。但是，沈闲觉得，她没有办法去承担这样的生命。这样全然交付，这样全然相信，这样弱小。如果无法给予一个生命同等的承担，不要去触碰。否则是对彼此的伤害。

因为缺少爱，在沈闲迅疾成长的时光中，在她成人独立生活之后，一直都有流露。但在长时间发酵变化之中产生新的姿态，她开始渴望照顾一个人，把自己无法得到无法满足的情感付诸他人。

世间存在着各种微小事物，人自身也不过是细微枢纽般的存在。一直以来，人所能做出的努力都不过是证明与时间的维系。而唯一能做出的选择就是让自己在时光中变得美好。

她对长生说，来，跟我来。

10

四月中旬，即将进入炎热夏季。沈闲告诉自己，要去看牡丹。问他，长生，你可愿意陪我去洛阳。

他知道自己从来不会拒绝她。从她将他领回家那一刻起，便认定了她。于是，他轻轻点头。

离去之前，沈闲还需要拜访一名重要客户。电话里已经沟通良久，并未谋面。但双方的确已经了解许多，私下里加了微信，闲暇时间互通有无。男子是知名企业高管，对当下这种双向打散债权转让的运营模式兴趣浓厚。沈闲了解到他想把股票上闲置的资金转移过来，需要专业理财规划师制定方案，以及规划。

这件事处理好之后，沈闲将会获得为期五天的带薪休假，作为公司对个人的奖励。当然，要签订一份高额报酬的合同并非容易的事情。但她对自己充满信心，这是她擅长的领域。

她的同事想必也十分诧异，究竟她是通过什么途径才会联系上如此优质的客户，并准确无误。不得而知。

之前面谈并没有得到确切的答复，对方需要考虑。毕竟不是一笔小数目，沈闲知晓这样的结果，早在预料中。她有足够的耐心，所以并不失望。跟对方约好后天再会面。

生命的真实源于生活，而生活又需要人与人之间的互相印证。简洁干练又不失美丽大方的女子，给叶无常留下良好深刻的印象。他也知道恒泰这家公司的背景和实力，通过助手做过实地考察。从P2P发展的前景分析判断是少数的正规大公司，总部在北京，选择合作也并无问题。他看着黄花梨木办公桌上那印着沈闲职位和电话的名片，略微翻转把玩，还需要观察，他得出结论。

在国贸大厦三十七层，他的办公室签下名字的时候，他没有直接将刻着沈闲名字的签字笔还给她。他微微转动，在左手中指和无名指之间。他是左手写字的人。关于这一点，她早就注意到。她知道他有话要说，所以静静等待。

他说，你相信所谓一见钟情吗？突兀的问题，令沈闲短暂失神，但她没有失去礼数。就这个观点，把它当作命题认真回答。她说，如果前世未曾完满，如果彼此相互亏欠，如果还带着某种记忆，如果人的归宿是生活归于平淡，那我愿意相信。

他们握手道别。他说，还会再见面，我相信。

11

坐动车。远在一千八百公里之外，有一场牡丹正在悄然绽放。很久之前，沈闲就想：观望这样一场花开花落，应该是一件极美的事吧。

有时，她会觉得自身具有某种狗尾巴草般的韧性、坚强、不卑不亢、不喜不忧，并且无牵无挂。不，她有了他，一个弟弟。有了两个人的旅行。三十三岁才获得，是这样来之不易。

下午三点，他们打车来到王城公园。这里是全国第一座遗址公园。此时，正是旺季，人潮涌动。他们排队，在门口买了票。很远就能闻到花的香气，是风轻轻送过来的。

唯有牡丹真国色，花开时节动京城。她站在一片花海中，各式各样的人和牡丹。白的雪塔、魏紫、赵粉、姚黄、二乔、洛阳红、青龙卧墨池、豆绿，多得叫不上名字。

至少感觉不到自身存在了。她闭上眼睛，与花香融为一体，与世间万物融为一体。他站在她的面前，用手机轻轻拍下她的照片。时间凝固，如果这样就能留住什么。

此时照片上清晰地映衬着女子姣美的面容，皮肤白皙。即使走南闯北多年，依旧秀气的脸庞。闲闭起的眼角，丹凤眼鱼尾纹微微拖延，仿佛自顾不暇中完成一场不自知的倾诉。乌黑长发随风摇摆。锁骨凸显，如同薄翼。白T恤牛仔裤，光脚穿一双运动鞋。他的眼中呈现的是她十八岁的模样。他为她此刻脸上洋溢的异样光彩深深着迷。而在心中，他提醒自己，她是他的姐姐。

她说，长生，有些人，并不是因为想走才去旅行。因为命运不好，所以去了远方。因为没有选择，所以只能远行。如果有这样那样的目标，人总会踏上旅程。到底结果如何，最终都不是人需要考虑的事。

她又说，我不知道那些竭尽全力的获得能把人最终带往哪里。也许你的面前会出现一片海，沉潜其中就可以收获丰盈充实的温存；后退一步，却是万劫不复的深渊炼狱。

生命的内涵不是做出多少成就，而是一次又一次接近死亡，就像我们一步一步年龄增长，向死而生，仿佛可以随时死去。也许，当我们了解什么是生命之时，我们的人生便已经结束。长生你看，我们就像此刻绽放的鲜艳花朵，并不知道盛放之后就是死亡，这样的绽放有何价值。

长生静静看着她，不知为什么，心里一瞬间很静很静，好似沉在了水中央，是深蓝水底窒息的鲸鱼。面前的女子彼时是他在世的唯一亲人，是他的姐姐，是他的身体分裂出来又各自生长的另一个自己。他说，闲，人会留意脚下的花朵吗？那些花开花败散落在地的花瓣，它们残损、落魄、凋零、枯萎，化成烂泥，同时又滋养土地，等待新的重生。

可是，闲。也许穷究事理，最终会发现自己有多渺小。但一朵花的绽放，是痛苦还是快乐，重要吗？因为你不是它，因此不懂它此刻的意义，所以也就无从评断和知晓它的价值。

如果面前没有路，我们就走出一条路。如果前方充满黑暗，我们就用烛火点亮它。如果没有人爱我们，我们便更加爱彼此。如果身边再没有人，就独自前行。如果人生没有了如果，就构不成所谓的生活了。这是你当初对我说的。

他们出门吃晚饭。网上搜到附近有著名的夜市，就在住宿十字街距离很近的地方，决定步行前往。

并肩走在人来人往的小路上，远处是灯火通明的夜市。四周喧嚣，充满声音。她无端感到十分寂寞。夜晚是让人重新清醒的时刻，重新回归寂寞。

她说，你知道吗？世间的孤独就像排山倒海般涌来。在某一刻，淹没覆盖着窒息般的死亡疼痛。

沈闲内心深处有无限枉然。灯火辉煌的璀璨，照亮点燃的到底是人茫然的脸庞还是心中的黑暗。

很快她的迷茫便被四周车水马龙人潮起伏的声音冲淡。他说，你知道，只有快速投身其中才最安全。加入这片掌声，加入这个氛围，加入这座城市。而它，仅仅是一种状态，虚无缥缈的存在。

青石砖小巷，古色古香的门脸，高挂半空的红色灯笼。远远就能听到的吆喝，它像一股时代潮流淹没了寂静闷热的深夜。老城街为十字形状，贯穿南北。窄小过道将摊位一分为二。

代表当地特色的美食有洛阳水席，涮牛肚、烩饼、不翻汤、浆面条等不一而足，还有很多是叫不上名字的。生活此刻呈现的富足幻象足以摧毁任何现实冰冷意志。投入当中，人成为水中游鱼，盲目、自在，以为世界就是如此美好。

他们挑了一个干净人相对较少的摊位坐下，点了两瓶当地啤酒，是那种有淡淡水果清香、度数几乎可以忽略不计的果酒。说是果酒，若要较真，也只不过在酒水里加了香精调料和添加剂，多喝无益。主食是不翻汤。这种颇具洛阳特色的民间小吃，在制作上以金针菇、粉丝、韭菜、香菜、虾皮、木耳、紫菜等混合一起，同时又加入了精盐、味精、胡椒调料大火熬煮。短短几分钟，就能出锅。

这片喧闹、嘈杂、混乱，充满无秩序、卑微以及各种腥臭气息。在这片人声鼎沸身体紧凑才能行走的四方场所，让人感受到一种突如其来的命运秩序下一成不变的规则 —— 对人类的规则。

获得一次尘世的理解对于沈闲来说至关重要，就像路与路之间会有相逢一样。她在内心期待的是一次共同完尽的过程。彼此对等、羁绊、牵挂、扶持、进入、期许。在这一无所有的生命当中，若没有一种身体上的印记作为支撑，人该何其虚空。所以，她的内心始终在寻求一种光源，并朝此前行。

12

我们伤害一段感情时是那样不遗余力。人生远没有想象的那么漫长，而人又是在一个又一个瞬间老去。

然而没有任何一种关系能够长久，所以从不主动建立深刻联结。知道迟早会分离，也就没有必要从他人之处获取情感了。可是，她的心却在痛，针扎般疼痛。她需要情感，来自他人的爱。

在情感上有需求的人，内心空虚。渴望被填补，仿佛心中有把火炬，熊熊燃烧。剧烈，疼痛，煎熬，持续。需要被填充，焦灼一刻不停地烧毁所有能燃尽的一切。在焚烧掉所有的能燃之物之后，她开始憧憬毁灭。毁灭眼前的现实。

洛阳这座古都在过去经过战乱、天灾、各种损毁都能被后人重建，那么她的人生在几经波折之后，是否也能够在这荒原废墟之上获得重生般的兴起。然而重新开始又是多么困难。

二十四岁那年，沈闲从婚礼现场逃离，在化妆期间，趁着化妆师和工作人员去洗手间，就这样穿着及地白色婚纱消失在对方亲朋好友间。是的，她没有亲人，也没有可以陪伴她参加婚礼的朋友。她是弃婴，被善良的人抚养长大，唯一的财产是老校长去世时留下的二十平方米的平房。独自一人的她是脆弱孤独的，同时也是强大身无羁绊的。她看着这拖曳了一地的细碎花朵，绣球花瓣沿着洁白的连衣长裙一路逶迤。仿佛无限遥远，没有止境。那其实是她喜欢的颜色吧。淡紫色的梦幻，纯净得没有一点瑕疵。四周越是喧闹，她的内心就越平静。突然那种独对世间的仓皇一瞬间像闪电一样击中了她，迅疾爆裂。无可抵挡的悲哀。

她说，然而最终，你会发现，生活呈现的，是一种彻头彻尾、刻骨铭心的失望。

由虚弱的心趋近组成的关系终究会破灭，所以一个人的生活离不开独自坚强的自我。这是后来她做出的结论。

沈闲和她的未婚夫分手的原因，至今连她自己也并不清楚。时间一直向前走，向前走。这样快，他始终不了解她到底想要的是什么。当他准备好兑现承诺，迎娶她、照顾她一生一世，并且给她安稳的家的时候，她穿着白色裙摆的婚纱，仓促逃离了现场。

根据习俗，他们要在结婚的第二天才会去民政局领取结婚证。所以，他只是她的过客。那一天，他从化妆室门口经过，看见她身着白色婚纱的时候，心里幸福得无法言语。而她离去的时候，他是看到的，只是不知道该如何是好。这在以后漫长岁月当中留下了不可愈合的创伤。

婚礼前一天，沈闲梦见自己躺在一座巨大的坟墓里，棺口敞开，空气黏稠潮湿。也许是因为雨水充足吧，她这样想。腥臊的土壤气息扑鼻袭来，不远处烛火点点，忽明忽暗的空间墙壁上，是一幅幅远古壁画，颜色瑰丽，风格迥然。四周充满诡异的气氛，她没有感到恐惧，仿佛熟悉这里的一切，她花了很长时间适应周围亮度。画面上，描述的是祭祀仪式。最明显的是，一把镶嵌珍珠玛瑙的长柄匕首，垂直贯穿女子的心脏，鲜血淋漓流淌了一地。围在四周的是喧闹人群，狂热地舞动手臂，扭着腰胯，跳着奇异舞蹈。他们脸上涂满五颜六色的颜料。

女子还没彻底咽气，挣扎抽搐。她的旁边是一个被鲜血染红的孩童。洁白的躯体，红的血液……突然沈闲带着恐惧惊醒过来。

这也许是一个昭示，她的心逐渐冷静下来。若是结婚生子，便像看到人生终点。她只想一直在路上，无止境地走下去，做着不一样的梦。

似乎把尘世间的事情都想到了尽头。不需要抵达了吧，应该不再那么重要。当年那条河水到底带着她抵达了哪里，怕是连她自身也不甚明了。

童年时期的沈闷，只是将它作为单一性承载下来：不慎掉入河中，孤立无援。铺天盖地的恐惧，以及天地最后剩下的荒凉。如果当时能拥有更多的感受就好了，她生出这样的念头。之后的一瞬间，更像是发生在永远之后。是水收回了裹挟着她去往哪里的那种力量，也许是命运的力量。推动她，挣扎爬上了岸。

看着虚空每一刻在心里流淌。寂静的河流在眼前流过。老去的心。还有时间。

13

如果兴趣的缺失源于一方对另一方的不满足，那么谁又能保证在漫长岁月之后彼此还可以一起走下去。因此，她想，人总是寂寞的个体。这奇怪生物在经历繁衍生息无数次轮回转世之后为的是什么。她终将带着这种困惑和迷惘前行，穷究事理本质是一种虚空的寻求。然而人只能作为人参与，却无法决定。因为明天和死亡谁先到来，都是未知数。而最终，她将以一颗遗忘的心去面对，以一颗结束的心来终结那些看上去始终没有结果的事。

究竟需要多大代价，才能建立彼此坚不可摧的同盟关系。那种一瞬抵达，并不存在。识别这种属性，需要敏锐直觉。错过，还是自甘沉坠。临渊而立的勇气，谁也不具备。而真实是：疲于应付，软弱，后退，逃避，虚妄，破碎。

也许从一开始，就带着解谜的心纵身扑入一场烈火当中，看着火光一点一点焚化躯体，化作一阵清风，直至灰飞烟灭。

后来，她只身前往深圳，开始新的生活。她在等待一个可以拯救自己的人，也许这样就会更加明了。这种虚妄带来的痛楚终究破败，只是无力亲手打碎它。在火车穿越一条隧道的时候，沈闲看见一座桥，是她在梦中见过的桥。它连接两座山峦一侧，半拱造型古朴盎然。绿色苔藓早已爬满墙体。断壁残垣，充满破碎和裂痕。如同顷刻间会塌陷，又似乎可以再历经千万年。仓促一瞥，她生出强烈的情感，仿佛眼泪随时倾泻而出。带着这样的留恋，她再一次闭上眼睛。

她说，人是一种可以轻易恨上什么的生命。因为能够为他提供能量补给的物质如此之多，而喜悦同样如此。但人很难爱上什么，要是单纯用二元论解释，爱和恨是对等的存在。

爱一个人，爱一件具体事物，实在太难。那是心在无限累积获得巨大满足之后多余的产物，并且这种感觉会在之后随时消融，产生抵消机制。

14

十字街的尽头，一个流浪汉趴在满是垃圾的塑料桶旁边寻找食物。桶的颜色随着时间早已辨别不清，垃圾覆盖，淹没了桶顶。路人纷纷避之不及。他轻轻走过去，将鸡肉串分给他。于是，她看见流浪汉的愕然。她说，很感动，这件事。

他笑道，世间得失谁又说得明白。如果丢掉会觉得浪费，全部吃完，又会错过其他美食的机会成本。食量是有限的，那么不如把它们分享出去。你看，这个世界始终平衡，只是很多时候我们看不到。就像天上的鸟儿，不种不收，却有食物吃。

她学着他的样子去喂流浪的小狗，是被人遗弃很久早已没有家的、看不出品种、浑身脏乱不堪的狗。她将烤鸭放在地上，看着它欢快地跑来，用舌头试探，然后大口咀嚼，发出呼呼声响。它的尾巴使劲摇摆，似乎得到了满足。

而人对于命运作出的某种既定的猜测，又会是一种什么样的结果和感受。努力往前走，不回头，是伤痛还是时间给出的选择。你要使出巨大的力量，全身心投入在求生意志之中。更加坚定地相信自己，好像敲打岩石，到了至深处，自然就有水流出来。想想现在的自己，而不是过去的失败。

我们不能把生活中看到的东西全部转化为经验。它只能一小部分作为生命实际体验的感受，用生活实践生命，这是人人都在做的。

15

有些地方实在太遥远，远到即使穷尽一生也无法抵达。他说，人如果一旦在内心深处设置了边界，就会一败涂地，哪里也到不了，哪里不能去了。她静静看着这弱小的动物，在心里轻声说，再见。此生应该不会再见了吧。仿佛它听懂了这声叹息，嘴里叼着最后的食物，小跑着离去。

望着这一幕，他对闲说，我觉得今后你一定会记得两件事：一是关于流浪者的事；另一件，你对狗说，此生不会见面，然后它离去。闲，努力往前走，不回头。这一切都是因为，我们未曾穿越孤独，未曾见得喜悦。

第二天去白马寺，坐落于洛阳老城以东十二公里的白马镇内，千年古刹。他们租了电动三轮车前往。空气炎热，一路上，是粪便的气息。看到她微微皱眉，他故意说一些话题分散闲的注意力。路边有农民卖新鲜的自产果蔬，是一些苹果、西红柿之类的常见食品。喷壶洒下水珠，附着其上，它们显得青翠欲滴。

他们来到寺中。沿着中轴线一路走来，天王殿、大佛殿、大雄殿、接引殿、清凉台、毗卢阁庄严肃穆。看到周围禅房花木，古树参天，楼阁错落，碑刻林立。往来游客信徒络绎不绝，香火不断，有几尊罕见的元明雕塑精美绝伦。鸟儿在高处鸣叫，看不见身影。

"昔汉明帝，夜梦金人，遣使求法。礼请天高僧摄摩腾、竺法兰，以白马驮载佛经、佛像，东还洛阳。明帝躬亲迎奉，宣委鸿胪，以陈国礼，敕令绘释迦像于清凉台，于城西雍门外三里建白马寺，命二尊者居之。此汉地布寺院之始也。"门票上如此记载。

一个僧人默默穿过人群，向着后院而去。他的穿着朴素，右腿侧隐约有补丁不露痕迹地在光影中晃动，双手合十沉默不语，姿态谦卑犹如殿里的诸佛。

看着他从身边走过，沈闲对长生说，其实我们每一个人都可以习得这样的智慧，只是灵魂在更换一次又一次躯壳之后，心被蒙上了厚厚的红尘浊气。

跟随着少数的人群，来到一片竹林半环绕处，惊喜得见一间茶社，名曰止语。他跟着闲寻到一个僻静的座位，自助打上一壶清简茶水，靠在木质的藤椅上恢复体力。外面散落的花瓣竹叶被人扫向一处，仿佛因缘聚合一般。时间在此处成为节点一般的存在。

游人渐渐因为兴致而离去。此刻只剩下他们二人，相对而坐。茶水因为几次冲洗而逐渐清淡，一点点变浅的颜色，倒映着沈闲明亮的眸光。长生觉得她有话要说，而且是只想对他一人。他静静地望着她，隔着一缕一缕飘散的水雾。

仿佛是闲第一次向长生袒露心声，她说，后来养过一只白鸽，害怕它再次消失，关在笼子里，日复一日，终于长大。最终它变成一只有着洁白羽翼的小鸟，失去飞翔的能力。带它到公园里，它与同类格格不入，恐怕它也认定自己是别的什么，如此而已。后来送给别人，也许沦为食物，这样的结局，仿佛早已注定。

要在很久之后，发生的事化作了路。看着太阳一点一点划过天际，以后也不知道这样的情景要看多少遍。无数次，无数次，就像轮回一样。已经忘记有多久没有安静地偏安一隅，也很久没有思考个人与它之间的关联。它的美与魅，它的沉默与沦陷。

夕阳落日下的茫茫雾霭，以及行走世间的芸芸众生。她像一个外来者用第三者的目光审视这座老寺，又像一个参与的人留下太多的回忆。

她说，我知道心中有些东西将被永久改变。

如果有一天，我像僧侣一样盘坐菩提树下，思考自己前世今生，会不会在某一刻我的躯体像尘土一样随风而去呢？由此发现肉体的损伤是一种缓慢、持久、无可避免的过程。

不远处有老叟高歌吟唱："千年白马为寺，悠悠古迹刹那永恒……呵呦！"体验到一种沉静下来的感觉。也许这和回声无限放大了声音有关。鸟鸣，雨声，树叶落下来的节奏。人在城市或自己家里，即使门窗紧闭，依然感受不到这份与生俱来的寂静自然。风带来了远处的车水马龙，各种讯息如看不见的潮水纷纷涌来。天空被雾霾遮挡，难有蔚蓝。所有的一切都在被清楚地模糊掉。

夜色一点一点沉落，叹息声声透彻心扉。心在此处，身体流浪。仿佛内心有一个少年对自己说，长生，记住这感觉。在身体进入下一阶段前，心必须先跨过去。

不知为何，那一刻长生的感受是：时间久了，便会有一种一睡千年的倦怠。黑暗中的热闹，竟也鬼气森森地期盼着一场迷失千年的盛宴。只是夹在其中，既不属于活人也不是死人的空白地带。突然生出我是谁从哪来到哪去的想法。此处发现一个内心凸起，以为获得救赎却发现其实是另一处深渊。

长生在手机备忘录里写下：寂寞搅动静止的湖水。水面翻腾，涟漪起伏不定，始终觉得缺少什么。手中的香烟将要燃尽落地之时，伴随碰到枫叶的清脆声响。转身离开前，期待着发生。黑暗的滋养，期待一场火焰，连天及地的焚烧。目光隐藏在虚空之处，深切的喜悦。

他用英文翻译的结果又是另一种形式。孤独，激动着静止的湖水。水面搅拌着，跌宕起伏不确定，总觉得缺少一些东西。你手中的香烟会烧坏，当它降落时，伴随着枫叶的声音。在转身之前，我期待它的发生。黑暗的滋养，期待着火焰，在天空和大地中燃烧。他的眼睛藏在虚空中，深深的喜悦。

16

对有限事物的崇拜，让人有了局限性。人之所以无法脱离事物本身，也许就是恶的根源。长生在持久疲倦中，心中涌起无限怅然。

从白马寺走出，摊贩兜售各类纪念品。最亲近的人就在身边，天长地久，他又还能寄往何处。他摇头拒绝了小商贩的明信片和邮票。

书信和明信片，人类的欲望所衍生的产物。未来又会怎样，都与他无关，反正他存在世间的痕迹也不过区区百年。一百年之后，所有的存在都变成了符号，符号又再次失去意义。地球被这些永远不可见、不可闻、不可知的符号重新包围，该是怎样的一片寂寞无垠的荒凉。这一切，与他无关，他只需要牢牢地抓住前面那一双干净洁白的手，用这卑微的希望温暖支撑下去，至少此后一百年不会孤单。

空空落落的候车大厅，寥寥数人，各自隐藏自己的秘密。火车吞下一些人，又吐出一些人。吞下是为了吐出，吐出是更好的吞下。无数的可能，汇聚一个地点，走走停停，最后的旅途，最后的结局。火车吞下，然后再次吐出。

午夜的列车，长生躺在卧铺车厢里，耳边是节奏均匀的铁轨交错的咔嚓咔嚓咔嚓声。他看着窗帘，久久凝望，最后感到等待实在过于漫长。

有一幕电影场景反复出现，他的眼前是夜色弥漫中的大雪纷飞。路灯下，他看到一幕幻觉：小站列车站台上，一只名为小八的狗在飘雪的寒冬依然等待着它的主人，一辆辆的火车停下、开走，要等的人始终未再出现，失望，孤单，绝望过，哭泣过，视线延伸到地平线之外遥远的国度，一定有它主人的身影。

坚信着能再重逢，待到凄风冷雨过后，春暖在眼前。

就是这温暖的黑暗，如此多的奇异之物与人的清醒相连。在梦中，沈闲听见自己和那个男人最后的对话。

月光，莲花，湖水，表面波光粼粼。世间的一切，圆满无缺。这是一个人存在过的最鲜明的生活痕迹。然而，他说，你想把它们统统抹去，并且消失。是我做错了什么。

沈闲说，是心在疲倦，此刻心在老去，而且使你幸福的人不应该是我，请你保重。然后她离去，她会继续流离失所，继续困惑这漫长的一生该如何度过。因为看透本质，人会觉得痛苦。所以宁愿自圆其说、自欺欺人，最终成为一个人的花好月圆。一切岁月，使人深刻意识到独自走过这一段荒凉沙漠的重要性。

17

有一次沈闲带着长生参加同事的婚礼，如同逃离自己婚礼的那个现场。他们前进，她却后退。中年女人在事业稳定、经济自给自足中怡然自得享受来自四方的祝福。白色婚纱，水晶项链，钻石戒指，相识一年，新郎跪地求婚。周围掌声一片，闪光灯如梦似幻，这一切宛如幻觉。情爱是一场幻觉，对于闲来说。她想，她一辈子都不会再穿上婚纱了吧。红色地毯，水晶灯光，舞台，欢笑，这些化成无数喧嚣热烈的掌声尖叫。她都统统舍弃了吗，心底会有遗憾吗？为什么她在心底听到了一声深深叹息？

在这场岌岌可危的幻觉中，人又能感受什么、得到什么呢？婚姻可以拯救彼此吗？双方最后从当中得到什么？生活是什么？真相又是什么？一种约定俗成中亲密无间的两个人的彼此同盟吗？

有些人，也许一开始就带有某种心心相印的默契，但那都是经不起时间考验的错觉。从人的话语中得到期许、得到力量，那都不是自己的能量。若是失望又会受到多大伤害。

爱情是什么，真实又是什么？如果经由一个不相信爱情的人口中说出，我爱你，并且爱你至死。这未尝不是一种讽刺。

但是，我还会继续爱你，此时此刻。那个男人声音低沉地说。

很久，终于沈闲说，你知道你很自私吗。若一场旅途的开始，是带走一半的心。远行，离开去往一个地方，脱离疏远。每一次手机亮起，都以为是你。从不奢望你能体会我的感受，亦不想让你承担那么重的责任。告诉我你安好，可这似乎很困难，我从不轻易去爱一个人，因为那意味着耗费更多精力，让他的喜怒哀乐左右自己。这样担心异常疲惫。我想，若你在乎，无论去往何方，欣赏怎样美景，最基本的是让另一半找到你。我会将你加诸我身上的等待煎熬原原本本还给你。人会痛，是因为感受得到。

18

深夜，听一首来自藏族的民谣。我的命运不好就去了远方，孤独之根一下子捕获了她。在这种能让孤独的人更加孤独的夜晚，让陌生的地方更陌生的时候。

打开手机广播，幸好这个多年的习惯帮助了她。午夜未央这个栏目，在历史记录中悄然等待着，仿佛等待回家之人，知道她一定归来。温暖的指尖随机点出最近的更新。女主播的声音，一下子盘桓在空气当中，没有如水般细腻、温暖的嗓音，更像是蜻蜓点水刹那间怦然的心痛。她的声音，有着敏锐的钝感，仿佛多年命运多舛下生活的灵魂不屈的抗争。爱一个人需要很久，感动却只在片刻。

你最孤独是什么时候？有人说在他乡夜晚独自走路的时候；有人说在没有奶奶陪伴的日子里；一个人逛超市的时候；被人忽略不理睬的时候。在想起一个人却不在身边，你清楚地知道今后永远只能一个人的时候，这是她想到的孤独。

女主播依然诉说着别人的孤独，自己的孤独却在黑暗角落无法示人，只能默默独自咀嚼。无心他顾，她沉浸在自己的孤独里。此刻夜色如深海，她在这片冰冷潮汐里越飘越远。

她说，常常觉得惘然。走长路的时候体力好得仿佛可以忘记疼痛，而人最终是屈服习惯的，习惯使人忘记存在。自身的存在，我们的存在，命运的存在。

她说，也许我无法和别人生活在一起，结婚生子，抑或是不想让任何人接近内心的深渊。我们只能欢笑愉悦，却不能走进对方心中。这便是底线。

她说，喜欢火焰余烬这个词语，仿佛内心具有某种固有结界。持续、稳定的光源，熊熊燃烧，仿若烈焰。

一段关于梦境的描写："潜意识的本能冲动，趁人睡眠时以伪装的形式骗过了所有松懈的心理检查机制而得以表现，就构成了梦境。做梦的人对比愿望有所顾忌，这一愿望只得以另一种改装的形式来代为表述。"

第三章　沈长生,梦也有时

1

他说,这熙攘繁盛的人世间,没有一刻属于我,从头到尾热闹的始终都是别人。每一天,黑夜就在眼前逼近,然后突兀地拉开帷幕。

而他一退再退。也许不仅岁月会催人老,使之遗忘。现在看来,人本身也是如此。把带伤口的,仍旧鲜血淋漓的、不肯愈合的、正在腐烂的一刀斩下,只余留能够留下的那部分,然后独自前行。他离开一个地方到另一个城市的时候,用一首诗中结束之语,作为自己余生的座右铭,他说,我要死于更好之死。

在痛苦缝隙中流出的时间是什么?眼见黑暗自深渊里低落,带着黏稠窒息的压抑,缓缓蠕动,他准备接受它了吗?

是的,我接受它的属性。一如成全我自己。

呵,这是他所能保持的仅有的一线光明吗?没有它会如何?若是失去了,他将永坠黑暗。解放你的心,及时行乐。来自黑暗中的声音,这样就不会在意对他产生的意义了。因为没有意义,那么,怎么样都无所谓了。

他说，如果生活是注定要失去一切，那么早点结束又有何不可。不，至少我要亲手终结。一切是如此无趣，还有什么能让他内心愉悦的事？也许下一刻，会是天清月圆。

他并不知道是哪个把自己带到了这里，他置身于漂泊之中。他总有一种感觉，似乎会遇到一个人，带他走，至于会去往哪里，他只能相信直觉。找到答案，内心对他说。他背上的徒步包里，是他的全部家当。

深圳无目的地行走，他的自我迷失于这个城市，而这个城市却从不需要这样的人。似乎连感觉都发生了变化，类似于某种位移，不真实的感受。但是，真实又是什么？

爱是稀有珍贵的花朵，人拥有的只是永恒的孤独。那是他自身所吞咽下去的孤独，包围着他的孤独，黑暗中的孤独，海水覆盖下的孤独，风声呜咽所过之处的孤独，黎明前的孤独，孤独中的孤独。酒精疯狂灼烧嗅觉神经，那是烈火燃烧的气息，可他却是空的。感受到的，身无外物，心无实相，便是空的状态吗？那么脸上雨水的触觉又代表什么？无常和明天，谁先到来，都已不再重要。

只有来自内心深处的声音告诉他，忍耐和等待。但是到了极限，看见虚空破碎。世间呈现出本来的秩序。于是面目全非，出现全新的构建。

城市是一台拥有无限活力引擎的机器。地标，代表了它的边界，而它又同属于一座城的味道。那些交通工具将人送往各自的归宿，时间有秩序的分割。这一切，就像一台价格昂贵的精密仪器。

人在虚空中的发力点，决定了即将抵达的终点以及起点。若是一开始先后顺序发生颠倒或者改变，那么这种规则下的产物又该产生怎样的结局？

2

　　肚子空空如也，使得灵魂空虚。此时，他的心已完全敞开，他的脚步停留在一家青年旅社的门口。向着看似老板的管理人员询问，是否可以帮忙做点什么，以换取廉价的温饱。对方见他是单薄清秀的少年，模样也还算人畜无害，又确实缺少人手，他得到肯定答复，可以留下来，帮忙看店。

　　这个地点位于深圳华侨城附近的青年旅社，给游客提供简单的住宿。以其独特地理位置、环境优美，赢得众多好评。公共区域摆放藤条座椅，两扇玻璃门对开，看得见绿色植物。南方的雨水总是很充足。天气阴沉的时候，一些人坐在大厅里，看屏幕上播放的电影。一些人低低交谈，一些人晾洗衣物，总是有礼貌地自给自足。有大量停留无所事事的外国人，还有中国游客。

　　会有小狗小猫突然跑过来，在别人脚边徘徊摇尾巴，等待一些零食的喂养。女生会特意到旁边超市买来火腿面包。掰开小块放在手心，等着它们软软糯糯的小舌头舔舔。然后其中一只狗突然叼起大块的火腿跑到角落里，自顾自地吃起来。

　　他在这里就负责提供帮助，登记安排房间的活计。人不满时，他可以随意找一个床位休息。如果到了客满的时候，他便在待客大厅的沙发上对付一晚。这便是他的生活。

　　城市里，夜如海洋在流动。他坐在莲花山公园的长椅上，想起刚来深圳的那天傍晚。他出了火车站，目光茫然地走在马路上。夏日的炎热傍晚，道路两旁没完没了的知了叫嚣。远远的，夜苍蓝得就像是黎明时分。走进暮色，全然陌生。这样的时刻，洒水车在城市穿梭，扑面而来的是带着尘土的气息。辛辣，热烈。三三两两的人，饭后结伴，遛着各自宠物。狗，在草丛里骚动。蟋蟀不安地逃窜，扑打着黑色翅膀。而翅膀，是半空中、路灯下斑驳的蝙蝠影子。

3

　　她看到他的那个夜晚，他便是如此躺在莲花山公园的座椅上。夜空低沉，她知道，不用多久，将有一场夜雨不期而至。她一定还记得他的模样，还有萤火虫在他四周盲目飞舞的不自知。也许是它们带着她找到了他，但是他似乎都已经不记得了。即使她走到他面前，也没有认出她。他失去了他的记忆。

　　她在家里为他做了一顿丰盛的晚餐。取自当季新鲜的食材，海米炒油麦菜、番茄鸡蛋、地三鲜、蔬菜沙拉、大米粥。那天晚上，沈闲将空着的偏室收拾出来。于是，他有了自己的床，干净的被子，有了姐姐。她让他叫她姐姐。

　　他说不知道为什么会清楚记得客厅电视里播放的电影情节：玄奘归来之时，最后驻足凝望长安盛世，泪流满面。之后是另一部电影。一开始，女孩问，生活是否如此艰辛，还是仅仅只是童年。让·雷诺饰演的杀手说，一直如此……然后，他为了帮她而战死。但对于一个杀手来说，未尝不是解脱。那么多年，他也许疲倦了。最终，她成了他的救赎。虽然直到结束她都没有亲口对他说一声谢谢，她只是选择了他走过的路，一直坚定地，走下去。

　　有这样一段插叙的对话。让·雷诺那略显古板严肃的脸突然柔和下来，指着一盆盆栽，说，它从来没有烦我。它跟我一样，都没有根。而她说，你应该把它种在花园里。

　　沈闲问长生，失去记忆是一种什么感觉。
　　他说，他不知道别人是如何描述的，他感觉空虚。一仔细回想，头会痛，想吐。有些东西就在那里，走路遇上随手拿起来使用，水到渠成。然而要是回忆，就像回溯遥远之前的一顿午餐气味，吃了什么，又喝了哪些，始终想不起来。记忆就像一条深邃的甬道，通往远方一座森林木屋。屋前的门上一道黑色锁链，打不开，因此也就无法获悉里面的内容。努力推搡，脚步徘徊。

仿佛乘坐飞船穿越漫长时空，然后突然经过虫洞，那种震荡、晕眩，排山倒海地涌来。身体不属于自己，能清楚地感知到自身的分解重组。只是意识无法控制，无能为力。那都是一瞬间发生的事。又仿佛早上一觉醒来，看到天光黯淡，看到白昼交替，看到星辰陨落。可是他的路到底在哪里。

深夜，蒙上被子睡觉的时候，眼前出现一道光，就像一道盛开在旷野里的洁白闪电，光影中带着斑驳陆离，会通向哪里，并不清楚。然后醒来，他不知道是在梦中世界还是拥有的真实感受。

他在这个世间是否还有亲人？哪怕熟悉的事物，恐怕也找寻不到。突然巨大的恐惧感，仿佛外面的黑夜一下子迎面而来，迎头痛击。一瞬间，他明白，把他和世间隔离开来的不是时间，而是他所没有的过往。仿佛被独自停留在时间洪流中。前进不得，后退亦不能。成为，最终忍受不了的寂寞。

他会困惑这样漫长的一生该如何度过，自己于时空中存在的意义，以及这双脚所能抵达的远方是哪里。

在这个下雨的夜晚，雨水洗刷了一切。一滴雨水，从玻璃窗滚落。带着外面世界闪烁的流光溢彩，不断滑坠，与大地重新融为一体，不再分彼此。

4

介绍去她的单位上班，重新融入社会，成为一部分。仿佛有了身份，不再是来路不明的男子。他说，姐，钱我会尽快还你。

和她相遇的意义，也许要在很多年之后才会明了，确切地明白它所昭示所代表所引领的路。这座繁华的人口密集的移民城市，与他开始有了全新的联结。她说，重新来介绍，我叫沈闲，而你，是长生，沈长生。

她说，长生你要相信自己，相信存在，相信人所承载的历史，依托于土地。宇宙的微小维系，生物是原子，我们在本质上其实都一样。

清晨八点半，电梯门闭合的一瞬间，恍惚间来到一场旧日集会。各色声音如潮水般涌来，在封闭的空间回荡，并经久不绝。这是他将要进入的全新世界，全新的生活感受。他要尽快融入进去，用一双手、这具躯体去感受尘世间熙攘的气息。

她教他如何倾听理解客户。在冗长、烦琐的对话中找到那个可以连结的点，共同点。以此为媒介，发现他们心中所想。

她说，长生，不要好高骛远，不要急躁。当你把所有准备工作做到位时，一切都是水到渠成的事，是非常自然的感觉。这些都是宝贵的经验。

她将业绩全部挂在他的身上，这样也可以提高他的底薪，从而树立他的信心。她说，从现在开始，你要相信自己能成功，并以此为基点，向前推进。这样你会发现自己的价值，然后热爱生活。

如果这是她的意愿，她希望他通过这种方式获得道路，他愿意按照她的规划执行。

他现在没有意愿，只凭直觉，或者本能。他想，他确实得到一次进入这个世间的机会，并为此心怀感激。所以，他一直想报答她。

他说，我欠了你许多，闲。

他们有时会探讨客户的情况，就眼前掌握的资料分析可能性。沈闲问长生，你觉得这个客户如何，会再一次约见吗。他说，其实，我并不知道。悲观主义者在任何情况下都不会乐观地看待一件事的良好导向。只是一开始，会消极地感知这一切。从不对人期望过高，也绝不依赖别人。

不知为何要独自承担这隐秘自责的痛楚，渴求完整，相信世界有尽头，却一再执着于自身的幻觉，最终陷入这个境遇里，他说，人会跌入自身的处境，无法自拔，深陷其中，明白这必然趋势营造的苦楚。

如果生活的本质是一种持续不间断的损毁，那么物质创造了世界，物质提供了所需，物质是一切，由生活的反省确立了人类的基础经验，养老保险、公积金、休假、超市、存款、车子、房屋，维持生计，不一而足。长生觉得人的命运不该如此，它还应该具备别的什么，可是时间始终把人推倒在路上。温暖的黑暗，被灯火点亮。这一刻，世界有如此多的奇异之物与人的清醒相连，可是始终把握不到。能感知，却无法用言语形容。有形的、无形的，人不努力就什么都得不到；人越努力，失去的反而也越多。这又是为何？

此刻，内心生出无限惘然。灯火辉煌的璀璨，又会通往哪里。他说，我感觉到每一天都在进步。这种进步虽然微小，但雨滴终究会汇集成河水并最终流向大海。也许有一天，我会撑起一条小船，顺着河流抵达一处荒岛。在岛上种一些向日葵，整日吹着海风，与它们一同迎接日光。

她说，你确信会有这一天吗？

是，没有任何时候比此刻更为确信了。我坚信这一天会到来。

这一天，观察手臂上的绒毛在阳光下呈现一种突兀的斑斓色彩，片刻的平静。他说，在时间当中突然确定了很多东西，没有谁必须要做什么。人都是在尝试中学会驯服，因此人都是被训练出来的。

就像狐狸对小王子说的，我不能陪你玩，你需要驯化我。驯化是什么？小王子说。这是常常被遗忘的事，它的意思是创造关系。对我来说，你无非是个孩子，和其他成千上万的孩子没有什么区别。但如果你驯化了我，那我们就会彼此需要……你要永远为你驯化的东西负责。小狐狸说。

所以他需要对自己的心负责。

多少次，无尽无休止的重复。他学会的唯一的事就是：对不喜欢的妥协、退让、忍耐、等待。心在一次次地损毁，是快要分裂的那种痛。但是，谁还能感受得到吗？

消融自身的存在感吧，只有这样才能与世界和解。面对接踵而至的人群，恐怕被撞倒在地，也不会有人伸出援手吧。和应届毕业生一起工作，虽然他看上去依然很年轻。秀气的脸庞，散发微微遮挡住眼角，罕见的单双眼皮，他的目光始终清澈。即使如此，他仍然郁郁寡欢，与环境格格不入。骄傲，是因为人有支撑。若是没有，他也只能是内心孤傲罢了。

似乎所有的人都在等待，等待结果，等待着发生，等待着花开花谢，等待流星划过夜空，或许还等待一条河。河流之上，别有一番天地。

是的，他需要谋生。他说，无限复制将所学到的知识变成技能。轮回，就像细胞不间断的分裂，当中会不会出现某个细小的差错。这种无聊枯燥伴随时间更迭所抵达的道路尽头到底是哪里。可有道路，似乎连方向也没有看到。如果这就是现实，那么谁来救他，逃离出去。

他说，我可有道路？

她说，如果没有路，就走出一条路。如果没有方向，就寻找出方向。如果一条路走不通，就换另一条。如果道路依旧有尽头，是重新比较哪一条会更好挖掘，还是继续更换，花费无数时间代价不断反复。这是我们应该考虑的。然后，一步一步接近心目中的终点。

他问她，是什么让人懂得珍惜？

她说，因为回不去。
繁星闪烁灯火辉煌点缀的这个尘世的人心所向，很多事又有谁说得清楚呢？她怕他再说出别的惊世骇俗的话，赶紧拉开他。
他说，闲，我并不觉得哪里说错。他私下喊她姐姐，公共场合一般都叫闲，所以没有人知道他们确切的关系。这是他们心照不宣的，不愿意解释，也就不给人误会的机会。

5

苏铭对长生说，将来我要有一次远行。抛下一切，抛下无边寂寞，抛下所有的留恋，远走高飞。经过一个一个城市，我知道我已经走得足够远了，但是还不足以支撑这颗心的需索无度。它实在贪婪，必须满足，就像使命一样。

苏铭是长生交到的第一个朋友。一个人租住在公司附近的小区，是个两居室。他说，他喜欢空间大一点的房子，可以有自己的书房和卧室。每天他们一起行动，外出开展业务，寻找客户。

有时候长生也会住在他那边和他一起上班。苏铭是北方人，天津，一个同样临海的城市。有典型的壮硕身材，口音里带着婉转起伏。又因为靠着北京，天子脚下，所以自有一番字正腔圆的津腔。长生记得生活在津城的人，都比较恋家，为什么从不曾听他提及。苏铭的实际年龄和闲一样。他有一双好看的内双眼皮，笑起来眼角会有细小皱纹，水波潋滟，一闪不见。浓眉大眼，薄薄的嘴唇。宽额头，短发细密浓郁。一米八五的高大身型，挺拔均匀，很容易让人生出好感。同样是业务部的苏铭是公司的老人，比闲还早一年入行。时运不济，始终没有升职的机会。闲和他还算熟悉，所以拜托他帮忙照应长生。

那天晚上，苏铭邀请长生下班去吃饭，在路边的大排档。苏铭喝了许多酒，这个略微腼腆的北方男人敞开心扉，侃侃而谈。他们很投机，仿佛一见如故。大多数时间是苏铭在讲述，长生在听。长生仿佛天生就是一个倾听者，也许即使失忆，他的心中仍然拥有对山川河流、空谷幽兰、桥、绿色植物以及时间的敏感回应，这种觉察洞彻仿佛是他与生俱来的特质。心思细密并内心多愁善感的人，天生吸引特定的人，带着自身所特有的属性。缓慢，汹涌，无常，并且坚韧。

身处闹市，夏日炎热的夜晚。闷热的空气，因为潮湿，所以令人窒息。海水在远远的未知处潮涨潮落。一只蝴蝶，在大洋彼岸翩翩起舞，于是，一场海啸发生在人们看不见的地方。一双粗糙简单的木质一次性筷子，将之掰开，在使用之前，会看一眼表面是否有粗糙的木刺。彼此摩擦，然后方能正常使用。这也是人生。最终的顺服，为了打磨完成。

苏铭说起刚来这里的经历。他说，刚下飞机的时候，凌晨天还没亮。很疲倦，于是由着黑车司机带到住宿的地方。后来才知道那是一个隐秘的红灯区，他被安排在附近的民宿。仗着年轻，也并无顾虑。进入眼帘的是破败的门房，十二平方米。因为价格实在便宜，他直接拎包就住下，反正第二天也要离开。

在这不到十五平方米的房间，一台老旧电视机，房门直对着污迹斑驳的双人床，便是这间屋子的全部。他走到服务台向服务员索要被子，顺便清洗一下风尘仆仆的脸颊。走廊尽头是公共卫生间，一条狭窄过道，串联起一个个密集的房间。衣着暴露的女子，对着镜头梳妆。吊带衫、短裤，脚穿老旧拖鞋，露出涂抹成黑色的脚趾，散发神秘气息。看见他走来，毫不惊慌，镇定自若做着自己的事。

女子看了他一眼，从容离去。他站在镜前，看着镜中的自己，孤傲清冷的神情，刀削俊朗的侧脸，一如少年，取出手机拍下此刻疲倦的样子。用冷水洗了脸，将毛巾冲洗干净。

大概过去半个小时，他刚刚睡下，便有剧烈敲门声。起身开门，几个艳丽女人见门打开，推门而入。旁若无人地坐在唯一的床上，说，找你聊聊。

他还没有完全反应过来。几分钟后推门走进几个男人，表情凶悍。说她们是自己的女人，索要交代。他一下子明白，不过是劣质的把戏。他们拿走了他2000元现金，迅速消失。

这是我来到这个城市发生的印象最深刻的事了，他大笑着，四周投来好奇的目光。身后不远处，有不知名的花瓣簇簇掉落，散发甜腻清香。这来自夜间的野花，本身在黑暗中开放，寂寞的，安静着。这便是长生眼中的画面。

四周从无止境的声响，人们大声交谈，酒杯碰撞，风声，成为这个世间热烈鲜活的记忆。

而他想到的却是，生活是一条直线，还是一个封闭的圆？有的时候，忘记了某个人；在另外的时刻，又不经意触碰，仿佛再一次回到原点。孤单至死的感觉是，很多事情，也许忘记，亦是救赎。背负着过多，人是无法前行太久的。

6

雨下起来的时候天色也暗下来。雨大滴大滴的，迎着风打在脸上，很疼，也很孤单。长生沉默片刻，说起刚来的时候，也曾遇到记忆犹新的事。那天晚上，遇到三个人。

仿佛世界遥远深处传来的歌曲，无言以对的世间，因为无可抵挡，成为巨大的伤口。夜色，炎热的夏天。也许不久，城市将变成灼热海洋。凌晨三点，两个人，年轻的男女，并肩走在大街小巷。黑影，沿着浅黄灯色，肆意蔓延。如果，如果我们还来得及，在城市彻底沦为海洋前，逃离，我将带走关于这里的一切。记忆，八月所有的人、时间、建筑，全部沦陷，送走最终的沉默。广播剧里的痴爱缠绵，并没有真正赶走孤独寂寞。

夏日酷暑，更像是急不可待地告别，交换生活。看透世事的本质是，相信才能改变，而信任的实质就是承担责任。如果寂寞的定义是无人陪伴，那么他们是不寂寞吧。树枝以寂寞姿势刺穿自己，他以这样的方式，穿越虚空。数着万家灯火，一盏两盏三盏，多到数不下去。为他亮起灯，等他的人，又在哪里。心此刻成为空洞。

那是他在深圳第一个夜晚的记忆。午夜十二点，他从火车站走出来。背着双肩包，不知为何会来到这座城市。只是隐隐觉得可以重新开始。呼吸到第一口灼热气息。夏季的夜晚总是想要逃离什么，也许炎热灼烧了敏感的神经。期待坐在马路边喝上一两瓶冰爽的啤酒，然后呢？之后是无边无际的寂寞顷刻涌来。

没有任何方式能把他重新带回人间，所以他感到寂寞，无比的孤凉。就仿佛秋风吹落最后一片叶子，树叶清楚知道自己的无能为力仍旧苦苦地挣扎，旋转徘徊被吹到世界的尽头。

他想起一首诗里曾经这样写道："谁此时没有房子，就不必建造，谁此时孤独，就永远孤独，就醒来，读书，写长长的信，在林荫路上不停地，徘徊，落叶纷飞。"

他走在街上，午夜时分，街上仍旧灯火通明。道路两旁，路灯笔直延伸，仿佛没有尽头。电动车穿梭往来，那是外卖小哥忙碌的身影。这座城市，应该是没有夜晚的。等红灯的时候，他与一名外卖小哥站在同一条道路上，离得很近。看到对方的微笑，他回以笑容。对方问他背着大包要去哪里，他说往前走找住宿的地方。外卖小哥看了看自己的电动车座，心里考虑一下便邀他坐上来。

他们的短暂交谈中，他了解到小哥的年龄其实很年轻，刚刚二十出头。来到外地打工，专门跑夜宵的活儿。因为会有额外的补助，而且点餐的人比较多，夜晚交通不那么拥堵。大概骑行了三公里，在下一个路口，他们分开，对方拐弯驶进小区里。

一个老旧的台阶口上，他看到一个女子疲倦地抽着香烟，烟雾缭绕。寂静无风，也许寂寞，也许无所事事。他停下，继续猜测她的过往。他们相距不足一米，眼神交汇的刹那，仿佛因为此刻生命对等，于是有了继续交谈的路途。更远的地方成片黑暗彼此相连，灯光摇曳中，他得以确信自己仍旧在路上。光亮照射的地方要比没有灯，更加黑暗。

女子如同喝醉般梦呓着说，找到一个地方，电影院，待至天黑。外面这样灰蒙蒙冰冷压抑的天空，需要等到黑暗一下子降临，灯火通明的时刻才会重回到这片天空下，黑夜将它覆盖，要不然会有死去的疼痛，感到无法存活下去。

城市里，有一种不可想象的疯狂荣光，仿佛黎明前的黑暗。那样浓郁，并且逐渐加深，逐渐加深的还有夏日炎热的午夜。一场大雨将至未至，知了没完没了地叫嚣，仿若生命从不止息。等待一场夏雨，就像邂逅一个人，走完一段路。那些本该如此的，本该发生的，都在继续。

他们在屋檐下躲雨，时间安静下来，仿佛彼此是株特殊的植物。雷雨过后，植物带着被摧折的鲜烈气息扑面袭来。他没有说告别的话，将包重新背在身上，继续走路。而她终于抽完盒中最后一支香烟，目送着他离去。

他看着静默的河水，心里突然寂静得可怕，仿佛走在一条无限延伸的道路上，看不到任何光亮，也望不到它的尽头。突然很想这样一直走下去，没有缘由产生的念头。他看着街道上沉默的灯，一时之间不知身在何方。有一段记忆碎片恍惚觉察，那也许是曾经走过的路程。经过河边，远处全是小渔船，渔灯都点得通亮发白，影影绰绰的，彼此衔接交汇，仿若来到童话世界。生灭，刹那，轮转，脑海里会飞快闪现画面，没有规律。某个人的脸，五台山上的雨，白茫茫的雪，长长的发丝，十字路口，昏黄灯光，丝丝缕缕的光，自行车。

一个成年男人出现在视线的正前方，路灯下影子被拉得老长。他的脚步踉跄，充满犹豫，似乎是因为宿醉，找不到目的地。他们迎面相遇，他经过他，他叫住他。男人向他问路，说是找不到家的方向。金塘街，他刚刚经过它的指路牌，而喝醉酒的男子似乎没有发现它就在他的右手边。他指给那个人。男子很有礼貌地道谢，然后突然哭出声来。男子说，自己和爱人吵架，心烦意乱出来喝酒，找不到回家的路。他那么努力地打工，为了让她能更好生活，到底做错了什么。

他听男子的唠叨诉说，并不觉得厌烦。也许这是一种命运的选择。耐心安慰，并再一次确认他回家的路，他听见男人喃喃道谢的声音。

所以来到深圳的第一个夜晚你遇见了三个人，并发生交谈。苏铭做出某种总结。是的，记忆深刻。长生说。夜晚让人迷失自我，就像眼前出现一座看不见的城，走进其中，发觉现实无限遥远。

7

酒喝到惨烈时，地上狼藉一片。酒瓶随着不经意触碰，发出清脆碰撞声，倒在地上，往远处滚去。抑郁不得志的男子，在酒精发挥作用时说起自己的往事，似乎总是那么顺理成章。寂寞真是使人疯狂的事，长生想。

黑暗中，苏铭看见一双异常疲倦的眼，父亲佝偻着背，蹲在漆黑的角落，四周是烟雾带来的陌生感，那是劣质烟叶和草纸卷起的最便宜的烟草。他曾是顶天立地的男子汉，军人艰苦的训练未能动摇他的意志，受伤复原之后，生活的艰辛却压弯了他的脊背，儿子高考落榜成了最后一根决定性的稻草。很多天，不发一言，沉默着，不停地吸烟。然后对他说，你去当兵吧，至少是个出路，我去找找过去的关系。他拒绝，然后看着父亲转身离去的背影，忽然想做一个强者，内心升腾起剧烈火焰。

他说，其实我是可以考上大学的，我也以为最终结果是这样的。平平常常上学、毕业、参加工作，承担家庭的责任，让亲人安享晚年。母亲那么爱美，因为劳累一天天苍老，我很心痛，这么痛。

他说，我也不知道为什么会有这样的想法，肯定是现实的压力打败了我，想要逃离，以为逃避就可以真正解脱，可自由是更大的代价，是幸福以外的东西。真正懂得的时候，却已经晚了。高考期间那么紧张的氛围，所有的奋斗都是朝着同一个方向。当那根绷紧的弦突然松弛、断裂，并生出退却之心时，你知道，这是致命的事。就像相同压力下同一空间呼吸的集体，由于你的失误，空间产生裂纹，你被就此排挤出去，结果可想而知。

高中毕业之后四处打工。做过酒店服务员，摆过台球，卖过挂烫机，超市里熟食部卖过盒饭……之后辗转来到深圳。为了挣钱，吃过很多的苦，如今在这座城已有八年。

长生说，有想过回家看看你的父母吗？

家，我早就没有家了。他们已经去世多年。如果这里租住算是一个家的话。苏铭说，我从来不爱深圳，这里也从不缺少我这样的人。但是我们可以彼此变得完整，你明白吗？

8

苏铭想起他的童年，他的过往，躲避朋友的阴影。他的朋友，相识很多年，虽然关系莫逆，却始终想超越他，也许是想证明自己吧。而结果是，学历能力都不如，这是命吗？他说，一直站在二元对立的中间，向前、退后都会万劫不复。谁都没错，黑白、正义与邪恶，它们只是存在。最终尝试理解：世界有爱的时候，我们将重归混沌。

他的痛苦是否已经生长出熟坠的果实。它的根茎扎在虚空中，伸出长长的触角，汲取养分，孤独地生长。

他说，我的生活，就像一场盲目的扩张。没有初始，没有方向，没有目标，没有根基。也许不久将会倒下，也许倒下需要很久时间，也许摧毁它的就是我自己。周而复始，重复辗转，深深埋藏地下，一万米深渊。人唯一能做的，便是承认自己是被自己打败的。如果将来有一天，只有她的声音成为我的救赎。我守着它，度过漫长的时间。

突然想结婚。发现医院是让一个人重新回归现实的地方。发生事故之后，才发现，原来身边并无一人。

所以想尽快结婚，他说，用余生还对方。后来他明了，他所能找到的也只能是同类人，这是内心黑暗驱使的结果。最后自己组成大家庭，融合。

从前他是一个不学无术之人，后来发生重大变故，他的父母因为一场车祸双双去世，自己被死亡改变，最终成为心里的一座坟，埋藏着两个至亲。

也许是他的宿命。苏铭问长生，我们是真实的吗？那么我们曾拥有时间，或许以为拥有时间的，都将被时间所摧毁。认为拥有爱情的，也将要被爱情埋葬。人们都说，若想寻找一份安全感，那就到剧场。灯光暗下，所有人都无所谓邻座是谁，注意力只随台上的追光跑。每句念白、每段配乐都恰到好处，放任人们将整个身子交给舒软的座椅靠背，这种背后有倚靠的感觉，会令你感谢自己的选择。

如果需要一份满足感，那就到美术馆。在空间极大的让步下，色彩跳脱成为立体的语言。书中了解的那些结论仿佛经过食道的快速挤压，神奇般地消化成答案。且你知道，此处并非一餐。他陷入回忆不可自拔，仿佛死亡在他自身打碎的梦里。长生打车送苏铭回家，当时已是凌晨。长生给闲打了电话，然后住在苏铭家中。

9

他确定自己又开始做那个没有结局的梦，是重复多次的噩梦。每一次都有微妙变化，似乎梦随着他生长一般。这一次，他走在黑暗的路上，长长昏昏沉沉，仿佛没有尽头。血色的天空，感觉不到寒冷，身体没有任何温度。但是有风，是那种可以盘旋的风，打着旋，始终在周围徘徊。远一点，是天空。血红色轮廓，成群乌鸦，投下大片阴影，重重叠叠。

他在拼命地奔跑，身后是拖拉爬行的细碎摩擦，以及分不清是哭还是笑的充满压抑的婴儿声。无论他如何逃离，始终和它们保持同样的速度。或者是它们让他听见，想让他感受。不知怎的，这一刻，仿佛心知肚明。

……

他大声呼喊，在噩梦中惊醒，一下子坐起身来。

她守在他身边，手指轻轻压住他额头，她的手指清凉。她说，又做噩梦了吗？是，他的呼吸急促。他在她的安抚中逐渐镇静下来。

这是他做过无数次的梦，他对她讲过。那个漫无边际的混沌世界，为什么会重复，那么真实，到底曾经做过什么？他都不记得了。

在梦中，他已经死过无数次，梦见自己的死亡。是主动走向它，一步一步。他知道这是他的世界吗，他知道这是他的梦吗。他知道他无法再次醒来吗，但他决定死去。但他要在醒来之前，在海洋里学会呼吸。

10

有时不经意的夜晚会伴随一些遥远的记忆，长生突然记起自己曾在北京的一段生活。那个时候参加销售的会议，北京六环外租的酒店，名字早已想不起来。整整五万人，封闭的培训，中午集体在培训大厅里吃十块钱的盒饭。夏日炎热，即使酒店上方的中央空调不停地工作。午饭的油腻味传遍每一个角落，身上全是米饭熟肉的气味，即使走出大厅，依然能够闻见。

北京是有夜晚的班车的，一条起于城市中心天安门，终于郊外山村的冗长线路，用时四个半小时。在记忆里，长生坐过一次，从灵境胡同上的车。作为事件回忆，以旁观者角度观望自身，就像跨越山峦之后望见了河流。

时间苍老得不成样子，其深度不可测量，在回忆中他知道自己的一切。知道自己是谁，从哪里来，到哪里去。

彼时他坐上一辆夜班车。汽车上只有很少的人，都沉默着。他会很自然地产生一种幻觉，仿佛司机并不存在，只是汽车本身在驶进。没有方向，没有目的，亦没有开始。

女子坐在他的身旁，靠窗位置。身穿黑色风衣，长发及腰，侧脸的轮廓于黑暗中时隐时现。侧面看，她的腹部微微隆起，却依然是少女的身形。她将玻璃窗推到最大。司机开得飞快，大风呼啸中，她的黑发在空中起舞，仿佛一匹墨色绸缎，永无止境地飞呀飞。

他猜测她的身份、她的名字、她的年龄、她的样貌、她的过往。每一次颠簸中她都将自己更加隐藏于黑暗里，隐藏于风中。也许，她觉得这样更自由，更加有安全感。她已有身孕，隆起的小腹即使掩藏再好，依然能够窥见蛛丝马迹。

那一晚，他正要下车，她仿佛获得某种特殊的警觉。抬起头，与他瞬间对视中，认真地说，让我们地狱里见。第一次，看见她的脸，仿若苍白精致的瓷器，没有瑕疵，没有血色。她的笑容诡异，稍纵即逝，犹如鬼魅。然后他看着她消失在黑暗中。没有路灯，那样快速地消失。之后，再也没有遇见她。

11

清晨，他在公司看到一只蟑螂。它兀自爬行，好整以暇。它不知道危险悄然临近，有人已经宣判它的死刑，决定用鞋踩死。

他制止。他说，这样还会有更多蟑螂，它会从碎裂的卵中出来，这些肉眼看不见。它的习性救了它自己。

他用办公的A4白纸将它包裹，乘坐电梯下楼，将它放生。看它顺着墙角越走越远，它的旅行仿佛它的命运。

他对它轻声告别。他说，再见。再次相遇在，永恒时空。

作为观察者，看到的是别人的参与和故事。可是究其本源，照见的却是自己的内心。那些幽暗处见不到光的地方，苔藓群落，掩饰坚固。可它们深埋尽头的柔软，要以何种方式面对。现实对于弱小是一个残酷处境，肉身投诸无常，灵魂又安放何处。那个始终在黑暗中提着灯笼独自赶路的人可知，长日将尽，黑暗漫长。

第四章　一种开始

1

学历、眼界、样貌等外在特质随处可见，但是一个成年男子的自持自觉却是无法在多次训练且重复的累积当中复制的。他注定是与众不同的男子。

当她看见他蹲下身体打水，眼神虔诚的样子时，便被直觉告知、吸引并且多次徘徊。处女座的女子，好奇、细腻、温柔多情，但并不愚昧。有一次，他去饮水机旁打水的时候，她轻轻走过去，靠近他的身旁，低下头观察，神情专注认真，充满执拗，仿佛那水中有曾经遗失的某种珍贵美好。

他有所察觉，并不动声色，有所等待，永远将自己设置于被动之中，随波逐流。

她轻声地问，哎，你为什么要这样倒水？

这是他第一次抬起头，认真打量她，打量这个曾多次偷偷观察接近他的女子。

他知道她的名字，知道她是江南女子，二十四岁人生最美好的年龄，她习惯穿黑色外套，披肩的长发被一条头巾束成长长的马尾。

他说，这是对水的尊重。

他的尊重，对生命敬畏的姿态，一瞬间令她折服。擦身交错而过时，他有种陌生的感伤，他说，人在这个世间生存，太多的时刻，我们如此身不由己……

自身凛冽如寒风过境的荒原气质，与沉静时光尘埃颗粒中古老书籍的气味相结合，是那苍茫飞雪不见天地与皎洁月光下孑然一身的组合。这样的男子，她想接近，想要了解。

处女座得出结论，一个月，此后她会以各种理由徘徊在他身边。因为一旦好奇心开始，就不可能停下。

一日中午，她们起哄，南浔溪，你是不是喜欢沈长生。她一瞬间的不知所措落在他眼里。然后，她走到他面前，大胆直视他的双眼，说，是，长生，我喜欢你。这是他们交往的时刻，由两个人彼此不熟悉所组成的同盟。

他还记得曾经整晚整晚地看着那些旅行的综艺节目。形形色色的地名，人群、城市色彩斑斓地出现在他的梦境。道路昭示了命运的既定轨迹，过去未来现在见证一切，也就拥有了新的意义。

南浔溪说起自己童年的时候，似乎一直都是在告别，一直在做这样的梦。长生，总是送完最后的人，然后独自望着长长的火车轨迹发呆。恋慕着这样的生活，这样的人生。

他对她讲那个梦魇，一直留在记忆深处纠缠的魔鬼，被他埋藏在最深处的迷宫，施加重重封印，最终某一刻契机，洞穴破开，魔鬼哀号。即使他远走千里，这个梦仍在纠缠。

火车，已经很久没有乘坐一列疾驰而来的火车，疾驰而去，通往远方的道路还是漫长。那样漫无边际的夜空下，星光闪烁，也许能看到一面高山原野上的碧绿湖泊。星月沉坠，像一面镜子。不对，镜子是没有波澜的。它的涟漪，也只能代表水的属性。然而湖泊，它会静静等待一个人路过，并且为之停留。

最终他没有看到火车，等来的只是这个城市的地铁，仅此而已。车厢里，充满雨水湿漉漉的气息，让人以为地面正在下着一场特大暴雨。此处，南方的夏季多雨，还有那么多的人，一切都在喑哑地移动着。花在静默中盛开，某一天夜里，它们就开始枯萎死去，糜烂在黑暗的泥土中，变成至为关键的一环。

渐渐开始养成一种习惯，在地铁车厢里，站着或者坐着读书。沉默，总是不期而至，即使无关的人大多喧嚣。在万般熙攘之后，心里终究还是寂寞。人杳两忘。

2

如果读书，只是一个人的事，生活却需要两个人，长生和南浔溪，沈闲和沈长生。他想。然后，他们在认识一个月后有了第一次约会，她带他去吃地道的南方菜。他们在餐厅里聊天，公司里的禁忌，无法拥有更多交流的机会，除了工作。这就是大都市的现实。

虽然是一座移民城市，但也有特色食物。龙岗三黄鸡，其体型大于其他品种的肉鸡，肉质丰厚、嫩滑；沙井鲜耗，富含蛋白质和营养成分，口感鲜美；潮汕牛肉丸，纯手工制作，弹性十足，同样深受当地人喜欢。又点了椰子炖鸡汤、笼仔饭和双皮奶。看着一道道菜肴依次出场，聚光灯下，人们各自交谈。

声音娓娓而来，就像一场不自知的花好月圆。这一刻，食物和人的历史感竟在一瞬间达成共鸣。它们发出共同的呼喊，演绎起一幅活色生香的画面。

等餐的时候，长生看着四下宾客满座，一片熙攘，好不热闹。微微有些出神。不禁，长生轻笑出声。南浔好奇，他说，突然想到，这里每道叫得出名字的美味佳肴，碗筷刀叉，以及各种食材，后续加工，都是整个社会与人协作的产物。她微微点头，示意他说下去。长生接着道，农民播种、耕耘、灌溉、施肥，时间作用其上，然后收获、采摘，利用交通运输到各个角落。超市、店铺、冷藏、冰冻、广告宣传、人力销售……通常被家庭和餐饮行业采购回来，开始烹饪，蒸煮或是煎炸或者爆炒，辅以调料，做出供人品评的食物。而承载它们的容器，又自有另一番繁杂隐藏的工艺。

人站在物质的顶端，坐享其成，又为它最初的来源付出辛苦。生态链由此形成。

南浔说，这便是我们从出生以来所要接受和承载的生活。长生，你就是想的太多了。

我只是看到一种选择。被迫置身于巨大疑问中，它沉默又寂寥。

他说，人有时候更愿意相信记忆中的真实，而非真实本身。长夜漫漫无心睡眠的时刻，看书到深夜。一种饥渴难耐的感觉，自深处隧道长长地传开，自上至下，由深到浅。就像一段始终无法抵达的回忆，遥远地发出呼唤，深沉的、无力的叹息。

远处，城市中的灯火，逐渐点燃梦魇般的夜色。月亮躲在钢筋水泥建筑的背面，像一颗遥远的恒星。人的孤独，原来如此。

她问他，当初，你为什么要选择异地的工作。他说，有过这样的感觉吗，当时间一分一秒逝去时候，是否有某种紧迫感，在迫使着我们做出某种选择呢。

他说，因为不了解，只能简单而笨拙地探索这个世界，摸着石头过河，不知不觉就走那么远的路。他的言语轻俏，目光却异常澄澈。

看着他，她认真询问，所以来到这里，就是证明你的极限吗？

也许是，他说，也许更多的是在寻找某个人，某个灵魂对等以及互补的人。我们要以此度过时间的荒芜。世界尽头，得以证明我们都是无罪的、自由的。她说，可是我感觉你很失望，是因为这座城市，还是这里的人？

都不是。其实哪里都一样，这我早该想到，城市化意味着什么。陌生人大规模肉体聚集，就像加入一片掌声中，它成为一种状态。因此得以知道人是可以被训练的，代价是消融部分自我。一旦忘记，我们将会平庸。

然后，他轻声问她，之前你去过乌镇，它美吗？我很向往。

南浔说，夜晚的乌镇实在太热闹，有时商业化得让人不敢停留。因为一个人，所以只能不停地走，太过嘈杂的环境会让她更加明了自身处境。因为一个人，她更加不能适应人多的场所。而最终，南浔溪成为独自一人，去往乌镇。夜晚华丽，灯光璀璨。在古巷角落买来大量颗粒饲料，成为这个夜晚唯一投食河流的人。

黑暗中因为食物寻觅过来的鱼群，又会因为手电光线匆匆逃避，寂寞地躲在水下，依靠鳃呼吸氧气的黑暗中的生命体。它们的存在，本身寂寞吗？她喂食它们，获得寂寞共鸣般鲜活的满足。鱼，不知疲倦地靠近徘徊，她不计成本地投放。这仿佛生活本身。而黑暗喜欢把一切都隐藏起来，水中的光一层一层晕开，慢慢漂荡，又薄薄地散去。

整个乌镇唯一投食给鱼的南浔溪，她的心就像停泊水上的船，水面静止，船也是不动的。河对岸，酒吧林立，乐声震耳，今夜群魔乱舞。后来她明白，投身黑暗的人，必被黑暗所指引。

突然地，长生问南浔溪，你相信时间有尽头吗？

他一定还记得那天的情景。大雨过后，天空出现罕见的双彩虹。很美，很多人拿出手机拍照，刷微博朋友圈。长生，看这里。滴答。她拍下他们唯一的一次合照。

3

他做梦，猫来告别。

它说，我要走了。它的声音像是被河水覆盖，模糊沉闷。他和猫，对峙在一条时间的河流面前。

为什么他们之间横亘这样一条河水呢？无限宽广的褐色暗河，一眼看不到河底的深邃幽暗，礁石隐藏，一个一个偶然露出的黑色漩涡像是原罪的陷阱。水冰冷地溅在他的脸上、手臂、鞋子和身上。

此刻，他的内心震颤不已，眼泪止不住地流淌下来。他说，猫，我们之间还差一场告别。而他清楚地知道，他们这场对话将在此刻完成。它说，我是猫。它的盈盈眸光中始终倒映着一轮浅浅圆月。要回忆结局，就必须记起开始。那场梦幻一样的场景像这样将他和它联结起来。

八月，遇见猫的那天，也是和南浔溪交往的时候。那一天傍晚，微风，天气晴朗，长生从福田地铁站走回家，刚进小区后院的门口。

他看见一只大猫蹲在一辆车的轮胎旁边，一对年轻情侣吃着零食经过。它软绵绵地呼唤，希望他们施舍一些食物。女子嫌弃地躲闪，男人粗暴地驱赶。它蹲在原地，只是轻声呜咽。饥饿对于一只猫是无能为力的事。

他去旁边的饭馆买了一份炒米饭，想的是也许它已经走了。猫还在，细语一样地呼唤。他蹲在地上，和它面对面。他听见它的呼唤，他看见它的双瞳，罕见的鸳鸯眼 —— 一只碧蓝，一只幽绿色。它轻轻摇着尾巴，全身毛发本来是雪白的，因长期流浪变成风尘仆仆的灰白，尾巴尖一缕黑色与额头的黑色点缀得相得益彰。它的眼睛望着他，他看见自己倒影在它深邃眼眸中。

他说，也许那一刻他们是用灵魂相见的吧。就像犬吠使人害怕，摄人心魄一样，猫的眼眸能照进人的魂灵。

他对它说，猫，以后由我来喂你。喵，猫轻轻地回应。他唤它猫是因为不知道它的名字。它在小区流浪，这是一只对任何人都心存好感的鲁西狸猫。他停下脚步，发现了它，总觉得他认得它，是他熟悉的灵魂。咔的一声脆响，仿佛心中一粒卡扣轻轻闭合，严丝合缝，心底湖泊溅起一片涟漪，波纹扩散，位置如此精准。那是经过一一确认的事。他告诉自己，遇见它是正确的事。猫的眼神温柔地略过他，远眺前方。耳朵微微摆动，捕捉着他听不到的声音。

此后，长生每天多了一项任务。打包剩饭。不仅他自己的，还有和他一起吃饭的同事的。

后来他对南浔溪说，陆续地就涌来一些其他地方的流浪猫。黑色的、斑点黄的、条纹白的，很多叫不出种类的花猫，索性多准备了一些食物一起来喂。也只有它和我亲近，其他的猫都远远地观望。因为被伤害过，所以更加难以取得信任。等我走开，才蜂拥去抢食吃。

4

一次南浔溪谈起自己的名字。她出生在江南水乡，古镇由两个地方组成，南林和浔溪。那里一座座小桥沟通了小城内如织的水路，记忆通过小桥保留下来。它与水中的倒影组合成一轮新的圆月，斑驳的青灰色像清晨的残梦，总会勾起一股令人回忆的味道。那里有古老的房子，张静江故居、张石铭旧宅、嘉业堂藏书楼、小莲庄、刘氏梯号、广惠宫、百间楼民居群……她娓娓道来，语气轻柔，目光似水。那一刻，他发现她周身似乎沐浴在月光之下。银白的微亮笼罩着大地，好像轻盈的薄薄纱幔。如果岁月痕迹是通过某人以这样的方式传递，那么他似乎有些理解了她的家人为什么会以古镇为她起名了。

寂寞的姿势，就像一棵树。她说起童年时曾经养过的一只大狗，阿拉斯加。为了更加亲近，她给它取名叫难寻。童年的时候，获得一次接近源头的机会，她的难寻被父亲送走那天正好南浔不在家。难寻长得越来越大，也许性格里有某种缺失，桀骜不驯，不听管教。它只跟南浔亲热，对别人置若惘闻。在咬了邻居之后，虽然隔着衣服只留下一个浅浅牙印，但是父亲已忍无可忍。屋子东西打碎，随意撕咬家具，这些都可以容忍，当作小时不懂事。但是如今咬了人，一旦开始就无法停止。

决议送人 —— 父母商量之后的结果。那天南浔和朋友出去游玩，他们特意选了她不在的时候。

父亲联系了一个远方的朋友，开车送往他们家，一个乡间田园生活的环境，也算是适合它的归宿。南浔傍晚回去，再没有难寻远远守在路边等她，也没有它的身影。得知事情之后，南浔突然感情剧烈涌现，头脑一片空白。她大声地歇斯底里，质问为什么，哭闹、伤害自己。

父亲从身后紧紧搂住她，她的头用力撞击他胸膛，发出沉闷声响，犹如幼兽受困于牢笼。气力如此之大，仿若孤独。

他说，后来呢？

大约过去一周时间，难寻自己回来了。只是身上脏乱，有恶臭扑面。后腿微微有些跛，脚趾隐有血迹，而且瘦了许多。我知道有些动物可以凭气味本能找到回家的路，但从没有想到在间隔一百公里远的地方，它竟然能回家。这你相信吗，如同奇迹一般，但终归回来了。它吃了那么多苦，它扑在即将出门的我的身上，我紧紧抱着它，感受那份珍宝失而复得的惊喜，激动不已，再没有人可以把它从我身边夺走。父母看到它回来的模样，也内心受到触动，不再坚持送人。

后来直到有一年它因为生病，需要很多钱，最终看着它死去。它的死成全了她，她用没有花费给它看病的钱旅行，四处游荡。它的生命承载在她的身上，它的希望、它的光，星辰死去，它的光继续前行。呵，多么可笑的名存实亡。

她的狗死去的时候，那一天下午阴沉沉的天空仿佛正酝酿一场盛大的阴谋。她将它埋在家后院的小巷子里，那种深深窄窄的巷子，地面上布满绿褐色的沥青，斑驳得就像心中长满了苔藓。不一会儿，开始下起雨来，那种南方特有的梅雨，淅淅沥沥地淋了她全身。而她，浑然不觉地望着那个微微凸起的土堆，那是她养七年零三个月大的宠物。现在，它是这般安详，恍若不被尘世打扰，又像早已被人遗忘。暮色中的南浔，葬下她一世的难寻。那也是它的名字。

以为爱能胜过全部，以为爱可以胜过虚无。走到尽头，才发现远离了尘世，它变得什么也不是，变得比空气还轻，飘在头顶一万米的上空，清冷而孤寂。

她说，那一刻仿佛耗尽自己的精粹，仿佛死去时一点点气力都不剩下。灵魂早已压榨透支，就像火焰余烬，它已没有能力再次穿越新的轮回，在途中便会灰飞烟灭。这样也好，她也不想再变成其他的什么生命体了。

我欠它的，一辈子也没机会偿还了。

到处建立联结，却没有一颗强大的心。所谓强者之心，是即使始终一个人，对世间界限仍然游刃有余。

她说，那时只想一个人待着，我总觉得难寻可以陪我十五年，看它慢慢步入老年。我对难寻说，别怕，让我今天陪着你，你用一生陪我走一段路，今天的时光只属于我们。所以，请你给我点时间。

这之后，她说，曾经一心一意希望有人能带我走，带我离开。只要有这么一个人出现，说跟我走吧，不管他是谁、来自哪里、长相如何，我都会义无反顾地和他离开。然而最终那个人也没有出现，能带走自己的唯有我自己。拥有一个生命是一件多么复杂的事，不可能的事，困难的事。所以，你只能拥有你自己。

她说，原来爱和光明同样重要。世间最美的东西是什么？那些不变的永恒的事物吗？

他安慰南浔，说，内心是一个深渊，而这也是它生活过的痕迹。承担，担当，成熟，并以其他形式返还回来。发生的事，不能改变，证明人在生活中的无能为力。人最终向着宿命前行，走向哪里，走了多远。人生苦短，可是，我们终究是要选择一些来相信吧。

5

南浔溪独自去越南旅行。看到河内大教堂与市井一线之隔，有别于其他教堂。它的外墙因为早年经历大火而被熏黑，翻新时外墙似乎被遗忘，就这样迎接八方来客。教堂对面，便是咖啡馆聚集区。很少有红绿灯。摩托车大军呼啸而过，每天点上一杯咖啡，坐在路边板凳上，买一束越南老太箩筐里新采来的鲜花。静静晒一会清晨日光，时间倏忽不见。

她说起在河内观看当地传统的水上木偶戏。演出开始，帷幕拉开。乐声就在眼前几米处，却仿佛来自遥远的另一世界。身体在那一瞬间被拉伸延长，感官听觉无限放大，心中的声音自身体里面进出。四十分钟里，这种感觉反复出现，又继而重回黑暗。演出结束之时，声音戛然而止。戏子于水中垂直站立，感谢观众。陡然掌声如雷般响彻空间，她好像再一次回到世间。

继续旅行，一处景点被人评价最不值得参观，那一天她独自前往。假期已过，最终前往的游客零星可见。天空阴沉，有微微小雨，清凉舒爽，信步往前走。

眼睛所见的遗迹——美山遗址，是占婆王国最重要的圣地，位于岘港市区西南六十公里。她在一进景区的岩石堆下发现这块石头，她要把这块石头带回去留作纪念。

后来她说，此刻是我与它的因缘，也许也是它和她的，因缘汇聚。这些我们肉眼凡胎都看不见，但是我愿意相信它的存在，一如相信命运。

流逝的时间和一步一步的脚印印证了结果，确信此处与她内心的沦陷相吻合。这是她那场旅途中最美的地方。

夜空中由黑暗重新塑造出来的形象，在星空下无邪地笑着。

她说，有一些地方是能够停留的，一些则不。

南浔溪梦见自己身处一处神庙殿宇。四周游客密集，拍照、喧哗、推攘……阳光热烈，光线耀眼。倘若微微抬起头，必须用手背挡住倾泻下来的流淌辉芒。她与人群格格不入，仿佛他们看不到，她也无须与之交流，自行游走。不久，来到一处凹陷下去的隐秘坑落，一个隐藏着遗迹的荒芜所在。几根粗壮古老石柱，撑起一方门庭。长宽高各约三米，上面刻有饕餮文，痕迹模糊，看不出所云。以浮雕镂雕形式扭曲结合，就像一株长了千年盘根错节的植物。颓败，倾倒，长满苔藓，蔓藤丛生。回过头，已再无一人。这处不被发觉的幽净，似乎时光在此凝滞了，黏稠的空气带动植物辛辣的气息。

一只灰色长有羽毛的两栖类动物，就这么突然从遗迹角落走下台阶，旁若无人地梳理羽毛。在这过程中，她突然发现它行云流水动作中的剧烈变化，几根彩色翎毛从头顶猛然伸展，鱼鳞花纹一样的羽毛蓝里透绿，尾巴末端呈桃形。它的羽毛持续生长，尾翼凸显绚丽色彩，在阳光照射下闪闪发光。之后她目瞪口呆看着这一切：它快速变化各种颜色，赤、橙、黄、绿、青、蓝、紫。仿佛人眨眼之间在泥土中一个反转就完成了所有切换。

而四周有无数这样的孔雀，只有它让她看到了全部过程。

她说，我不知道这具有哪些寓意，但是身体即将离开，这是梦醒前来自外界的呼唤。

6

有过突然泪流满面的时刻，突然被巨大的虚空荒芜以及种种无能为力包裹，瞬间的失控不能言语，身体无法动弹，心中有死去的疼痛。那时，他会想起所有的黑暗，就像所有的忘记都是为了记得一样，所有的一切也最终回归本源。

他说，你知道什么是到此结束吗？它是妥协已经达成，最终结果已经找到，一切问题得到解决。可是我的路在何方？他的身后，是一片被苍茫追赶的空白。

一天早上，听见有人叫他的名字，仿佛是从超现实传来的遥远的呼唤，他从幻觉中一觉醒来。多少年了，再没有听见别人这么轻声唤过。时间拉近彼此距离的同时又把人向相反方向推，他因此滞留原地，等待被谁带走，并且依然是那个内心疏离的问题少年。二十七岁，他仍是少年。知道自己的年龄和生日，却记不得他的名字以及更多。

要更加努力地工作，从开始工作第一天起，他就知道，这个社会所有的一切都要靠双手获得。打电话、约见客户、跑业务，然后并非所有努力都会有收获。一个订单的告吹，辛苦付之东流，一个月从头来过。闲告诉长生，投资是反人性的事。所以当我们去做一项风险理财的时候，其实是在战胜自己的恐惧。

他说，是。有时常常会想，没有付出就没有回报，但有了付出同样没有成果，这种情况也是有的。记住这一点也很重要。

长生从不抱怨，因为他看得清眼前现实。闷声走路，走到疲惫不堪，脚底生泡，停下来挑破它，继续咬牙坚持。等到所有的竞争对手被甩在身后，他终于脱颖而出。因为他知道，他不够优秀，而是被迫优秀。也许遵循的是古老的物物交换原则，满足双重偶然性，提供一种可能，完成相遇的使命。

此刻，内心深处无限惘然。我们这般年纪，得到的比失去的多，还是刚好相反。愿此心绕过彼心。

在喂猫的时候，他对着它轻声细语，怎么样才能获得成功，怎么样才能让你有一个家。这些问题会有答案吗？喵呜，猫发出低沉回应。但他知道，它只是饿了。它的眼睛微微眯起，耳朵竖着，雪白猫尾尖尖上翘，一只爪子迫不及待地落到今天的晚餐上。他默默注视着，在一阵满足中转身离去。

7

叶无常确信自己心动了。人生三十七载岁月，遵循家人意愿，生活、上学、打理家族生意，从无说不，是这样谦逊有理的生命质地。

在见到她的瞬间，被她的气质吸引。她的美，是那种拒人千里之外的冰山雪莲，不容别人靠近的孤峰绝艳，被她吸引，痴迷于她的淡雅清新。他知道她的勉强，知道她的冷漠，他愿意花时间等待。

送花，送意大利纯手工的首饰。没有任何追求女子的经验，他用自己所能理解的方式表达着，即使她一再拒绝。他做这样的事怡然自得，她也更加习惯拒绝。有时，她会在心里默默想起长生，他若是变得更加成熟之后，会是什么样子。

不是他常见的女子。她有主见，有自己独特的个性或者魅力所在。她隐藏在薄薄暮色中，霓虹四起。

任何一段关系的开始都要以有关联为开场，他是她的重要客户。

叶无常轻声问，那我可以常约你吃饭吗？

沈闲有过犹疑，在工作朋友范畴也许可以吧。

这样的男人条件优越，有教养，父母是华侨。他硕士毕业后回深圳，做天使投资项目。为人稳重、敦厚，使她不经意心生好感。

8

寂寞的流年，一世苍凉，这是她所能持有的最孤独的喜悦。漫长黑夜就像一条长长道路，回忆是河流，倾泻而下，或崎岖蜿蜒或笔直空旷。如今，那在山谷间流淌的溪水早已失去了月光，满满的孤寂、冰冷、黑暗、深邃。一个诗人最终写道，一切都是灵魂，并会盛开……

之后沈闲又回去过一次。那一年，是沈闲和她的未婚夫告别的第三年。看不出来路的干练女子，她已经在深圳这座城市深深扎下了根，有了一个人的容身之处，有了简单生活。虽然这过程对于一个女子来说过于艰辛、过于困难，好在她都熬过去了。

汽车在途中的时间便是这样穿梭而过。

14:00
她看到窗外到处是泥土、铁轨，废弃工厂杂草丛生，电线杆一直在延伸，无限延长。大片大片空旷之地，也许来年，再下一年，便会灯火辉煌。经过绿油油的玉米地，旁边有一小水池，周围堆满垃圾，没由来心中怅惘。

17:15
它开始通过密集树林。远山隔着绿水，一层看不见的朦胧。起雾了，陡然，视线被一处吸引，一条小径穿插而入，与急速行驶的汽车擦身而过，她不禁回头望去。它指向何处，是远离城市，还是通往喧嚣未知的地方。

01:00
窗外一片漆黑。
偶尔与另一辆汽车相遇，交汇的瞬间，被车头的白光扫到，然后又重归寂寂。她有突然的恍惚，夜色中的大巴，仿佛就她一个人。她感觉更加寂寞了，突然她感到迷惘，不知道身在何方，不知道路的尽头是哪里，又会被带到何处去。汽车的轰鸣声，与身体产生实实在在的关联，体内每一个细胞都在放肆地活跃，原本因为晕眩产生的对抗不翼而飞，更像前往隐秘洞穴。四周是结实的山体，只有一旁崎岖的山路，远处灯光被黑暗完全吞噬，大风在耳边呼啸永无止境，没有起点亦没有终点，仿佛已来到世界尽头，一种黑暗中洞察的力量。突然嘴中有血腥味道，她在一阵阵晕眩中再次睡下。

产生了幻觉吗，不曾留下痕迹。它便如幽灵存在于黑色的夜，在永恒孤寂中。

04:30

有大朵大朵的云在低空交汇，是什么力量使它们凝聚，淡粉色的光将它们浸染，她被它们呈现的表象深深震撼。

05:00

日出之初，她继续凝望，从云彩渗出的晨曦划破天边的晴空，逐渐延伸。粉红的光变换成橙红，慢慢地金黄的太阳像圆盘一般蒸发周围的一切，挣脱而出。她眸底像幽深的潭底，近乎贪婪地吸收所有光亮，化作寂静的沉默。

就在这弥天盈地的光的脚下，会涌起一股深深的错觉，觉得自己正在失去轮廓，逐渐淡化。意识同四周景色迅速扩散，身体与之脱离。她对自己说，我正在朝着全新的方向进发。

穿过城市，沿着田野小径一路行驶，她大部分时间都在凝视窗外。银杏、白桦在风中浅吟低唱，树叶在阳光下摇曳并闪闪发光。

最终，大巴车在六点三十五分抵达莲池。那是一个几近封闭的小镇，一天当中只有两班大巴来往，每一次都寥寥几人。要不是因为政策补助，早已运营不下去。

如果流逝的时光都具有意义，那么她此刻重新站在这片土地上，回归，就是它的意义所在。

清晨染红的炊烟袅袅，呼吸的第一口空气是被风悄然送来的芦苇荡的气息。似乎是远方的风，比远方更远。

越接近这片土地，越来越沉默寡言，人也就无从选择。她的内心，始终在流淌着一条清澈河流，没有开始，亦没有止境。仿佛是围绕一个环形岛屿，从亘古岁月深深浅浅的印痕中自始而终……

路上她想起之后她又参加的一次户外活动 —— 爬山。一座又一座连绵不绝的荒凉山脉。

那时候的她，相信脚下的土地，坚实泥土，沉默不语的岩石。风声在耳边回荡，诉说着永恒不变，或者是无常。她努力在寒冷中竖起耳朵聆听，所有人彼此沉默。继续，赶路。

大风呼啸，寒冷无异于一场磨炼。木秀于林，风必摧之。弯腰和树枝一起感受声音。她记起那个时候，学校的童年，孩子有敏锐察觉，所以她被孤立。她始终是站在山上被寒风凛冽吹打在脸上，觉得冷的那一个。倘若弯下腰，让身体和树丛杂草同等高度，和它们一起逃避，应该就不会那么痛苦了吧。

接受这种排斥，原来是同样道理。只是那个时候，她不懂得，亦不妥协。因此，不知不觉走了那么远的路。

她对长生说，我的命运不好，所以去了远方。

弯腰穿过荆棘，从而发现道路。挺直腰杆，一样找到她的路途。

与土地沟通，酸枣刺如果剧烈抵抗，用登山杖敲打，势必反弹回来，伤害到自己，彼此伤害。她学会使用巧劲，不伤害它，一一拨开。毕竟它们也有生命，同样要保护自己。这是它们的生存之道。

9

二十七岁的沈闲重新回到莲池，看着这个逐渐走向破败的村落，在时代潮流里迎来同样的趋势，年轻人外出打工，有条件者搬离，到附近最近的县城生活。留下的，全是老人，寥寥无几。

那把锈迹斑斑的锁终于在三年之后等到了它的另一半——钥匙。开锁那一刻，她突然觉得钥匙会折断在锁芯里，或者干脆插不进去。

极其顺其自然的，铁皮房门被轻易打开。那一刻，她闻到一股厚厚的尘土味道。厚厚的一层灰尘，附着在老式的木桌、电视、衣柜上面。仿佛知觉一下子被打开，空气中充满潮湿酸涩的气味，是经年不见阳光、空气无法自由流动的陈腐气息。她抚摸着这些伴随她整个童年的老式家具，就好像重温了一遍那段寂寞温暖的回忆。只是永远都不可能回去了。

山涧的溪谷，常年寂静流淌的河流，鸟儿寂寞的歌谣……这一切，对于她，宛若隔世。再次回到这里，清空了自己。当她决定做一件事的时候，是那样干脆、不留余地的选择。很早以前就知道这是一条怎样的道路。因为心有不甘，就执拗地以为付出努力，就可以作出改变，结局始终如此，一再地回到原点。一切早已注定，仿佛只为完成有限空间里的一幅画作。

烈火般的凛冽，烈焰中的寒冷。黑暗中升腾一场大火，烧毁了有形之物，她将老校长留给她唯一的安身之所烧毁。没有找到汽油，于是她使用香油。炙热的火升腾流窜间，隐约闻见芝麻特有的味道。她轻轻移动脚步逆着它的轨迹，看着火光照耀下的自己。只觉得心里不再有任何依凭，就这样就好，什么都不再重要了。往前走吧，闲。她这样告诉自己。可是，她只想知道，有生之年可以去往哪里。解放了自己的心，一切具有开放性。

那一刻，她记得的，仅仅是空气中弥漫的黑色雾霭和夹杂其中的淡淡的香油气味。那场火焰，吞噬一切的场景，让她明白，最终，她什么都没有。在逐渐逼近的炙热烟雾之中，在逐渐赶来探究的人到来之前，她转身离去。

回避内心的深渊，或许不是现实，也不是梦。此后她想，就这么相安无事孤独到老，是否就跟来到世界尽头一样呢？

心破碎、记忆破碎、道路破碎。她说，人最终是要走的，感觉将要耗尽自己所有。虽然那不可能，但一想到即使有这样的可能，就会害怕。

然而一段路的开启在于心的印证，验证发生的时候，时空产生错位，过去与未来相接。人身处的现在、此刻、当下，具有了所有缺失的意义。某种程度，它被称为永恒。

10

长生很少有悠闲的时光和闲一起分享。她带长生去海边——大梅沙。她说它名字的由来已久。

她露出奇异的表情，眼睛仿佛在黑夜中燃烧，发出幽冥亮光，一片火烧云自头顶上空一万米飘过。

她说长生，你可快乐？

他说，我本身就不是有归属感的人，我不知道什么才是喜悦。

只有我们对事物产生情感，才会表现出喜悦或忧伤、高兴或难过。如果无法付出全然的状态，实在可惜。

她接着说，有一次去海边，沙滩拾到精致贝壳，不经意捡起一块石头。周围人发出唏嘘，直言它丑陋怪异。不以为意，放进口袋。因为它唤起了情感，我想表达的你可明白？

他说，美与丑对你来说没有区别，它们都是平等的。能唤起你的感官，这对你来说是重要的体验。我懂的。

生命是一种独自行进的体验，趋向心中的光明。夕阳缓缓落下，此刻在天空逐一划过，落向远方，那里有吞噬一切的深渊。也许，那才是人真正的归宿。而天的另一边，月亮显然也有它自己的方式。

她的表情突然无限落寞。之前话语仿佛是一层伪装，蝉声隐去，此刻所呈现的才是真实自我。她对长生说，直到现在，依然忘不了黑暗中的那神秘错觉。仿佛黑暗中有什么不可告人的秘密，那秘密包含了人所能想象、所能寻找的一切问题的终极。控制不住的视线投入，犹如不可自拔陷入深邃漩涡，产生类似无法自控的晕眩。后来，院长去世，她才明白，那不是万物的答案，而是一个预兆。

原来在他死去之前，来自黑暗中的吸引，便是由着深渊不由自主地联结意识。她向黑暗窥视。

11

黑暗连接着更深的幽暗空间，延伸至无穷处。在那里，她看到她的恐惧。它有遮蔽山峦般巨大的翅膀，猛一扇动，掀起黑色飓风扑面而来。她在天旋地转中无法自拔。

那是她第一次目睹死亡，与它无限接近。好似遥远宇宙发送过来的一段讯息，你已被波段捕获，仿佛自身离死期不远。

空气温度逐渐下降，她的体温与冰冷的间隔是一条看不见的缝隙，死亡以本身形态展示在她的眼前，是令人无法想象无法描述的非现实存在。这是她第一次感受死亡。最初的瞬间是旷野里镰刀收割的场景，却不悲伤。她知道终究也会迎来这样的一天，只是，没有家了。那一年，沈闲十二岁。

七岁的时候，沈闲得以知晓事情的真相。而真相，显露宇宙的秩序。她是孤儿，被沈校长收养。沈闲的全部童年，一直在莲池长大。老院长喜爱她，去世的时候，无儿无女，将二十平方米的小平房留给了闲。

临终前，他对闲说，种子在哪里，花就开在哪里。要相信存在，相信时间，相信爱。如果遇到困惑，不要放弃。因为一切意义，大于生死。当他说完这些的时候，逐渐睡去，彻底陷入深沉的黑暗中，再也没有醒来。生命总是这样突然，来不及给人任何心理上的准备。

幼小的闲并不悲伤，只是隐隐难过。为何心里的路如此漫长，仿佛怎么也走不完。黑暗就像一条长长甬道，连接着整个荒凉天地。心此刻成为至暗黑洞，仿佛吸收了所有的光和热。

她守在老校长的身边，默默看着窗外最后一丝夕阳被暗夜吞噬，大口大口地咀嚼，接下来就是无边无际的潮水般涌来的黑暗。那一刻，她似乎听见很深的黑暗中海水涨潮时的巨大碰击声。

她在他的身边站立了一整夜，腿脚发麻，脸色苍白，被其他邻居发现之时，她突然昏迷。那个晚上，闲经历了怎样的黑暗，谁也不知道。

她说，自觉自持过度清醒是异常疲倦的。若是能不那么执着，更糊涂一些，应该是幸福的事。此刻窗外，却是暗蓝天际。

老院长死去的那天夜里，距离死亡如此之近，是黑暗后面的东西与她对峙。原来她一直等待着被谁拯救，曾经心里怀着死的愿望活着，现在，怀着活下去的愿望一步一步老去。

寄人篱下的生活，有时候单调到无法忍受。再一次，她被邻居收留，提供简单吃住，而作为回报，她主动承担家务，洗碗、辅导小孩子功课。小孩子会有一种自主性的直觉选择。闲没有父母，便觉奇怪。始终，疏远，隔阂。

水中的鱼儿，偶然挣扎一下，跳出水面，最终还是要回去。她为了看一眼更大的世界、更广阔的天地需要用尽最大的努力，加速跃出水面。然而一切可能都是徒劳，没有鱼会为了看未知的明天而去尝试没有结果的事。

她可能会对其他的同伴讲，她看到了蓝天、白云，不是从水中看到的那个样子。而且还看到了远方的田野、山峦，但从没有人会相信，因为他们根本就不在乎。

然而她还是要说，他们不知道这条河流在这里是何等孤立，又多么渺小。他们以为的世界中心是多么错误的想象 —— 世间的一角。

她感到寂寞，因为没有同伴理解。她也只是一条苦苦挣扎无力改变、困在水中的小小鲫鱼，最终所有的期待都会落空，在她重新从半空跌入水中那一刻。时间会抚平这一切，她对长生说。

她说，我们就像这河水里的鱼。当跃出水面那一刻，我就不想再回到水中了。

12

沈闲十二岁那一年，学校接到气象通知，会迎来几十年难得一见的日全食，而他们村是最佳的观测地点之一。下午二时，学校就早早地结束一天的课程。利用一个储藏室，将蜡烛点上，老师亲自安排学生，依次排队，用废弃的玻璃片，通过烛火烧黑的部分观察太阳。有些同学会用一张照相机胶片，用它观看效果会更好、更加清晰。

储藏室灰暗破旧，有零星散放的老旧木质桌椅，积了厚厚的尘土，仿佛轻轻一吹便尘土飞扬。其中一处窗有破洞，不知为什么，她总是觉得像是丑陋的伤口，不可示人，不可看见。如果生命还会有奇迹，那么这个世界，她该期待什么，又能祈祷什么。

四点，他们组成一个一个小群体，占好位置等待。她格格不入，始终被疏远孤立。某一刻，简单孤单地透过烧焦的玻璃片望着天空一片黑暗，太阳被吞噬，白昼如夜晚，一轮月牙出现在黑暗的玻璃上。闲孤零零站在原地，攥紧这块破碎的残片，仿佛手指握住的是唯一的光明。心中突然升起无限恐惧，害怕那暗无天日的巨大黑暗。投身进去，仿佛走进了一个遥远时代，熟悉的景物迅速隐退，身后无尽虚空，巨大回声从未知处传入耳中。审慎猜测它的来源，或许是风声，一时间不知自己身在何方。最终时间以其穿越空间的速度，迎来光明，她恍若隔世。直到后来知道它的原理，日食，是月球运动到太阳和地球中间，如果三者正好处在一条直线上，月球就会挡住太阳射向地球的光，这时发生日食现象。

她说，你知道余烬冷清，你知道黑夜漫长。可你知道，此刻，有多么寂寞。烟花易碎，火焰将熄，她的心是万物的囚牢。雪山倒影在水中，所以，水是山的牢笼。

从那时起，闲更加渴望远方，那座一百公里以外的黑色山峰便是她的目标。她开始计划。在一个周末阳光明媚的午后付诸行动。仿佛一路跋山涉水而山高水远，白桦树高大挺拔，它们叶子哗哗啦啦，好像迎风欢迎，为她遮挡倾泻下来的阳光。梧桐树、枫树也纷纷加入。她疲倦了便坐在地上，靠着枝干休憩。饿了吃一口带的菜团，渴了喝流动的河水，甘甜又清澈。

不知不觉，夕阳在身后缓慢寂静地沉落。成群的麻雀朝同一方向飞去，那是家的方向，它们的巢穴建立在高高树梢，那里有爱、有温暖，还有梦之余韵。

也许她的生命注定要经历一条河流，穿越一座山峦，看到抵达之谜。她感觉春天里突然包含了很多元素，草的辛辣气息，昆虫的鸣叫，踩在脚下的树枝发出干脆的断裂声，夜晚不知不觉到来。不远处，河水蜿蜒流淌，月光照耀下，一片银白。白昼切换成黑夜，这两种不同属性仿佛构成了生命最重要的组成。洁白月光下，夜晚显示出本身的秘密。

她靠在一棵拥有百年树龄的老树旁休息，熟睡良久。深夜醒来的时候，坟头在四周一座座升起。月光皎洁浑圆遥挂天际，淡蓝色的氤氲充满四周。静悄悄的，突然没有了任何声音。带着无法猜测的神秘，也许下一个瞬间坠落山涧。深林，月光，流水，黑暗显得强大而神秘，仿佛埋藏着宇宙万物。她将衣服逐一褪去，散落在地面的衣裙就像盛开的花朵，芳香恬馥中升起一种错觉。仿佛月光就是她的爱人，遥遥相对，遥不可及……

那晚，她好像做了一场不曾忘记的美梦，像是和幽灵做了一场林中嬉戏。这段经历像烙印一样被她珍藏在心底，而那两座山，她终究没有抵达。只是如何回去的，却记不清了。

13

叶无常没有带她去高级西餐厅，只是平常有特色的茶餐厅。商场浮沉数年，他已经见过了太多物欲横流的人生百态。

一双眼睛不说练就了火眼金睛，也去之不远。单凭感觉，他也知道沈闲不是他所常见的那些女子。她们物质、世故、追逐功利、精于算计。一张张精致化妆的面孔之下，隐藏着的是吞噬人心的扭曲的想法。试图掌握资源，尤其是男人，似乎已经成了一种用于争抢夺取的工具，习惯以自我为中心。

而她，见到她的第一眼，就知道，她并不是热衷于此的人。她让他好奇，并想与其同行。

他点了意式蔬菜沙拉、芒果芝士配比奇、烧味拼盘、香蕉芝士鸡肉卷、海鲜周打面包汤、芒果布丁。轻声询问她还需要些什么，她轻轻摇头，已经很多了。

她的脸倒映在红酒杯中，轻轻摇曳的红酒漾着一张干爽素净的容颜。那容颜活在眸光中，映着沧海桑田，仿佛不会老去。

他斟酌再三，说，沈闲，上一次邀你吃饭，你拒绝了。你说，当时状态不好，潦草应付是对食物的亵渎。

是。我们对食物产生一种情感，或喜悦或忧伤或高兴或难过。如果无法付出全然的状态，实在可惜。

深夜的茶餐厅，安静吃饭的人，寂静流淌的音乐。你说，如果抬起头，我们看到的，会是同一片天吗？

后来，已经习惯了一个人的生活，一个人走路，一个人吃饭，一个人旅行，一个人看一场百无聊赖的电影，一个人走在寂寥的雨巷。忘记自己，忘记时间，从而，忘记存在。

那一刻，他突然握住她的手，神情专注对她说，感受得到吗？她没有抽出，望着他，眼睑微颤，只是奇怪地发出疑惑，这个一直追求她从未逾越的执着男子。

他说，这是心的力量，你感受到了吗？

我知道，你的好意，我心领了。

他说，你应该需要有所改变了。他轻声叹息。

而远在两千公里以外，森林中的菌丝体，正以减慢时间流逝的方式占有时间，让看上去只过了片刻的光阴仿佛溜走了好几个小时。遮蔽住眼前的是菌丝体白色的丝，密密麻麻像雾存在于光的对立面。

14

回去的路上，沈闲做了一个梦，但又好像不是梦，因为它太过真实，让她实实在在地感同身受：在一片广阔森林中，她一直不停向前走，试图走出这个地方。这里实在寂静，没有一只鸟鸣叫，没有虫鸣没有风声。脚踩在干枯树枝上的声音，似乎也被彻底吸收了。但她的耳边仿佛一直有个声音，时而低吟浅唱，时而断断续续，听不出实际的含义，她确信那不是人类的语言。如果她停下仔细聆听，它们就会瞬间沉寂下来。这个声音来自哪里，到底试图告诉她什么呢？她在半梦半醒中想到。

她说，又一次清空了自己。因为困惑也好，伤痛也好，疲倦也好，一天就这样过去了。

第五章　丽江之夜

1

　　有人说，也许前世遗失了重要东西，一个人才会在来世心有不甘。不断地寻找，不断地路过，不断地感受。只是为了印证什么。那么今生呢，他又是谁？蓦然想起时，他也就变成了长生，沈闲的弟弟，沈长生。从被赋予这个名字那一刻起，他就承担它存在的全部意义。可是它与之相对的那部分意义到底是什么，又具有哪些属性。他说，命运是什么。它是一颗种子从潮湿泥土里长出，你不知会结出怎样的果实。

　　看过的一本书里写道：即使有无关的人爱你，你也会寂寞至死。所以它的定义是：有人爱，依然寂寞。每一天，他要很早就起床上班。打卡、扫脸、按指纹，一系列流程之后进入状态。有一天，他站在公司的十八层办公窗台前，看着楼下汽车犹如火柴盒般的大小，几乎静止地在拥堵马路上爬行，一个瞬间一个瞬间闪动。还没有从这么高的地方认真观察一座城市。远离地面，虚空在脚下波动，一瞬间，他感受到某种本质的区别，它的实质是自身临渊而立的恐惧。

　　他说，我不知道若用手机拍下此时此刻的光景是否多余。他在网上提出疑惑：人为什么会感到无限空虚？很快看见一个回答：人的灵魂，是一个奇妙的东西，只有真正永恒有价值的东西才能真正满足它。因此他在不同时期爱着的只是同样的自我期望，收获不同的感受。也许它能对等那种内心空落无着的永恒寂寥。

他持续疑问，那么什么才算是永恒又有价值的东西？

他或者她回答：也许人的本性就是一种寻找。而一直在做的，就是力求突破心灵的束缚。

那天晚上，长生看着黑夜一点一点加深世界的轮廓，而键盘敲击声在午夜诡异地响起。有节奏的滴答声，连接世界另一头未知空间里的那只手指。也许这将成为一种最为真实的交谈。

她说，虚空，是最爱一个人，他走以后，声音细化成一条线的轮廓。它飘荡在风中，凌乱了夜晚的月光。然后开始旅行，也许有一天久违的陌生人终会遇上。我要对你说，你好，长生。

她接着说，我知道，如果相爱，再远距离也会回到对方身边。只是从今以后，我知道，我和他不会再相见。

那么你呢，长生。你的空虚又来自哪里？

他说，卡尔维诺曾经写过：世界先于人类存在，而且会在人类之后继续存在，人类只是世界所拥有的一次机会，用来组织一些关于自身信息的机会。

所以，她说，你想成为一个见证者。

他说，如果生命是一场荒凉痕迹，那经过它，默默观望一场花开，安静离开，又有何不可。凡我不能理解的，不能创造。凡我看不见的，不叫存在。

2

毫无缘由地，长生想和她见上一面，获得某种秘密的合谋。他约见她，很快得到回复，说，你可以来丽江。云南丽江，他觉得确实适合一场这样的对话。

那天晚上长生做了一个模糊的梦，无边无际的黑夜。无尽头的黑暗，深沉的、黏稠的、停滞的、熄灭的、冰冷的，没有方向、永无止境的虚空。一条隧道，吞噬所有有形之物。仿佛流浪的幽灵，无处不在。

世间的喧嚣与他格格不入，凡尘的荣辱也仿佛和他今生无缘。他的阴暗面与光明面是如此泾渭分明，不妥协，不相容。因参与不到这个世界当中，又是何等寂寞。四周，都是脚步声。齐刷刷的方向，步伐紊乱，心意难寻。

他在三义机场下了飞机，因为能空闲出来的时间确实不多，只是利用六日两天的双休。所以他没有带多余的行李，直接走出机场。打车到了预订的青年客栈。是一家民宿，门牌上写着它的名字——古道烟雨。它是纳西原始民居改造而成，木质的结构。院内绿树成荫，有假山和喷泉。每一间屋子都有一个不小的露台，能看见远处雪山，老板告诉他那是玉龙雪山。此处距离古城步行十五分钟。

离约定的时间还早，他在这座宋代末年的古城镇中游逛。傍晚的丽江，是由各色灯光组成。古镇错落繁华。徐霞客在《滇游日记》中这样描述："民房群落，瓦屋栉比。"这些记忆一下子在灯火中闪现。他的眼神盲目执着地探寻，脚下踏着古朴的石板路，而石板路又多是顺水而建。就这样不经意来到了小桥边，然后驻足。

他始终对万事万物未生出占有之心。长生这样想，我们最终只是一个人一个人的经过。从根本上看，其实于自己并没有多大的关系，人只能寂寞地存在着，存在于这颗寂寞的星球上，存在于宇宙的广漠尘埃中。

也许终于有一天会明白，万物从无到有的秘密就存在于这份觉知里。祈祷，等待，忍耐，寻找，发现，一步又一步。他问自己，向死而生的勇气，准备好了吗？也许此刻的长生突然站在一个时间的节点上，看着人群穿梭，看着万千灯火，突然感到疲倦。目光落在水中，流动的河水，倒影不真切地微微晃动着。看着身后人与人之间的擦肩而过，无言以对地沉默，因为无可抵挡，成为巨大的伤口，看着它们逐渐扩大，吞噬了他的全部光明。

这样的夜晚，在古城中闲逛，寂寞的他始终孑然一身。在小桥边上，他思索一些毫无边际的问题。

有闪光出现在这个世界，就像冬日早晨的第一缕光线，他有一瞬间的恍惚。转过身看见三个女孩子在拍他的背影，他走向她们。她们和长生打招呼，向他解释，她们是学生，出来旅行。看到你的样子很落寞，很喜欢这样的气质，可以一起照个相吗？他点头。她们雀跃，十分天真的流露。也许这是一生一次的邂逅吧。他想。

始终是寂寞的姿势，像是一棵树。他身边的人如是说。他看着镜头，拿手机的女孩儿和她的身后流动的人群，全都映在长生的瞳孔中。随着一声咔嚓的声响，她跑过来给大家看拍出来的效果。照片中的长生，清秀俊美，眼神清冷仿佛始终闪着光，这微光是在追寻光明吗？只是没有人能够知道这双眼睛背后所背负着的黑暗会是多么沉重。他在她们的挥手中离去。

3

他在一家纳西族风格浓郁的餐馆吃了晚餐，喝了一点梅子酒，然后去了他们约定的酒吧。地点位于四方街附近，红木横匾上写着"邂逅"两个大字。他被安排在靠窗的位置，正合心意。点了一打啤酒——风花雪月，当地特有的酒。等待期间，他看窗外，一轮月牙高高挂起，满天是星辰，碎钻般洒落在夜空，繁星点点。他发呆的时候，服务生端着啤酒还有活动期间赠送的一盘小吃走来，花生米、锅巴，还有一些青豆，说了一句"慢用"，然后走开。因为时间尚早，酒吧里只有驻唱在消耗着嗓音，一些外国游客，并没有过分的嘈杂。他的左边是熙攘的游人，右边是喧闹，他的身体似乎被声音一分为二。

长生被人从沉思中叫醒，对面坐下一个打扮艳丽的女子。他听见她不标准的口音，帅哥，一个人吗？

他说，我不觉得一个陌生人会主动与另一人打招呼而没有相应动机，那么你的目的是什么，想得到什么，或者你觉得我能给予你什么。

他的问题简单明了。眼神清澈、面容清秀的年轻男子说完便沉静下来，默默注视着她。艳丽女子受不了如此的问答方式，她感到了压力，尴尬地起身离开。

被打断的思绪无法找回，他环顾四周，现实世界又回来了，酒吧里气氛晦涩难明。十点半，她准时出现在他面前，并且一眼认出了他。她坐在他的对面，他已经喝了第四瓶啤酒。抬起头时，一下子被四周的喧嚣夺取了听觉，他甚至听不见自己的声音。她在消费单上写下她的名字，她说，长生你好，我是祀年。没有感到任何好奇，仿佛是多年未见的朋友。他说，终于见到你了，祀年。

他一定是在某个地方和她相遇过，因此他对她没有陌生防备。她的出现给他带来一种清凉的自省，仿佛所有的嘈杂都被她挡在体外，或者她的身体将它们统统吸收掉了，也许他们早已融为一体。

她请长生吃果盘，喝伏特加。她说，我没有想到你会真的过来。

他说，就连自己都想不到吧。心念一刹那，鬼使神差地买了票。下飞机，来到这里。

酒吧熙攘，所以他们只能大声地讲话。她问他，你觉得丽江这个地方怎么样？

他突然捕捉到她眼底一闪而过的光芒，那是一种渴望倾听的注视吧。也许是他的错觉。

祀年，他呼唤她，和我说说你的故事。

4

她对他讲述做过的梦：一列疾驰的火车上，车厢空寂，只有她和一个看不清面目的男人，男人和她相对而坐。夜晚来临，火车途径空地，窗外是一片燃烧着剧烈火焰的旷野，仿佛黑暗就此被点燃，火焰灼热，似乎已从车窗蔓延进来，好似眼前有微弱热流，更仿佛向她传递着什么信息。然后火车缓慢停止，没有站牌，没有任何现代建筑。在她的注视下，男人默默下了车，走进那片火海中。然后她醒过来。

祀年说起她的失败婚姻。是和来到他们山寨旅行的年轻城市男子结的婚，男子对她一见钟情，根据习俗，他将留在此处。那是一个群山环绕，云雾缭绕的小村子。村民淳朴，土地肥沃。家家门前都有小院子，种植蔬菜和常见农作物。冬天，气温冷到可以冻掉手指，于是那些植物把生命缩回地下，等待时机重新破土而出。

此后，日复一日，年复一年。男子的厌倦和对花花世界的眷恋，最终选择逃离。她没有阻拦，看着他穿来时一样的衣服，背着行囊仓促逃脱。她来到丽江，因为这是热闹的地方同时也是他曾对她提过的地方。

她对长生说，你瞧，人与人之间的关系多不牢固。若是受伤，一颗心便脆弱得像块冰一般碎裂，粉碎成无数块，每一面都折射人的本来面目。这些年，她的泪早已流尽。她的心与黑暗联结，共享秘密，形成一个封闭的圆。

时间缓慢流逝，越来越多的人在音乐中狂乱舞动自己的身体。她指向舞池中迷乱的男女，就像他们，天亮之后谁都不能保证还可以再次相见。

他不喜欢喧闹，也从不会取悦别人，常常沉默寡言。这使得身边的人都喜欢接近他，相信他。他使他们感觉安全。他的出现，又仿佛安静得从未存在过。他们带着各自的属性和故事覆盖他。这些常人心中至深的隐秘被拿出来与他分享。他是旁观者，客观冷静地给出自己的建议。

他说，祀年，那你还想见他吗？

她说，回忆里的人是不能见面了，见了面回忆就没有了。

所以，你害怕？

怕什么。

他看见她攥紧了拳头。也许你怕自己会失望吧。

她说，这是每个人都害怕的事。

他说，爱是什么？爱不过是自己为自己准备的一场盛大幻觉。每个人都是由回忆组成，现在看过去是一个又一个回忆；未来的我们看今天，也是如此。

她说，经历挫折之后，对人的好感降到底线，敏感多疑，可是谁又能知道那些内心地狱里的沟壑有多深刻。洞口张牙舞爪、狂乱的深渊仿佛永无止境。

他问她，现在你成熟了吗？一个人就那么点爱，耗尽了可就没了，留点给那个正确的人吧。

她打了个响指，让服务员又端来一扎啤酒，她用瓶子直接喝下一大口。喜力牌的啤酒，她说很多人喜欢当地的啤酒，就像你一样选择风花雪月，我却不喜那个味道。

此时夜空更像一块湛蓝色幕布，房屋是水墨中的画，时间仿佛顷刻静止下来。祀年仿佛听到雪花飘落的声音。

沉默良久，她说，你知道现在有很多人都是虚假的虚空，或博取同情或博得眼球，都是无病呻吟的。

他说，那么我呢，你觉得此刻是假的吗？

祀年看着他，仿佛斟酌再三。她说，人的时间是有限的，不会多一分多一秒。因此每一刻我都尽力而为，不想浪费。

我呼唤你，也许是呼唤虚空，所以我们相遇。

所以他说，当我坐在这里的时候，就是回应你的呼唤。

酒吧里空气灼热，人在沸腾，爱在燃烧。酒喝到微醺，说话也抵挡不住困意。她靠近他，空气中他闻到她清甜的气息。抱紧我，她的声音带有魔力。他抱住她。他抬头看了一眼时间，凌晨一点。一个故事开始的时刻。

就这样就好，她说，生活不需要继续流浪下去，人都需要完成一场各自的漂泊。现在我的故事流经你，并入世间河流，然后我想我该离去，回到生养自己的地方，并再次结婚生子。此后我们不会再相见，最终各自回归土地。她说这些话，并未让他觉得忧伤，只是一种涓涓流水般进入他的心田。寻找位置，扎下根茎，自在生长。

而这之于长生，是他在世间再一次流转的因缘。他期待它、偶遇它、经历它，最后告别它。

她说，很多年前，我还在读书，有天晚上小一叫我出来散步，他出现在我面前的时候，头发乱糟糟，胡子好久没刮，套了件脏兮兮的T恤，满身酒气，胡言乱语。我们就这样在路上边走边聊，他同我讲他的女朋友，讲他们是怎样认识，怎样在一起的，讲她的任性、她的暴躁、她的忧郁，讲他有多爱她、讲他有多离不开她。后来我们逛到了附近的KTV，于是就进去开了间包房。

坐在KTV里，他问我喜欢听陈奕迅的歌吗，我答喜欢。然后他点了满列表的陈奕迅，他也没唱，我也没唱。我们就坐在沙发上听着歌，他时不时地讲他们两个的故事，最后他抱着我开始大哭。他的女朋友自杀去世了，我不知道怎么安慰他，我甚至想陪他一起哭。我没法体会他所承受的痛苦，却能感受到自己对他的心疼。后来他哭睡了，我听了一整夜陈奕迅的歌。

过了很长很长的一段时间，小一终于回到了从前的正常生活，每天笑嘻嘻的，看到我失恋了还会哄我开心。他一直是个特别温柔的人。

领到毕业证的那天，我们宿舍开始了狂欢，小一叫我出去见面，我当时也不知道怎么想的就拒绝了。半夜回到宿舍后小一给我发消息，告诉我他明天就要走了，中午的机票，看到这个消息后我跑出去偷偷哭了好久，然后答应小一明早去送他。第二天我没能送他到机场，半路就返回了。小一跟我说，如果我不去他的家乡，如果他不去我的家乡，我们可能这辈子都不会再见面了。

一年后小一结婚了，妻子很漂亮，两个人在一起总是笑得那么开心。

那一刻我豁然明白，人总是会重新找到爱人的方式的，不管曾有过怎样刻骨铭心的感情，幸福也好，疼痛也罢，总会在某个时间点爱上新的人，总会有新的人让你找回爱人的能力，总会在那一刻放下过往，不再纠结，宽恕自己，然后以全新的姿态与那个人一起创造幸福。

我想起很久以前小一听着《Por Una Cabeza》跟我说，想要跟我跳这支舞。如果我会跳舞多好呀。

这是他的故事，不是我的故事。你是第一个听众。

他说，也许一些人的出现和消失刚好，不早也不晚。得到的和失去的同样多，谢谢你把故事分享给我。

其实，很多时候，我觉得心已经老了，觉得自己的三十岁如同别人的四十岁。也许这细微感受无法同人分担，却又如此真实。在停下来的每一个时刻，看到骨骼里日益坚硬起来的孤独和分明。是在觉得对这个世界极为珍惜郑重又随时可以与它隔绝的时候，开始一点一点变老的吗？我不知道，也许，心是在一个又一个等待的瞬间老去的。她说，我在这里工作，辛苦但不痛苦，只因为内心没有了挣扎。

此时眼前的她，眼神迷离，颈项优雅，即使神情倦怠，依然拥有一种美。他猜不出她的年龄，若说二十几岁，也会觉得理应如此。此刻就像做着一个回忆的梦，只是不愿意醒来。他们是真实的发生吗，他也不再肯定了。

如果人死在自己的欲望里，算死得其所吗？他的心中有困惑。因为更接近真实，所以虚幻越加的强烈，如同看到虚空破碎，如同看到火花耀目，如同看见黑暗覆盖，如同看见天堂地狱，他们的相遇如同奇迹。

空气中似有千言万语，他难以言喻。沉默着，寂静着。

此时，他是她在尘世的最后一点姻缘，她是他无尽时空里的相遇，现在一切都已多余。她说，漫长的流浪，我太累了，我已看到回去的路。

他吻她的额头，看着她略微扬起眉毛，他说，不要把它想象成我们的表达方式。它不是爱情、爱恋、欲望这种狭隘的转换，把它当成一种单纯的安慰，一种问候和礼物吧。就像别的国家的贴面礼仪。

也许我们过分关注外在，所以永远觉察不到别人内心的痛苦。

就像一个人受伤，外人看来很痛，露出不忍直视的神情，实际并没有什么大不了。然而如果人的内心苦痛，百转千回，谁又看得出来，谁会怜悯谁。所以人只爱他自己。

5

她的手臂有一些细线的痕迹。这是什么，他问她。文身，洗去留下的印记。她淡淡地回答。他走去洗手间，用冷水冲洗脸和双手，获得冰凉的清醒。遥远和亘古，仿佛记忆重生。他在时间中重复轮回，迷失自我。忘记身在何方，忘记前世今生，忘记走过了那么多寒冷和黑暗的夜晚。

此时此刻，长生看着镜中的自己，映现出的是一个成年人健康修长的身体，轮廓健美，因为饮食习惯良好和锻炼呈现出腹肌的纹理，因此被很多人猜测年龄。二十三岁、二十五岁，或者更年轻一些。二十八岁，他的眼睛过于清澈，仿佛伸手便可以接住晶莹泪珠。他的眼，并没有因目睹更多的轮回随时间老去，反而呈现出闪烁微光智慧的清明。

他走回到座位。看到桌子上摆放着一本书——《时间简史》，霍金的毕生心血。她说，我把这本书送给你，希望你成为时间的朋友，而不是敌人。

这是别人曾经留在这里的，现在我送给你。

她说，感知到你内心黑暗的结，它坚硬、厚重，仿佛罪孽般深沉存在着。是最终在光明中消弭，还是用尽余生寻找可能存在的微光，由你自己来选择。

人投身无常之中，反复煎熬试炼，以穿越不同隧道。人在痛苦境地里是无法看到他人苦难的，仿佛眼前被丝绒布遮盖。带着封闭压抑的盲目，无法与自己相处，无法同时间和解，只可以带着满腔怨愤和一意孤行的执着，独自走过世间的桥梁，而那些黑夜同时显得过于漫长。

他说，让我们在时空某一点相遇，而不是相守。因为虚空，会想要爱一个人。那么，爱的产生大多是基于个人对于世界的理解。是这样子吗？现在我有一个问题想要问你。

嘘，嘘。她的食指竖在嘴巴上。不要说，不要让声音在空气中传播开来，就保留在此刻我们心中。

酒吧这一刻喧嚣熙攘，仿佛成为世纪荒诞的背景。他们相对坐着，像是乱世浮萍，不知身在何处。

我们在海洋里生活了无数年，来到陆地，为的就是重新看一眼世间空洞乏味的轮回吗？他戏谑道。

不，是为了更加接近深邃的夜空以及永恒的无常。祀年对长生说。

6

那一天夜晚，凌晨两点，他们喝光各自杯中的酒，走出去。漫无目的地行走，以自己独有的方式进入微醺状态。丝丝绵绵的雨扑在脸上，仿佛温柔的触摸。长生产生错觉，也许在很久以前，他就已经邂逅了此处，或者是更为古老的时间，到底是人在轮回还是世界在轮回。为何总有相似的人，做重复的梦。

她不知道将被生活带往何处，她和他同样迷失在这座古老的城。没来由的，至少回忆会留下来，成为真实记忆，在空白里多出一笔。他们在此处相见，却仿佛相知了无数个夜晚。或者它是一个神奇的地方，消灭时间与空间的隔膜，在一瞬间让人心与心直面相遇，心呈现出其本来面目。坦白、敏感、善良、温柔，这些属性一一展现，它们同样只属于夜晚。

他和祀年的邂逅是上天的恩赐，长生会一直记得，并裹挟进灵魂里。

那一刻，他拥抱她。

她说，这已是对我最好的慰藉了。离家多年，寻找的东西一直没有找到，不过我还是会继续找下去，但最重要的我该回家看一看。

长生在祀年耳边轻声问，认清了生活的真相，你仍热爱它吗？

她说，在心中一点一点根植希望，然后去相信。长生，我能清楚看到你的伤口，所以我们在此相见。往前走吧，如果自己都要放弃，就真的没有希望了。我把最宝贵的礼物送给你，我的孤独。

仿佛黑暗一下子压下，排山倒海般地涌来。他被包围着、温暖着。然后他笑着对她讲，他一个人也能完整，必须完整，继续寻求什么。寻找时间的人，被时间所寻找。愚弄时间的人，终将被时间所愚弄。

到底谁才是那个埋下她的人。那个前世，经过她的身边，看到落水罹难女子裸露沙滩，不仅仅看了一眼，脱下大衣遮盖，并且去用心埋葬她的人。她将要用余生一直寻找那个人，不停地寻找。寻寻觅觅，归宿。

也许终究是不甘心的吧。以为有某种可能，以为可以做成什么，以为这样就能够得到。那些繁星一样多的未来，你说过去那么久之后，人生还能回头吗？

　　他说，过去之所以叫过去，不是因为有现在和未来，因为它真的已经过去了。你能像电影里一样让所有人将泼出去的水收回来吗？

　　他替她回答，不能。

　　心动过，然后也心伤，那么是不是可以就这样无知无觉活下去了，她说，人可以在经历漫长告别之后再回过头看见过去的自己吗？

　　可以的，他说，遇到一个往日相识，在聊天中总是能发现自己的影子。可困难的是，这样的人要么已经消失殆尽，要么就是你出于各种理由不想再见了。

　　她说，跟你说话总是很愉悦，时间过得这样快。

　　看着这个刚刚相识，并且永远不会再见的女子。她站在栏杆前眺望远方，他不知该怎么想，他只是看着她，什么也不说。一本书中这样写道：当你带着一份爱出门时，你会收获更多的爱。当你带着一种损伤时，你会看到更多隐藏的伤痛。这便是他自身的本质吗？

　　他们即将告别。看着她，无限落寞。时间与空间继续流转，我们会在什么地方、什么时刻再一次相逢？祀年。也许，我会在内心的轮回里遇见你。

　　他与她告别。他们知道，彼此再不会见面了。她轻声呢喃，再见，长生，我上一世的爱人。

　　也许在许多年以后，他终会发现，命运在跟他开了一个天大的玩笑之后，看到峰回路转。这一切的一切，都是时间的馈赠。尘世纷繁，我们获得与人沟通的渠道，就像他认识她，所以他来到这里。但也只能是短暂停留，因为谁都不知道我们的终点在哪里。不断地寻找，不断地完善自己，让心变得越来越美好。那些一期一会，那些邂逅相逢，都是无数个时间节点和空间等待的结果，它已成为人生至为重要的时刻。

雨丝丝柔柔地落在脸上，黏稠绵延。就这样用脚一步一丈量地走着，不知不觉仿佛走到人生终点。看见重复的建筑、重复的巷口、重复暗下来的灯，回到原点。

7

凌晨四点，迷失在这座圆形的古老城中。细雨如丝，鸟掀动翅膀飞起是寂寞的，寂寞的是人，快乐的是鸟儿。如果深夜里死去，生命融化，是否和水一样。

有吉他声传来，他疲倦地看见一群陌生人聚在一起，小声轻弹。啤酒，灯下的雨，年轻男女，空旷的街道，萧瑟的吉他。潮湿，空旷，寂寞之根在生长。他对自己说，我来到这里虽然会离开，但离开的时候，知道自己一定还会回来。

回到旅馆，他始终无法平静下来。消失的终究消失，也许这是一种从未有过的温暖和悲伤的体验。他对自己说，人的本性是寻找，寻找即虚空，他一直在做的就是突破心灵。

凌晨五点，他在一阵呼啸风声中找回睡眠。他听见风在诉说，结束了，此刻他的心中一阵悸动。黎明即将到来，而天亮的时候，也是他要睡去的时刻。他在沉睡中，即将过完这个夜晚。暮色晨光交替的时刻，床在他的体重下不断地凹陷下去，一路蔓延。水面一样扩散，将他吸收进去，无尽的黑暗。沉坠并不断下降，缓慢但凝滞。一个长长的梦，梦中感知到的是钟摆，左右摇摆，仿佛无限遥远。我们仍未穿越孤独，未见得喜悦。

我们走过一条漫长的路，现在又重新经过它。这就是现实。

8

转眼天气变得越来越冷。他在微信朋友圈中继续呼吁喂养流浪猫狗的好心人，如果可以，请尽量给它们准备一些干净的饮用水。动物可以依靠本能寻找食物，但是水却不容易获得，常常会喝了污水而死亡。可以的话，请给它们一些清水，为它们争取一点点生存空间，让爱传递下去。收到很多的回应，原来这个世界还是有怀着真诚善意的人存在，他开始相信这美好。

那天长生去找他的猫，远远地看见它趴在石阶上。他轻声呼唤，它的尾巴轻轻回应，却没有起身。他感觉诧异，走过去。看见猫的两只眼中流出黄色的黏稠液体，像是伤口的化脓。四周散落零星的食物，他走近它的身旁，四周的猫一哄而散。看到猫比之前清瘦许多，他的心猛然疼痛。原来渐渐地，他早已成为一个生命里有担当的男子，承担它的喜悦、它的悲伤、它的生活，照顾它，就像沈闲对待他一样。

去网上搜索，得出结论。他跑去附近药店，买到黄霉素药膏、棉签，再一次确认药理，然后回到猫的身边。他知道它会等着自己，心中冥冥中有感应。他轻声细语安慰，猫别害怕，很快就会好起来。它似乎听懂了，很安静地躺在他脚边。偶尔因为药膏刺激用爪子挠一下。

如此三天下来，它终于痊愈。看着猫仍旧像以前那般对他亲近，毛茸茸的脑袋亲昵蹭着他的小腿，更加依赖了。他拿出手机，为它拍下第一张照片。他说，猫，来，给你照相。它配合似的侧身卧倒，轻轻扭动脖颈，在镜头前留下一张侧脸。旁边有人经过，看到这一幕，露出吃惊神情。那人说，这只猫竟然这么听你的话。长生轻轻抚摸它的脊背，拍拍它说，猫，笑一下。出奇的，它真的露出猫式微笑。他快速用手机拍下，他对着猫咪轻声诉说。看见它的眼神明亮，黑夜中散发诡异色彩，与天上的月光辉映。他相信，此刻它亦是懂得爱的，它懂得他。

9

南方的冬天不冷，是一种误解，它的冷是人坐在潮湿石阶上，借助青色苔藓一点一点慢慢渗入骨髓中的寒气。他对南浔说，我相信每走一步，生活的光便多照亮一点，封闭的窗会打开一扇。这是个完全开放的世界，机会与失望、公平和不公并存，而所有这些努力都将以另一种姿态最终回归身边，他只需要做好迎接的准备。

走进一家银行，不是因为办理业务，只是寒冷，想要暂时获得温暖。大厅里只有很少的人，坐下来，看到营业人员理解的微笑。那一刻，心中不再寂寞，陌生人给予的温暖，是那样美好的东西。

长生促成百万大单的消息不胫而走，这是他工作的第三个月月底。私下里越来越多人找他核实情况，长生却觉得枉然，这是他付出无数的努力得到的收获。

他想到的，仅仅是能给他的猫搭建一处好的窝，买一些实用的猫粮。他自己已有安身之所，想让猫也能拥有。

公司里的表彰，季度最佳销售他居榜首。需要正装拍照，然后上传到年会屏幕上。长生没有正装，于是南浔溪陪他去商场选购。

落地窗后面便是外面的世界了，高楼鳞次栉比，汽车呼啸而过，钢筋水泥圈起的城市，人们渺小如蚁般仓皇徘徊，当下便心灰意冷，个人的存在感被无声地消融在这庞然大物中。他们有着相同的脸，相同的肤色，相同的语言、衣物，只是他们知道自己是谁吗？

他看到试衣镜中的自己，他的眼神温和，却始终藏着什么，是不可告人的秘密吗，像一个隐秘幽暗洞穴。近前能够感到风的回旋，却无法探知更多信息。南浔看见长生眼眸中偶然流露的伤感，十分心痛，她温柔抚平他的眉头。她问他，对你来说，最难的是什么？

他表达喜欢的方式是摸着她的头，微微看着她，就像在抚摸一只温顺的动物。看到它的温顺，内心满足。

第六章　时光回廊

1

雨连绵不绝，浅灰色天空，斑斑驳驳。几只不知名的褐色鸟儿低低掠过高空，迅疾而去。雨水洗刷了一切。他坐在车里，母亲在他的右边和父亲低声交谈，窗外是零散而孤单的影子。用雨伞撑起的世界，雨水划过玻璃窗，带走最后一丝温存。视线不断模糊，雨刷器不停摇摆，雨水大滴大滴打在天窗的声音，仿佛与世界形成静止的空间。有时候感觉呼出的空气都是寂静的，像夜色一样无边无际。

黑色天幕和繁华灯火，让人感觉一半在黑暗中一半在光明里。事故还是发生了，快速路上，不知道是刹车失灵还是别的什么，他们的车与拐弯的货车相撞，汽车不停翻滚，然后停止，道路陷入混乱中。

他看见光了吗？也许是的，在被车撞到的那个瞬间，头脑一片空白，最后闪过的一个念头是，他多么想问一个人，如果没有遗憾，死亡只是一瞬间的事，那么是否也包括疼痛。

西开教堂的礼拜日，苍穹之顶倾泻下来的午后阳光，就像一道神秘的永恒光束照在了他的身上。空气中，闪烁着细微的尘埃颗粒。而那束光，在他不经意间推开教堂门的那一刻起，便连接了他的命运。他伸出手掌，高高举过头顶，迎向它、接纳它。他感觉这光照出了世间的善与恶，同时也帮助他分清了人们的爱与憎。

教堂里静悄悄的，每个人都匍匐在跪凳上，这时的教堂就像深深沉入了湖底，眼前跪着的人群就像聚集在一起的鱼儿。如果个人的救赎都必须依附在群体的救赎之下，他想，永远不要对某种事抱有期待，因为只有这种期待会令自己失望。突如其来的宿命感令他觉得悲伤，仿佛从很遥远的地方听见神父庄严肃穆的布道声。他在耶稣像面前跪伏下来。他发出轻轻的疑惑，谁能告诉我，人做什么才是正确的。

神父说，为什么真理永远称为真理，世间一切，人们必须亲身经历体验了，才会懂得珍惜。

他做祈祷，而祈祷似乎串联起一整个世界。那一年，他十五岁。

如果有什么能超越时间和空间，那么一定是这光，它融合了所有的物质，有形的、无形的。它分解过去，超越未来。黑暗也不能使你畏惧，因心中存有的光明。雨仍旧下着，血水顺着一个方向不停变淡。母亲用身体紧紧抱住他，挡在他面前。苏铭感觉自己好像走过了黑暗中漫长的隧道，到了苏醒的路口。

苏铭对长生说，不知道为什么，那一次会活下来。黑暗中，总有看不见的力量，左右人的命运轨迹。应该心存无限感激，任何事情的发生，都应有其相应寓意。

他看见一只受伤的白色小鹿，不忍心它的痛楚，伸出援手，它却惊慌逃逸。是如何在暗无天日中辨别它的踪影，以及那暗褐色的血迹，他并不自知。黑暗中，追逐远方的白色身影，跌跌撞撞，几次摔倒，艰难爬起。每一次，那只小鹿都会稍事停歇，仿佛在等待此刻，然后继续你追我赶。

也许这是一场游戏，来自远方时空梦中的嬉戏。他也仅仅需要一个方向，从而确认发生的过往。

2

苏铭，来，来这里。她说。

第一次是他将她带到这里，她看见这片繁盛的森林，一眼便爱上了。淡蓝薄雾中充满远古苍茫的气息，深邃的夜空，永远笼罩着谜一般的奥秘。任何到来的冒险者都想要一探究竟。

一条闪烁着粼粼波光的河流隔断了另一片大地，它们从此一分为二，这里是暮色森林。

她骑着夜刃豹缓缓踏在林间碎石小路上，带着纯洁而高贵的心寻找她的梦，一个细雨绵绵朦朦胧胧的梦。他走在后面像骑士般骑马相随。

他们路过乌鸦岭，途经腐草农场。看见沃古尔食人魔手持狼牙棒时刻准备着，等待袭击附近的生灵。约根农场的上方有另一条岔路通往黎明森林，烂果园位于夜色镇的西南面，曾是暮色森林最大的农场，绝大多数艾泽拉斯的水果都产于此。

现在它被遗弃，变得荒芜，树木也奇异地枯萎，成为狼人的繁衍生息地。啊，夜色镇，终于来到这片土地的避难所，这个小镇里血鸦旅店是唯一充满喧闹的地方。

她说，厌夜，游戏里为什么叫这个名字？

3

父亲母亲去世之后，他已成年，身边再无可以依赖的人。然后他发现心中无人可想，没有牵挂之物，如同行尸走肉地活着，从此他再也无法爱上夜晚，迷恋上网络游戏，昵称厌夜。

他经常光临的是个人开设的网吧上网。这种家庭式改造的环境，主卧加上客厅摆放双排台式电脑，主家在角落里临时搭起木板床，用于晚间休息睡眠。老式灯泡吊在房顶，灯光昏暗。如果其间有人吸烟，烟雾缭绕，经久不散。但是，价格便宜，包宿仅仅六元钱。

有时会被一种无边的恐惧包围，想到这个世间有那么多可能性，没有任何一种他能参与其中，又该是何等凄凉。一心想长大，具备独自生存下去的能力，他也只是想要活下来。他在游戏里一整个晚上，无所事事地游荡在黑海岸边。暮色苍茫，天地俱寂，人在其中越发显得不真实。这种孤独的游荡，仿佛预示着与生而来的荒芜生命。天空中没有一只鸟儿飞过，它们早已归巢。15 级的小猎人，带着一只略显幼稚的宠物做任务，徘徊。只是无处可去。

遇上一个玩家，小德鲁伊，昵称伊犁。一起组队，不知对方性别。但是又能怎样，只要有人陪伴。黑夜在眼前铺就一片漫无边际的广阔天地，不知为何，那时他的心有感动在流淌，一如头顶的月色，宏大、光辉。

半夜时分，网吧有人入睡，发出轻微鼾声，电脑屏幕发出荧荧之光。他说，那时，似乎眼前的真实能够让自己相信只有这微光。仿佛面前迎来一辆光影斑驳的列车，驶向前方、驶向未知。他只需要轻轻一跃，便可搭乘它，逃离现场。仿佛眼前出现幻觉，更像是一次急不可待的告别。电脑屏幕光线灼烧他的眼，微微眯起双目，面前迸出冷漠苍蓝。是寂寞在午夜里燃烧。

天空逐渐从紫红变得苍蓝，然后看到一个即将苏醒的城市，人们不愿从睡梦中醒来的时刻。

4

开始接触游戏，然后遇见它 ——《魔兽世界》。2005 年美国暴雪公司开发的大型网络游戏，一下子风靡起来。

魔兽世界里。

你为什么要跳下来。她说。

让我们一起游过大海，弥语。

此时，船扬帆而去，海面上翻腾起两朵渺小的浪花。你去哪里，我便跟到哪里。他说。他们漂浮在海面，一轮浑圆的月投下倒影，不断被海水冲击、破碎、复原。清冷的月光，仿佛嘲笑着世人的愚蠢和自不量力。风被留下来，静止于月夜。

现实无法去做的，我都想尝试。你知道，我已经错过太多。她说。

那好，我陪着你。永远不要觉得自己孤立无援、寂寞。弥语，我会陪你走到世界尽头。他说，有的人看见一些黑暗，就会彻底否认一切，而有的人却会因为看见一些光明，就一直抱着希望坚信美好。怎么样活着，怎么样的态度，只是取决于自己的一颗心。生命不是享受着逃避死亡，而是锤炼着得到升华。

她说，这是你想到的？

不是，是我从书里看到的。让它来鼓励你。他说。

海的颜色越来越深邃，与米奈希尔港口的水有了明显的差别。月，还是在天空之上，然而位置一点一点发生着变化，不断地下沉。夜空被浓稠的雾气笼罩着，更远处是没有尽头的天际线。无尽之海，一如它的名字，永无尽头。

他们的身体开始出现疲倦，即使是在游戏里。面前显现出黄条状态，一点一点减少，直至不见。生命值锐减，身体依旧做出努力，前进着。

她说，你害怕吗？

他说，不怕，因为知道这是游戏，没有什么可以失去的，没有什么不能失去。

是啊，只是游戏而已。她重复着说。

生命到此刻终于完结，走向终点，他们以灵魂的形式出现在米奈希尔港身后的墓地。透明的白色，人物轮廓很轻很轻，可以漂浮水面，仿佛脱离身体之后真的没有了重量。

她说，这就是死亡吗？一次真正的死去，一个新的开始。以灵魂的形式，仿佛经历了轮回。

他们找到尸体，看着它们浮于海面，就像真的溺水而亡一样。点击复活，继续疲劳致死。灵魂，新的一轮。

他说，别去了，我们游不过去的。这个世界自有它的规则，凡是试图超越界限的，它都会以它的方法做出惩罚。我们真的没有必要继续了。够了，停下来，弥语。

原地复活，他们付出代价。我们要么顺服命运，要么头破血流，她说。

5

公司举办年会，为了增强凝聚力，内部员工要表演才艺。南浔溪偷偷给长生报名，知道他画得好。

他说，准备好颜料和毛笔。他在一张铺展开来的八开宣纸上画画，握笔那一刻，他感觉自己的脑海中涌来一段记忆。画面中的男子同样在一张宣纸上练习水墨画，不断地画，不断地将画纸揉成一圈……那种感觉就像在观看一部彩色电影的片段，是一瞬间的事。

长生画出美丽的花朵，象征美好的百花争艳的寓意，大黄和靛青蓝调成枝叶的颜色，浅黄和赭石的花蕊，几笔勾勒出线条。即将完成的时候，缺少大红。

他说，自从提笔那一刻就注入了精气神，现在我要给它灵魂。

他转身看着她，说，南浔，来让我们一起完成它。

他说，你握住我的手，我害怕疼痛。然后在温暖的一瞬间用锋利的壁纸刀划破掌心，一道深深痕迹，血液流出。他带着她颤抖的手，移动到宣纸上，血液绽放成梅花，盛开的梅花。

他说，烟花升腾的瞬间，火焰坠入水中，是遗忘还是归宿。来，让我们去观望一场无疾而终的烟火。他用绘画表达着光明和黑暗。他说，人这一生，注定要经过美丽的东西，然后使它凋零。

她说，你知道，万物并非长久才美丽。

时间，是时间，拥有它也失去它。他说，这要看你怎么定义。

她仰起头，就像心有莲花，无处虚妄吗？

是。你看到了吗？烟火、幻觉。我的疼痛，我们的疼痛。

厚重的罪恶，只有这疼痛，这疼痛分散了注意力。伤口处本应遵循着规律性的循环，那里有奔流不息的血液，暗涌起伏的血液。现在，它们依然流淌，只不过，是暴露在他的眼前。光天化日之下，它们滴答滴答，滴落在地上，殷红了一片……眼神带着暗淡的失望和疏离，不刻意，不惊动，然而心里的荒凉和苍白就像眼前这茫茫飞雪，无边无际，只有疼痛才是最真实的存在。

记得那天夜晚，他们去游戏厅抓娃娃，兴致高涨之时，他说，来，跟我来。然后他带着她向后退了一步，陡然喧闹的沸腾一下子被宽敞的寂静取代。一门之隔，仿佛是时间的界限。

他说，南浔，你看。这些沉浸在游戏世界中的人们，他们和我们，既是选择者同时又是参与者。但是注意，要保持谨慎以及清醒，因为只有如此才可以随时抽身而退。说着，他摊开手掌，露出最后一枚游戏币。他说，我们手里还拥有它，就绝不是曲终人散的失败者。

那一刻，南浔溪只觉得面前的男子就像是一团被雾霭笼罩着的谜语。她说，长生，输赢对你很重要吗？

他用拇指扳动它向上弹起，伴随叮的脆响，带着空气轻微震动。硬币在半空翻转，下坠，重新落入长生手面，他迅速用另一只手盖住。正面还是反面？他问。她没有回答，只是静静地看着。于是，他又说，其实没有任何区别。你所知的，不过是世人给它的定义。

那么所谓光明和黑暗呢，是否真的如其所示？

他说，南浔，你觉得我们会一直彼此纠缠到老到死吗，命运大抵如此。一根细长绳索，若执此两端有一方先放手，另一端会感到发力的方向。

6

天气寒凉，连空气都带着丝丝寒气。深圳的冬天是湿冷的，因为没有暖气，所以每天晚上睡觉都要开着电热毯。这么一小块面积的温暖，就像慢慢守住一个窝。

他对于她更多的情感是珍惜，发自内心深处的回应，仿佛一种与自身深渊暗合的回响。他对她有过怜悯之心，是在她那天生病的时候。她给他打电话，说很想念你。

那天，南浔溪没有来上班，接到她的电话是在中午吃饭的时候。她在电话里对他说，长生，我很想你。之后是虚弱的喘息，透过手机扩音传到他的耳中。仿佛是一处深处的洞穴，周围空气凛冽，风声回旋，到处是回音。她说，她做了一个梦。在梦中，听到自己血液流淌的声音。不知怎的，她就是知道那一定是自己的血液，深夜凝结成一片一片干涸的暗红云朵，开满了整间屋子。她哭着说，长生，我害怕死在陌生的城市里，我想回家。他说，南浔，你别乱想，我现在去找你，立刻，等我。

7

他买来鲜花，用空饮料瓶子插放，将瓶口剪开，中途剪刀划破手掌，霎时鲜血流出。他看着直发愣，然后用血浇灌鲜花，将白玫瑰染得殷红。

你在做什么？她慌乱制止。找出纱布和酒精，快速消毒包扎，神情紧张，有发自内心的不忍流露出来。

他说，我没事。我做过这样的梦，梦里做着同样的事，白色的玫瑰尚未完全绽开，含苞待放。用血浇灌，然后它开出红色的花瓣，鲜红欲滴。不知道为什么，我会这样做。

她摇头叹息，眼神温柔，落在他的脸上，轻声问，痛吗？

痛。他笑着回答。

南浔溪从一个短暂的梦中醒来，慢慢睁开眼睛。看到他坐在自己身边，眼神无限温柔。

他说，你好些了吗？我送你去输液。

她轻轻摇头，然后点头。她说，昨晚梦到一列火车，愿意见到的，不愿见到的，似乎二十几年遇到的人都在那列车上。我想，自己原来和这么多人发生过交集。

她内心突然萌生的恐惧感，就像惨白的月光照耀下深邃幽暗湖底突然显露出来的累累白骨。任谁在世界里越陷越深，如同深陷泥潭的时候，都希望有一双手伸过来，拯救自己。这双想象的大手如何温和柔软洁白细腻，在月光中带动一圈圈波纹，无声无息扩散，被自身的魂灵提前感知到，默默地等待着那一刻到来。可是即使世界正在发生翻天覆地的变化，此刻依旧是不着边际的虚空荒芜。

他说，把自己武装到牙齿就不会害怕受伤了。人是会跌落到自己的境遇里去的，那么深。

他将做熟的粥放在茶几上，一口一口吹凉了喂进南浔的嘴中。南浔听见自己问长生，你为什么对我这么好。他笑，关于这一点，你应该知道。

他问她喉咙是否还痛。她说，这是病根，只要发烧就会嗓子疼。

她的童年做过一个很小的扁桃体手术，因为出生就身体柔弱，经常感冒发烧。后来一次输液，医生建议做手术，说国外的孩子一出生就会切除阑尾和扁桃体。

还记得当时的疼痛，剪刀在嗓子剪下一块鲜活的肉，是伴随她七年的身体中的一部分。使用的麻药是喷雾剂，并不是全麻，口腔里仅仅是表皮的麻木。手术时，她坐在一张椅子上，腿上放了一只塑料的脸盆，医生让她双手握住，眼睛被蒙上。一片漆黑中，被要求用力张开嘴巴，仿佛一处从水下突然升起并敞开的洞穴，带着幽闭已久的恐惧，感觉剪刀冰冷的触觉，瞬间的钝痛，猛然一阵阵眩晕。她感到血液顺着嘴角剧烈涌出，流淌下来，全部滴落进手端着的盆中，滴答滴答的声音，清晰地笼罩着她，慢慢汇聚。

她努力想象脸盆的大小和颜色，脑中一片空白，红色顷刻覆盖，手术持续了四十分钟，属于她身体的那部分被切除下来，变成独立的个体，然后死去。她没有看到它。她睁开双眼，在父母搀扶下回到病床上，在麻木和疼痛中睡去。

她在一阵呼啸的风声中醒来，她听见风在浅吟低唱。此刻她的心中悸动不已，眼泪止不住地流下来。

她说，医院的窗外，路灯明灭不定。后半夜，微凉，风走了，灯光也安静下来，门不再摇摆，感觉头发在生长。

她说，这是身体的记忆吗？身体是自己的，而记忆却在轮回。她又一次拥有了当时的感觉。再一次她问长生，失忆是什么感觉。尽管他曾对她说过，她从未想伤害他。

再一次，他告诉她失去记忆的感受，和当时一模一样的回答。她触摸到这充满伤痕的凹凸，像这个地球任何一处潮湿而冰冷的洞穴，风声呼啸，发不出一点声音。

慢慢靠近她，他吻她的嘴唇，月光一样冰冷。她在他的抚摸中轻轻颤抖，借着月光，她的躯体洁白皎洁，如盛开在旷野里的茶花，芳香馥郁，又像一条海中的鲸鱼，仿佛一个转身翻腾起白色浪花。她没有发出声音，他听到的也只是夜低低的呢喃。

她的这具肉体，要经过多少的温存抚摸，才能感到真切存在，感到丰盈充实。身体寻找着身体，细胞靠近细胞。温度在融合汇集，有那么多需要被确认的事，多得仿佛总也数不清，算不完。

沙漠，荒芜，月光，赤裸的躯体，与世间所有对峙。也许从一开始，就带着解谜的心纵身扑入一场火焰里，看着火光一点一点焚烧身体，化为一阵清风，灰飞烟灭般寂静无声。

而她的抵达，点燃了他内心深处的黑暗。这所有的缺失、疼痛、冰冷，顷刻间覆盖，直至门吱呀一声开启，火光照耀。黑暗中光影错乱，魑魅魍魉蠢蠢欲动，一下子显形。他感到困惑，他是在黑暗中找寻光明，还是那黑暗的内核在光芒中寸寸碎裂。

他听见她轻声的叹息，她说，我需要爱。男人需要女人，女人同样需要爱，爱让人在缺失中得以完整。说到这里，她站起身，走下床，来到窗前，掀动帘子，让月光充分倾泻下来。她的身体未着寸缕，她的头发在风中翻飞起舞，她的肩膀因寒冷发出微微颤抖。

8

事情没有结束，她说，难寻死后，我看到隔壁不远的邻居家开始饲养小鸡，它们整天的叫声引发强烈嫉妒。那个夏天的夜里，满手鲜血地回到家中，被父母惊慌问起经过，忘记说了什么，只依稀记得眼前的血红，那样触目惊心，我亲手掐死了冯奶奶家的鸡。训斥、捆耳光、向邻居道歉，这一系列过程。她说，这是有生以来第一次被父母打骂，也是唯一一次。

他说，人在某种处境下都会做出极端的事。没有谁一开始就是善良的，也正是这样，才需要我们自己在未来的路上纠正改进。

偶尔做这样的梦，满手鲜红的血、小鸡的尸体，她会时常惊醒。今天夜里，此时此刻被再次唤醒。他被她措手不及地拉入海底隐秘洞穴，来不及屏住呼吸，转眼又浮出水面。他说，为什么告诉我这些。也许心底埋藏了太久，需要分享，也许是作为和你的交换，谁知道。她因为疲倦，重新回到床上，不久发出均匀呼吸。

苦痛从心底酝酿出两朵花，一朵洁白胜雪，一朵殷红似血。它们彼此纠缠，仿佛前世的联结。其中一朵说，我比你更美丽，你应该羡慕我。红色花朵轻轻摇曳，真心赞美它。一日，一只大手从虚空探下，红花挺身挡在了白的花朵面前。

那天晚上，他指着窗外漆黑夜空最明亮的那颗星，南浔，你看，北极星。她说，不应该是勺子模样吗？他笑着，傻瓜，你说的是北斗七星。

9

苏铭怀着放荡不羁的心畅游着艾泽拉斯大陆。陆地、海洋、天空，一切都是新鲜的，一切也都是未知的。探索了一片大陆，提示里也就开拓了一块新的地图。

月光林地一片流光溢彩，远古森林仿若亘古长存。"这里垂坠着永恒的黑夜，月亮在乌黑的天空高挂，银色的月光照亮森林。这里从来不会受到恶劣天气的影响，只有无尽温暖的夏日夜晚。"

他是通过游戏介绍前往那边的。对于月神湖，它是这么描写的："月神湖浩渺庞大，它位于月光林地的中心。波光粼粼的水面就像是满天星光映衬下的月色，于是人们赋予了它这个充满传奇色彩的名字。"

也许是心血来潮，也许是出于偶然，更或许真的是命中注定，遵循内心深处的指引。命运，他如此相信着。

一轮明月，缓缓从湖中升起。洁白细腻，皎洁无瑕。湖光山色，交相辉映间，隐隐传来虫鸣鸟啼。碧绿草地，无限延伸，树木茂盛生长，一眼望不到尽头。

这一刻，现实和虚幻的界限被模糊了，分不清哪里是真实，哪里又是游戏中。

于是，他遇到她，一个精灵族猎人 —— 弥语。

他说，你在等谁。

她答道，一段辉煌的岁月，一段温柔的时光。

一根羽毛，使她轻盈地漂浮于湖面。此刻，她仿佛与月神湖融为一体。

她在梦中用哈雷望远镜默默观望了一场遥远时空的流星雨，不知名的流星雨。它不知道多少光年外，有这么一个人与它对望了数十秒，同时也不知道它的尽头就是死亡。对于流星来说，它的死亡就是寂灭。

仿佛参加了一场宴席，视觉的延伸更像一次与尘世的诀别，心里越来越清醒，也越来越荒芜。似乎已经把尘世间的事都想到了尽头，应该不那么重要了。突然竟找不到一个可以分享的人了。

她的面前是一片碧蓝色湖水。她带着纯洁而高贵的心，等待着，等待着一个人。也许水会知道答案。

她说，我叫喻弥语。一开始就告诉了他真实的名字，他们真实的年纪相同。仿佛命运就是有这样一种巧合，需要如此的邂逅。

坐在湖边，静静沉下心来，躲避纷繁的人群。不交谈，也不远离彼此。直到下线时，他们添加了好友（这个功能可以看到对方是否登录了游戏和所在的位置，非常人性化的设置，吸引了越来越多的玩家）。

10

黄昏时刻，夏以夏铭殇；断桥落日，夕以西离诉。这一刻，弥语，你要在这里多好。

在那个夏天将要结束之际，他们提前来到了秋季。人类主城之一暴风城下面经过艾尔文森林，西行再经过西泉要塞，就是此去的目的地：西部荒野。一条古栈道将绿色森林与荒野一分为二，远处的麦田守望者，急急驱赶着秃鹫。

他骑在马上说，流云翻卷着波浪，连天的青草已泛黄，仓皇的雁阵转身而去，命运啊，对不幸的人，你现出了慌张。

她停下手中霜刃豹的缰绳，疑惑地看着他。

他说，弥语，这是一个人写的诗句，只是一时想不起来是谁。

萨丁农场的农夫眺望着，废弃的马车，头戴红头巾的迪菲亚强盗。随处可见的农田，荒凉的原野，风从北向南吹来，金黄一片，逆光向阳，人声寂绝。

来，弥语，我送你一只宠物。他说。

他把她领到萨丁农场，农场主站在屋前，仿佛早已等待多时。提前买好小鸡饲料，八个铜币。他说，你对着旁边的小鸡输入"小鸡"，反复几十次，这在游戏设定里是个嘲笑表情。她拍打双臂做出动作，五分钟过后，原本四处跑动的小动物停下来疑惑地望着她，头上突然出现一个黄色叹号。点开，接受了请求。将准备好的饲料递给她，让她去交任务。

一只蛋掉落地上，她拾起，背包里显示，孵化需要二十四小时。她说，苏铭，谢谢你。

停顿了一下，她说，你有考虑过游戏角色所扮演的性别吗？一个男人坐在电脑前操控一个女子的账号，这是很常见的事，她有隐约的提醒。

不会错的，我们都是天性敏锐的人，直觉认定的事不会弄错。

不远处，一头野猪从荆棘处探出头来。她说，我请你吃烤肉。说罢，弯弓射箭，一气呵成。在烹饪技能里生起篝火，用木柴和打火石就可以简单做到。

他说，如果不是有宠物，完全看不出你是个猎人。就像那时相遇，我以为你是精灵牧师。

她捡起野猪掉落的物品——猪肉，一边用商店买来的配方烹饪食材，一边对他说，长久地在虚拟世界里徘徊，尤其独自一人，这种感觉，你是知道的，成为猎人，有个宝宝，虽然不是真实存在，至少彼此陪伴。我也可以假装安慰自己，它是真的。

她将食物成品通过交易递给他，毕竟不是真实存在，她感到微微有些遗憾。

他说，心意我已收到。

11

痛苦存在于任何时刻，早上醒来，晚上睡觉，走在校园里，上课时，呼吸时，气味造成的过敏，烟、汽车尾气、空气污染、呼吸困难时，坚持不住了，她就去医院。

每一次的草药都大同小异。我几乎都能背下来，五味子、党参、黄芪、仙鹤草、小蓟、侧柏叶，她说。

到底是否管用，根本感觉不到。有特别难受时，也有一般不舒服时，慢慢度过一天又一天。医院里有专门收费煮汤药的地方，即使药效比不了家用砂锅熬煮，也只能如此。

喻弥语说起她的病。这场疾病突如其来，仓促得让人毫无准备。做了大量检查，拍片子皮下测试，请专家诊断，结果都正常，而症状却是呼吸空气会感到缺氧、胸闷气短，喧闹场所烦躁易怒，无法平静。

维持呼吸需要的氧气超过正常，每一天力不从心，不得不做出一次次的尝试，最终被打败。弥语感受到了不曾体验的痛苦，它是关于绝望的，知道即使寻求帮助也无济于事的绝望。她对自己产生怀疑，一个人连正常呼吸都那么困难，她还能做些什么。家人听取医生建议，最大限度任她所求，只希望她持有积极心态，慢慢复原。

　　苦痛提炼人的坚忍，从而使人变得越来越纯粹，然后她看到这个世间的寂寥所在。这一次将穿越层层虚幻抵达真实，她需要经历漫长的过程。

　　有段时间在游戏上看不见他时，她会发邮件。游戏里的邮筒是由一根树棍悬挂长方形的小木箱，一眼可辨的功能。

　　她在信中写道：

　　苏铭，请允许我这般叫你，写信对我来说是十分郑重的事。在这个信息科技急速发展的时代，很多东西都在消失。我们，忘记了我们的历史，忘记了高山河流，钢筋铁泥圈养着人群。网络取代书籍，也包括文字。比如书写信件，一个短信在一秒钟就可通向全国各地。曾经的那份期待，拆开信封扑面而至的惊喜荡然无存。不禁要问，我们还剩些什么？

　　话题扯得太远，想要聊天，只是你不在。此刻是夜里九点，我来到加基森，独自站在这片空旷的沙漠。远处的圆月那么大，仿佛要沉坠下来，与大地同归于尽。徘徊于此的猎狗、毒蝎，因为我的等级出于本能——如果他们也有的话——不敢靠近，即使主动招惹也不理睬。现在几乎所有工会都在开荒副本、打 boss、赶进度、组队、频道刷屏喊人，突然间整个世界好像已将我遗忘。

　　时间是如此毫无意义，在这相对永恒里，我看到的只是那轮明月。你是对的。你说，眼睛是会骗人的，看到的往往是自己的心。我看到的，只是自己的心。

　　十点整，我该喝一天中第三次的汤药，我还是会在这里，谢谢你成全我的等待。

　　梦见一片沙漠，她穿着白色婚纱，赤脚走在细沙中。沙粒柔软光洁，月光如水，大地寒凉。一阵回旋的风路过，她侧耳聆听。陡然，她在自身的凝固中感知到什么，一定是读懂了某处某一存在的讯息。风扬起沙尘，覆盖她、包裹她，然后又轻轻散去。来不及看清远处有什么，在四周轰鸣中醒来，那一刻，她突然感觉到沙子的睡眠。它们的呼吸，大地之下的律动，以及深不可测的秘密。

他体验到了一种永恒之美，无法诉诸言语。

12

长生做了一个很真实的梦。他看见南浔在光中前行，一瞬间恍如隔世，一瞬间陌生。

立在花荫下，心里一定岁月苍苍，充满了沧海桑田的遗憾。他依然在黑夜里等待他的救赎。迟来的风带来生的气息，冰雪消融之时，候鸟归来，一丝黎明的曙光化开了深不可测的黑暗。他的身后，那条不堪回首的道路，在新的一天到来之前，深深隐藏。在不可预知的寂静里，属于他的救赎始终没有来。他在即将到来的人潮前，悄悄离去。

他已经不知道还能与她说些什么，似乎余生所有的语言早已讲尽，所以他离开。

他的疲倦也只是幻觉。忘记它，长生，继续赶路。她说，人得多幸运才能遇到那个正确的人。

他说，像我这种人是没有未来的，给不了你承诺以及安稳。所以，我们不要往前走了，好吗？

他问自己的心。他说，心，你想要什么？

他问她，有什么打算。她说，已经回不去了，我不知道。

他说，你一直不喜欢这个城市，所以我送你回家吧。作为最后旅行，我知道你害怕飞机，所以我们乘坐火车。想停下就停下游玩，然后抵达终点的时候，不要说再见。因为我们知道，不可能再见了。

我们是喜欢仪式感的人，在一开始他就内心笃定。

他说，你喜欢将头发还有书信当作信物，以作纪念。而我的媒介是血液，他觉得没有什么能比自己鲜活流淌的红色液体更能作为祭品了。

就像一开始，你说，我觉得你很特别一样，这句话，就像一句密令，像是一把钥匙，打开一扇门。这扇门，尘封已久，满是厚重的灰尘。门打开，阳光便照进来，尘埃纷飞，落于眼中，熠熠生辉。一句请进，欢迎来了解我。这个开始便注定了结局。

他说，你能送我一样东西吗，我会一直保存着，直到它在时间中呈现自然的损毁。那时，我想，我应该年纪很大，头发花白，眼神浑浊，对万事万物不生起占有之心了吧。

她默默取下手腕上的那串红色玛瑙手串，摘下的时候，他看见她的右手腕露出一圈因长期佩戴与自身皮肤稍显区别的白色痕迹。看着它在她手腕留下的印记，不久应该就会恢复本来样子。

他们没有说再见，因此，也就不会再见了。

用尽全力挥动拳头，击打虚空，以为真相就隐藏在这稀薄透明一眼可见的空气当中。期待出现裂痕，虚空破碎，真实突然浮现眼前。那时，他又能看见什么。

所有的疑惑、迷惘、失望、困顿会因此而得到解脱，会出现答案吗？

又或是另一种欺骗、障碍、假象、无望，人若不在群体当中选择花好月圆，就只会成为脱离现实离群索居的无根浮萍。不想在无望中看到自身的损毁，所以保持步调一致，内心彷徨，随行。无法回头，是的，回头就是失败。

　　若是所有的错误都作为一种冷眼旁观看待，那世间又该会有怎样的相安无事。没有争吵，没有纠纷，没有掌掴，没有断裂，没有哭泣，没有伤痛，甚至，没有彼此。那样的人生该有何意义？也许生命并不具备某种意义，它只是一种存在，作为见证，一切均是出于人的意愿。本就不该存在，直到黑暗覆灭。当从被赋予的负担中抽离，回归自身单纯属性的时候，仿佛一阵清风，天地清明。

　　地铁上，四周寥落，三三两两的人，或低头玩手机，或闭目养神无动于衷。他把一本书平摊腿上，四十分钟可以到达。

　　总会有一些因缘巧合的时刻，感觉到微弱呼吸，于是抬起头看到她站在他的面前。灯光晃过，是一小片阴影，彼此沉默。反应过来的时候，地铁已经到站。他合上书，侧着身离开。从车窗反光镜里无意间看见她坐到他的位置上，想必他的体温余在。

　　他们这般相遇、经过，这就是时间的意义。

　　他后来告诉闲，为了知道黑暗中有什么，需要自己献祭什么。我们付出代价，为了好好地活着，可是这代价实在太大。

　　内心越来越孤立无援，我可能对很多事早已充满厌倦，他说，仿佛在一面满是亚麻的白布上面画油画。用尽毕生的才华，画得那么用力、那么专注，最终发现用错了颜料，失败的作品。

13

　　长生对南浔说，你可还记得昨天发生了什么？
　　记得。

那你会后悔，会恨我吗？

她说，怎么会。

他知道她不会怪他，那一刻他们到达了无法回转的交汇处。他说，南浔，我们可有道路？

他的视线投向窗外，他的声音落入尘埃。一块高大厚重的落地窗连接外界，而此刻，他们身处的时空，人声寂绝，听不到呼吸的节奏。

他说，南浔，你是如此直率的人，相信生活，并热爱生活。可是我却做不到，很多话在内心经过百转千回之后也无法说出口，形成隐藏着的黑暗内核，带着无法弥补的损伤，最终损毁。那么，请你告诉我，如果你是我，会怎么做。

他又说，我是在黑暗中仰望光明的人，在地狱里渴望天堂，谁又能拯救我呢？现在，我的内心空无一物。他不知道该如何是好，他认为他已经足够尽力了，可是还不够。所谓生活，是生命持续活着。它是一种状态。

她说，你是在等死，你知道吗？这样值得吗？

飞蛾扑火的热烈，他说，你不懂。有种美，就是为此刻存在。仿佛在漠河，看见极光，等了无数年。似乎心就是用来受伤的。

她看着他，忧伤地问，这些年来，有没有人能使你不寂寞？

他说，事与愿违，心会失望。付出与得到不成正比，心会失望。一直以为是这个样子，现实呈现出另一种状态，心依然失望。人最终被打败。

第七章　猫与告别

1

一天，他带着食物去喂猫，发现它看他的眼神充满漠然，不再向他轻声呼唤，他不知道自己哪里做得不好。以后几天都是这个样子，他不再试图靠近，远远将饭菜放在固定的位置，然后离开。

从不试图操控个体，毕竟控制关系是无法长久的。一只动物尚且会突然选择回避，无法保持关联，更何况是人，人与人的交往是更复杂的交际。长生说，为什么猫会厌倦我了呢？无论我做出怎样的努力，都无法接近和挽回。

南浔说，或者可以尝试放下，让生活过得简单一些，别想太多。

后来，他说，猫在治好眼伤一个月之后突然消失了，我不知道上哪里还能找到我的猫。

她说，长生，你有没有想过，一只猫找上一个人是有原因的。

那天，他做了一个梦。还是下班的那条笔直马路，柏油路面宽广，车辆确实寂寥。黄昏的天空阴阴沉沉，仿佛随时会降下一场绵延细雨。

于是，在某个瞬间，他再次看见他的猫。它坐在大理石台阶上，白色尾巴轻轻摆动，幽绿与碧蓝鸳鸯眸子在空气中闪闪发亮。

他站在街道对面，它的对面，他与猫对峙，仿佛这是一条时间河流。他内心震颤不已，眼泪止不住流下来。

他说，猫，我们之间还差一场对话，他知道他们这场对话将在此刻完成。

它说，我要走了。一瞬间他已明白，不是它对他可以冷淡，只是它知道了自己的终点，不想羁绊太深，使他伤心。

要经过多久，才能穿越层层幻觉窥得那一丝真实。所有的表象，浮出水面；所有的真实，被葬入海底。众生惘然，沧海浮沉，足下的薄冰亦梦幻泡影。也许不经意望见一朵浪花，便是内心深处隐藏的一片凄凉。

而猫还在等待。他说，猫，我们在这个世间孑然一身，就让我为你做最后一件事吧。他取出随身的匕首，刀身呈弧形，侧缝流水线条完美，闪烁的金属光泽证明是一把利器。用力在掌心划过，血水涌现。一种血肉模糊的惨烈破碎，唯独没有疼痛。

他看着它们逐渐蔓延过掌面，滴落尘埃，声音出奇的清脆，滴答滴答。他说，猫，喝下它。如果来世，还能再相遇，请你记得。于是，在风声中，他听见自己心脏碎裂的声音。

后来，他在梦中再次梦见这道伤口。它在愈合之后竟然和掌纹呈现出相同形态，已经分辨不出区别了。

他说，不知不觉就想到了海绵。干涸的海绵落入水中，一下子充盈饱满起来的样子。它们同伤痕一样，都是身不由己。

是猫教会了他对待时间的一种温厚态度，我们最终也只是一个又一个的经过。人只能寂寞地存在着，存在在这颗寂寞的星球上，存在于宇宙的广漠无边中。也许终于有一天会明白，万物从无到有的秘密就存在于这份觉知里。

他梦见飞机最终穿越云层，窗外电闪雷鸣，然后看见一座孤独的桥。某一刻，他的内心是不是也在哭泣，像孩童一样。在这个世界孑然一身，没有过往，没有同伴，丧失的记忆犹如无限延伸的铁轨，远远望不到尽头。那些之后的瞬间，更像是发生在永远之前。

那一天的相遇，是无数次天道轮回下必然的结果。他们在世间的处境如此相同，没有人爱，却渴望被爱，苦苦追寻。

这一切只为了证实，或证明我们的存在，以及无限分裂的本来意识。

宇宙中，那个写就一切的手，是不是同时也在期待我们接近，以无限遥远的距离，花费漫长的岁月，千百世轮回，靠近它。觉知这个过程缓慢，却无法抗拒。

现在你的魂灵被枷锁牢牢束缚，期待打碎它，合二为一。如果有一天，在求证路上倒下，猫，请你带着这些遗憾继续往前走。

他开始恍惚，他的面前出现一座岛。四周全是水，海水呜咽，与世隔绝的荒凉，仿佛来到世界尽头。他有预感，那是他的前世。那么今生，他又是谁。

2

他说，我的心是温暖的，因为它会和我告别。爱是本能，于破碎中得以完整。而光，你知不知道有多么耀眼。

他说，南浔，你相信因果吗，是不是内心越阴暗说明他的罪越深重？

我们受某种思想或意识指引，最终寻到一道光，而那光，就是心之所向。以此心渡彼心，便是见证。她这样说道。

就像闯入了陌生的领地，当这座城市、这架巨大机器运转起来的时候，身在其中已然身不由己了。

生出这种感受，是回忆重要还是结局重要？他问她。

她说，你难道没有观望过一颗种子从发芽到开花，再到衰败是多么短暂的事吗？只要走一段路就好，胜过百年的黏滞拖拉。

如不亏欠，又怎会相见。无论如何他都应心存感激，感激这份相识在美好仲夏的邂逅。他们的分离也一定会承担相应的寓意。未来某一天，他一定会发现，并为它带来的赠予热泪盈眶。

南浔给长生推送了一条微博。"何文抵：怎样看待现世离别这件事？关于现世离别，北岛在《白日梦》里写下：'你没有如期归来，而这正是离别的意义。'宋冬野在新歌末尾也唱道：'你我山前没相见，山后别相逢。'而王家卫，只是轻描淡写一句：'哪来那么多一生一世。'"扎得心痛。

他在心底轻轻叹息，人是因为寻求爱而活着吗。而她，最终也会成为他心里隐藏着的一道伤口。无法示人，无法言语，甚至不能触碰。就像闲说的，让心慢慢渡过河流，如此就好。

3

一次吃晚饭，苏铭对长生说起弥语，他爱上的女子。他们已经认识十五年。

他对长生每每聊天都时刻带着她的名字，做了什么，准备送她什么礼物。长生听见他们通话时的称呼。他叫，宝贝。

　　他看着他，专注于自己的世界，而长生自己，值得期待的东西并不多，能令他产生好奇的事也寥寥无几。这一刻，长生在想，魔兽世界，到底是怎样的游戏。苏铭和弥语，彼此当成另一个世界的伴侣。所以他对她说，来，让我们走到世界的尽头。她对他说，来，跟我来，我们终将前往世界尽头。

　　在梦中，他再一次看到自己执意站在摆渡前，不肯涉水而下。因为那些已知的经验告诉他，一入河流，再难回头。而他只有听之任之，再无可能抽身而退了。可是这样的固执依然不能解决问题，他依然要在有限的时间里做出决定。因为有些选择甚至不能错过、拖延，他已经没有那么多时间了。平庸，是唯一不能容忍的事，可是谁又能告诉他该如何是好。

　　如果下半生沦落庸常，如果仅仅羡慕嫉妒别人的生活，如果此生都身不由己得不偿失，他要怎么前行怎么渡自己。只有忘记，原来只有忘记这些，他才能不再悲哀，所以他遗忘了过去，遗忘过去种种琐碎旁枝末节，只为了抵达终点。

　　看着一支玫瑰脱离根茎，被人插进花瓶，即使挽救也阻止不了它的败落。逐渐衰颓，这样无能为力。所以不作为，静静观望一场必定的死亡，是殊遇。

4

　　那一天，暴雨更像一场独自的演奏，雨水将世界洗得发白。失去了附着其上的虚妄，同时又加深它原本的色彩。

　　东瘟疫之地下起了一场雨，淅淅沥沥的雨。他们来到达隆米尔湖中部的一座孤岛，家具腐烂光线暗淡的残败木屋里，远眺远处大理石砌成的白色教堂，一阵阵丧钟便是从那儿传出的，天空像被洪水冲刷掉了一切颜色。整个瘟疫之地都被天灾污染了，大地亡灵横行。憎恶、食尸鬼、僵尸以及数不清的骷髅，永远无法安息地游荡着。至少这里是安静的，不被亡灵所打扰。

他说，这边也在下雨，和游戏一样的雨，同样青灰色的天空。真实的雨和虚幻的世界连接在一起，以至于不愿醒来，即使现实感受更加深刻一些。

她说，你在网吧？

他说，我仍旧在网吧，我想我属于这儿。

她在语音里叹息，是我影响了你，使你偏离人生的轨迹，对不起。

他说，不要道歉，那不是你的错，这个世界本身就是个牢笼。人从高处看，忙忙碌碌到头来又能得到什么，贫穷或富贵有什么用，一样会消失。什么都不再想，即使这样坐在原地，时间也会被偷走，多么可怕的现实。

其实在某一刻，他比较自身与弥语的处境，她成为他黑暗世界过河的石头，可也只有那么一瞬间。她一直都是他至为重要的人。

之所以来到这片死亡之地，是想再看一看阿尔萨斯在成就巫妖王之前一心想守护战斗过的地方。
"曾经洛丹伦的王子，忠诚的白银之手圣骑士。当一场亡灵瘟疫威胁到他的家乡时，阿尔萨斯投身到一场注定将是悲剧的任务中。在那里他将面对自己苦难征程的终点——人世间最黑暗的宿命。"

他给她找来网上关于巫妖王的资料，"只因保护众生的执念，却从光明正义的圣光骑士变成了毁灭者。"

她说，八十级终于可以直面他的传奇。还有那把传奇圣剑——霜之哀伤。

5

他说，弥语，我想知道你最近可好。

她沉默，并思考这句话所代表的意义。也许某个人命中注定会见证另一个人人生的重要时刻，也许对我来说你就是那个人。她轻声叹息。

如果人生是由一个个精彩瞬间所构成，那么组成她这些年生活的只有一段又一段的黑暗空白。生活中有那么多种可能，可是每一种都距离我那么遥远，似乎再也不能向前迈进一步了。只是滞留原地，等待着，感受时间的流逝。

然后，重新回到上一个阶段的生活。

她说，就是这样的处境。某个时间失去所有人生的关联，租一处冷僻房屋，只是用来逃避，用来怀念，用来消失。

她说每天都要睡十几个小时，仿佛永远不饱足。吃大量食物，买回蔬菜生肉，拜时间所赐，厨艺稳步增长。读书，看哲学、人物传记，发现以前做不到的事现在都在改变，看大量动漫，心也似乎感受到温暖。

她说，我仿佛已经上了年纪，在这个地方生活了许多年，清楚知道明天、一个星期以后、春天，甚至明年以后生活中将要发生的事。

"花开了，然后会凋零。星星，是璀璨的，可那光芒也会消失。这个地球，太阳，整个银河系，甚至宇宙，也会有死亡之时。"一瞬间，她的时间似乎停止。

屏幕另一端，他感受到万物生长，以及在用说不出的叹息低语。生活本身就是在解决问题。

如果人生就是无限行走在十字路口，那有没有另一种可能，眼见一切都是一场随时能够醒来的梦乡。现在她的心里眼里都盛满了荒芜，守不到花开燕来。往后只是，日头依旧，并无不同。

雨一下再下，哪里都是一样。有人骑着狮鹫从头顶飞过，投下好奇的目光，一闪即逝，远处的斯坦索姆更是肃穆了。半山腰的腐蚀森林被浓雾包裹着，露出阴影般光景。他们脚下，水从地面汇聚在一起流向湖边。湖心的天空映射着清晰的倒影，被凋残零落的建筑填满。

然后他对她说，你要知道，乌云藏雨水，白云却不含。

6

倘若人不能在需要的时候前进，不能将自己变成洪流之中的一条沙丁鱼，甚至不能确定真实的方向，该如何是好。因此她被河流遗弃，被世界遗弃，被时间遗弃。让不幸的更加不幸，她说，这个世界充满恶意。

她开始质疑自己，带着恶的意念，吞噬他人，从一开始，便无法抑制。是那样质地坚硬的核，隐藏着岁月的阴暗气息。时时刻刻，自己的恶意流露，它从至深的心底生成，仿佛洞开了炼狱之门。

当她看到一只狗经过马路时，内心希望汽车碾过，即使那是心念一瞬间的事。他安慰她，这不能说明什么。世间丑恶事太多，美好又不容易记得，因此人们总希望发生什么来平衡自己的失意。

她说，那好，再举个例子。自行车和汽车的矛盾日益加深，互不相让引发的辱骂，偶然看见，内心闪过不好的念头，幸好有人劝阻，却突然埋怨他人多管闲事。

这难道不是我的罪恶？

他说，这不是你的错。弥语，我们看到的仅仅是别人让我们看到的。

你要看，而且要看到全部。你比我们都更能接近真相，照看好自己的心，它是你唯一的光明。

他经历过这样的事。有个人看到流浪狗可怜，收养在物业保安亭。一天他想给孩子看看，带着狗上楼，流浪狗没有爬过楼梯，因此迟迟不动，男人后面赶了一下，它惊吓逃跑了。事隔一天，听到消息，狗死在一个角落。原因是，有人觉得它是流浪狗，出于安全报了警，然后狗被射杀。你觉得谁是坏人，是出于对儿子的爱的那个男人，还是为了自己或者他人人身安全报警的人，抑或是为工作饭碗执行杀戮的人。

是恶还是善，看我们站在哪个角度考虑。你说世界是恶的，充满恶意，不能否认。其实更应该说是这个社会还不够完善，不够包容，有缺陷。

如果有一个可以收容流浪宠物的地方，那么那只叫黑子的狗是否还活着？
因此她问他，那什么是好人？

与好人在一起，你感觉他比你好，他就是好人。如果长时间在一起，感觉不到他的好，你也是好的人。

临下机前，他用游戏中的信箱给她发了一段简短的话：即使付出了无法想象的代价／也要像等待时间般／等待种子酝酿、发酵、成型／这其间我们成长／逐渐老去／因此才有机会重新检索过去的历史、回忆／也就有了越来越深沉的爱／人因此沉默／并学会感恩。

这感恩包含对上苍的每一个念头。只要我们相信，弥语。

如果有缘，就会相遇。即使过去是段黑暗的日子，经过内心发酵、酝酿，也一定会成为美好的回忆，最终人会收获一份这样的心意。

7

游戏的场所侵略了现实的存在。她远离了她自己，也远离了从前的道路。从不与过多的人接触，不产生密集来往，不联系。没有跟任何人提起她的病。她只在游戏中对唯一的朋友说，她把它称为亚健康。

她感觉被囚禁了，没有食物、没有水，空气稀薄。四面高耸入云的白墙，在这一方天地中，是窒息般的厚重压迫着她。

他读着她发来的第二封信件，游戏里。

这个时代，每个人都在失去尊严地活着，或早或晚。它在此刻发生，它在此刻终结，它被一些人看见，它被所有人遗忘。

当一个病人贫穷到没有钱治病，下跪祈求医生怜悯时，人还能依靠什么。微薄的退休金，只够在世间凄凉地活着。我不知道那时大夫的想法，却深刻体会到了那个下跪者及其家属的心情。也许，处在病人角度让人感同身受吧。忍受着痛苦，如履薄冰。

长时间喝中药，对它实在太过熟悉，会失去对苦的判断，变得习以为常，至少我已经不怕喝汤药了。

每一次来到医院，都被要求做尿常规检查。浅黄色尿液装在验尿碗中，端着它走一段漫长走廊，放到化验窗口。羞耻心被无限扩大，暴露光天化日之下，于公众视线中，再也无法掩饰。是的，这一刻，我活得如此真实。

他看完这些文字，再一次感受着它的沉重。时间就是如此，不会让未来变得更好，也不会更坏。感知时间的方式不一样，所以，他感到寂寞。

此后记忆中的每一个大年夜都是孤单度过。没有三口之家，没有烟火，没有喧闹，没有团聚之人，没有可串门之处。最平常的一天，只是在门外贴了一道福字。

情感的缺失和需索是成正比的。期望出现这样一个人，在另一个世界，与他一起对抗虚无。

他会在他们第一次相遇的地方等她。月神湖泛着粼粼波光，映衬天上人间。不同往日的寂静，几乎所有玩家都会聚集在这里，参加打年兽的活动，烟花爆竹雪球重重火焰在眼前盛开。他们静静坐在堤岸边观望这一切，为美而沉默，为彼此沉默。时间静止，仿佛可以感受屏幕另一端彼此的呼吸。

他说，明天我要给你个惊喜。

8

冬泉谷的尽头是暗语峡谷，它像是一望无际的雪域突然出现的一道伤痕，狰狞丑陋地存在着，然而它却是一种材料的重要产地。恶魔布在版本更新之后，拍卖行已无人售卖，成了真正无人问津的东西，不过洗月布倒是没有了冷却时间。除夕在网吧度过，喧嚣中烟雾弥漫，仿佛置身于群魔乱舞中。重复单调动作，不断斩杀恶魔。

一整夜，他有时会看着周围产生一种陌生感。有时想起她，自言自语，仿佛完成某种仪式。

也许会突然觉醒，他们付出的所有努力，不过是虚拟幻觉里的一场游戏。曲终人散，才发现自己仍是孤身一人，但是他们都需要时间。

那一天，站在黑暗之门后面的世界，也正是新开的外域。辽阔夜空，星宇沉落，观望它，就像在看一场璀璨烟火。

他将月布长袍递给她说，弥语，新年快乐。作为当年经典的收藏品，这是她一直渴望的服装。

也许她一直在等待这样的时刻，从背包里取出海盗大副的帽子，递上去，愿你永远乘风破浪。

这样一件灰色物品，翻卷着黑边的圆顶帆布仔帽，在掉率不到 0.02% 的概率下，需要刷多少个荆棘谷血帆海盗才能获得，他内心明了。

一个诗人曾说，人的一生至少该有一次，为了某个人而忘记自己，不求有结果，不求同行，不求曾经拥有，甚至不求你爱我，只求在我最美的年华里遇见你。也许在很多年后的某个深夜，他依然会想起这份懵懂，并将它深深埋藏在心底。

他说，谢谢你。

9

心有不甘，她今后所行之事都在这种非刻意的需索中，有时候会获得一种心灵上的安慰，但是，它只是幻觉。她知道，并甘愿为此付出飞蛾扑火般的代价。有时，所呈现的又是一种自我满足，不执着于过去，不期盼充满变数的未来，只活在当下。此刻，仰头，面朝光芒，在多少光年外，它出发，穿越孤寂宇宙，眼神交汇的瞬间，相信它们彼此在世间的因缘，并为之热泪盈眶。

她说，我看见一只蜘蛛从羊肠小道的半空中爬过的情景。它是如何将蛛丝荡到对面树枝上的，难道会飞不成？

纤细的影子飘过，不用抬头便能辨别它是喜鹊。它的嘴里叼着树枝，为筑新窝忙碌不已。她说，我的人生在某一刻停止，时间却赋予了另一种生命属性。这个世界是否还有光明，人在穿越重重黑暗之后能够幸福吗？

苏铭说，弥语你要记得，夜空就在头顶上方，看得越久天上的星星就越闪亮清晰。这个世界充满太多艰辛，我们终究要选择一些人相信，让我们一起过河。

10

相对于华丽纷繁的花，他更喜欢树，因为它们比其他事物更能在生活中顺应自然。踩在落叶满地的小路上，听着脚下清脆咔嚓之声，并肩走过，就像走向通往曾经的路上，四周静谧得只有脚步声。

每天下车走回去时，都会有一个奇怪道人看着长生。算命的先生，似乎是某种隐喻。下雨的天气，空气潮湿，天空因为雨水加深了城市的色彩。他感受到吸引，然后坐在他的面前。

这是他第一次对陌生人说起他的梦，梦中的一切。

回到家，他依照老先生的指示将买来的剪刀缠上红绳，一圈一圈绕在把手之上，直到绳子用到尽头。打上一个死结，再一个，然后放到荞麦枕头下面。剪刀可以将物体一分为二，并永远留下创伤、伤痕。即使用最高超手艺修补，也无法完整无缺。没有噩梦，连梦也没有做。

自此心中荒凉，仿佛有很重要的东西被挡在门外，而他却不知道那是什么。噩梦继续也好，终究有什么因果在里面。

11

雷雨过后，天边出现火烧云，大朵大朵地覆盖着，仿佛色染附着的油画幕布。火光照耀，一直在沈闲心里燃烧着。人的脸上衣服上都是粉红，最终日光涣散成温柔的视线。

写在水中的字，一面写，一面消失，一如她的心始终晦暗不明。

这一年的春节，终于迎来两个人的温暖。提前一个星期，沈闲和长生便张罗着准备春联和福字。传统的福字故意倒贴，寓意吉祥，他们相视而笑。冰箱里早已堆满买来的大量零食、干果、肉和绿色蔬菜，他们还包了三鲜馅的饺子，长生偷偷在里面放了几颗橘子糖。

那一天，所有的事物看上去充满喜气洋洋的氛围。家家张灯结彩，一团和气。晚上八点，准时坐在沙发前，打开电视机，观看春节晚会。餐桌摆好，酒宴已上席。人在举杯中忘乎所以地畅谈，仿佛卸去了一年所有的烦恼，秉烛夜谈。

沈闲说，新年快乐，长生。

姐，新年快乐，他说，仔细算来，来到此处，已有153天。

窗外，烟花带着剧烈燃尽的姿势冲上高空，绚烂绽放，急速冷却，然后归于虚空。热闹之后让人再一次感受到虚无的沉寂和存在。今夜，是全世界的除夕。

12

苏铭感到寂寞，就像亲手搭建一座桥梁，一切从无到有，怀着一点点希望，而现实是还没有来得及做完的梦。天亮了，梦没有醒。他说，只是这场旅行也太漫长了些。

苏铭给长生讲起，那一年除夕，毅然买了南下的火车票。无座，就抱着背包拥挤在靠近卫生间的角落里。等待，然后忍耐。

苏铭说，大多数没有买到座位的人也是如此。他们都在回家，只有我是离开。索性，这个世界足够大，大到可以容纳每一个人的孤独，我们都是这样身不由己。喝酒，也找不到任何安慰。这一年，又要一个人独自度过。

因为虚空胜过了一切，而他，必将是那个注定从黑暗中仰望光明的人，就是因为寂寞，所以无法睡眠，那般深沉的黑暗等待，永生永世。逃离现在的处境，然后在深圳，一待就是六年。仍旧一无所有。

春天以突然而来的姿态拜访。透过窗户，长生看到树枝吐出新芽，而荒芜了一整个冬季的草地也出现星星点点绿色。

他心有感应，打开屋外的防盗门，走廊的尽头，安静无声，一只美式短毛的小猫卧成一团。听见声音，亮晶晶的眸子注视着他的一举一动。他慢慢蹲下来，它缓缓走向长生，脚步轻盈得就像天使。喵，它发出软绵绵的叫唤。

没有能力的时候，只能袖手旁观。而如今，他不知该如何是好。一如爱，是忍耐是克制是幻觉中最深沉的感伤。

　　人在痛中快乐着，在微笑的时候泪流满面，一切为了什么。人的内心深沉难测暗涌起伏，摸爬滚打中遇见正确的人是幸运的事。如果他也同样感受到，将是最好的救赎。一瞬间，他泪流满面。闲站在旁边，只是默默陪着他。

13

　　春天到来的时候，一切重新苏醒过来。恰巧看到一段文字："花开了，就像花睡醒了似的。鸟飞了，就像鸟上天了似的。虫子叫了，就像虫子在说话似的。一切都活了，都有无限的本领，要做什么，就做什么。要怎么样，就怎么样，都是自由的。倭瓜愿意爬上架就爬上架，愿意爬上房就爬上房。黄瓜愿意开一朵花，就开一朵花，愿意结一个黄瓜，就结一个黄瓜。若都不愿意，就是一个黄瓜也不结，一朵花也不开，也没有人问它似的。玉米愿意长多高就长多高，它若愿意长上天去，也没有人管。蝴蝶随意地飞，一会从墙头上飞来一对黄蝴蝶，一会又从墙头飞走一只白蝴蝶。它们是从谁家来的，又飞到谁家去？太阳也不知道这个。"心里突然滋生些看不到的东西。

　　这时公司的同事开始讨论游泳比赛得奖的事，苏铭选择默默离开。这些有什么乐趣可言呢，有何意义，计较零点几秒的得失。所谓名利，没有长久可言。

　　在他的感知里，时间不是一直匀速运动的。有快有慢，线性、不确定性带来疏离。苏铭眼中的世界、社会形态、正常现象，是一种扭曲的繁殖，完全看不到希望。

　　弥语，今天我去了游泳馆。这是第一次，我想感受你在水中的感受，因为你说你在水中就像一条小鱼。

　　我将耳塞和鼻夹都戴上，还有游泳镜，一口气沉潜下去。我知道它们所提供的保障以及安全性，因此心里并无惧怕。一瞬间，被水淹没，心里还是紧张的。

突然内心明了，即使最擅长水的游泳冠军也不敢保证自己了解水。可是，那一瞬间，我真的感觉自己了解它们，然而仅仅又是那么一瞬间的事。通过了解水，突然懂了你，因为那一刻感觉你就在水中。

在水中憋一口气，翻转，倒影在头顶。灯光下，波光粼粼。去了深水池，一米四至一米八的水深，换了两口气，把整个身体交付与它，然后用现学的动作，看到水底的自己在慢慢移动。这种移动，虽然缓慢，却实在发生，如此真实。我想，等待，也是这么一种过程吧。

那么没有氧气的时刻也必然存在，突然脚下够不到池底了，有一刻是绝望的。蔚蓝色的水，旁边极速游过的人，我把手努力向上伸，知道无济于事的挣扎，脑海中想到的只是你。

你哭着说，你不知道你对我具有怎样的意义，我要重新做回洗衣做饭的我了。命运起伏中饱含无限惘然，弥语。很冷，水是冷的。上岸之后水吸收身上热量，更加寒冷，打了喷嚏，颤抖地用手机写下当下的感受。我的宝贝，原谅人的软弱。相信文字的力量，它是光明，我们的光明。

14

苏铭似乎陷入不可自拔当中，意志消沉，整日饮酒。有一天长生问他发生了什么，爱情不应该使他憔悴到这种地步。

苏铭说，他以为他们不会有机会相见，即使他来到她的城市。那么多年终于鼓足了勇气，才发现她身边早就出现新的男人，而他们之间的藕断丝连像是手掌中的丝线，代表秩序间隙下看不清的混沌。

每次他们喝酒，他尽量回避苏铭和她之间的事。一直都是苏铭来说，他耐心倾听。

苏铭说，她已经结婚了。他知道这个消息那一刻，突然一道雷在心底炸裂，他突然看懂自己的心。也许他只是她的理想，而婚礼现场灯光照耀下，穿着西装革履打着领结的那个男人才是她的现实。理想照进现实，就成了镜花水月的倒影，一触即碎。风沙星辰，他发现他们两颗心空旷得就如同两颗星辰的距离，一下子变得风沙俱静。

他听见苏铭继续说，晚上长久失眠，努力不去回想她在另一个男人的怀抱里，不去想去忘记，意识却惊人的清醒。我们的爱卑微吗，因为不对等。付出多的注定是失败一方，即使走过皆有痕迹，如同他俯身轻嗅一朵蔷薇。可是，若心不被混沌中的黑暗污染，又怎么相信还有光明。难道那些至今看到光的人，早已依靠自身穿越了黑暗吗？尘世越高高在上，他越卑微如草芥。他用尽全力对爱询问，他说，弥语，我们是否曾经相爱过。

他告诉自己，找到他在这个世间的恐惧，然后摧毁它，不遗余力，即使这其中带着剥落下的自我，不要犹豫，一刀切下来，让黑暗的重回黑暗中去。他的面对，就像镜中的自己，同样真实而又可耻。

苏铭说，告诉我，长生，我和她为什么无法真正在一起。沉默良久。

长生说，也许你们当下阶段已经圆满，或者走到尽头，而下一个阶段就只剩下结婚生子。她无法做到，或者没有准备，所以你们的心将沦为一座荒墓，带有不可避免的损伤。

不再相信爱情，爱情在苏铭心里寂灭。他寻找真实，寻找与自己共存的假象。其实他只想告诉弥语，一个人在面对无边黑暗时，需要信仰。一个人所凝聚的火焰是不能够取暖的，也不足以照亮整个荒漠般沉寂的黑暗。

这样沉重的负担一再放下，就像那一年不远千里去看大学的生活，做出告别一样，仪式感很重要。珍贵的记忆不可以拿来轻易示人，伤口会在时间发酵中成为不可示人的记忆，直到有一天成为永远不能说不能想的事。

苏铭问长生，如果你是我，你会怎么办。

他说，你知道，随着年纪越来越大，已经很难轻易原谅一个人。不像小时候，和同班同学打架，过不了多久就可以若无其事，我们已经回不去那个时候了。

苏铭又问，一个人的欲望要如何克制。他们的第一次，仿佛禁忌，更像是一道丑陋的疤痕，蜈蚣一样攀爬，黑褐色，仿佛狰狞地嘲笑着他，他的人生似乎因此而具有了意义。更好地活，或者化为灰烬般的存在。

长生说，其实很简单，你要意识到人都是被训练出来的。其次，每天将对女子的渴望、对欲念的需求转移到热爱美丽事物当中。比如爱那些短暂过后凋零的花朵、雪山、轻盈羽毛、动物、希望、植物、一片土地、空落无着的云彩、跌落地下的受伤蝴蝶……

时间久了，会发现它是一种全新的角度，对自身全新的理解。基于此，往后的路昭示出来，你会知道如何把握，如何选择适合自己的人生。

苏铭说，可以了，我敬你。他向长生举起酒杯，一饮而尽。

15

寂静的月光，幽幽叹息，他拥有的是这个世间最为真实的虚空。接到弥语的信息，她说，我们自身的火焰终将熄灭，或早或晚。

有一次，他们来到外域的纳格兰。这是一片世外桃源，陆地上方是飘浮的岛屿，长有奇怪的扭曲的树，有淡淡的湿气类似迷雾在四周飘荡。

空气微粒于半空飘浮，植物悠然生长，各种野生动物漫步在辽阔平原，猛犸象、犀牛、羚羊和谐共处。这是一片神奇的土地，岛屿悬挂，仿佛空中楼阁。从高处看，野鹅像是一艘船在远处游荡，只是突然变大了。她用工程学做了望远镜，缩短了视野，和煦的春风吹动着头顶的白色绒毛。

现在可以学习飞行。两只纯白色狮鹫张开双翅遨游天际，翻山越岭，精神上无限接近风的实质。如何去行动，如何让自己变成风，她于空气中捕捉到什么时，才会这样说。就这么站在悬空岛屿俯瞰地下平原世界。

我们自身难保，弱水难渡，如何能够帮助他人。她的恨意忽然从心底生成，地狱之门洞开，魔鬼哀号。突然，她被自身的恶惊醒，怎会如此。一个饱尝岁月的成年女子，体内隐藏着质地坚硬的内核，汇聚着阴暗岁月的气息。

一件事的衡量标准是好与坏，还是个人所持有的理由。他说，一个人灵魂的高贵不是因为本身临渊而立，即使难以忍受自我厌弃，也能坚持内心持有光明的超然，才最难能可贵。

弥语对苏铭说，我们去看日出吧。

好，我知道有个地方刚好适合。

他们飞往刀锋山，位于赞加沼泽正上方。它的形成有明确的介绍：在德拉诺破碎的时候，由霜火岭和戈尔德隆碰撞而成。岩石在风化作用下变成了尖锐的锥形，如同无数把尖刀从山体上伸出，由此得名。

他们降落在一片峭壁峡谷尖峰的顶端，现实的黑夜导致魔兽世界同样是深沉的夜晚。天上繁星点点，寂静得令人窒息。俯瞰地面，一切都那么渺小，山丘变矮了，森林变窄了，连这方土地的戈隆食人魔也悄悄回到洞中入睡了。除了世界频道偶尔的组队喊话，似乎找不到其他任何与外域关联的什么了。他不希望和他们一样，内心里，他觉得自己只是过客。

寂静的午夜，听任时光肆意地流逝。他们在虚空对峙着虚无。他想起鲁米在诗中这样写道，本质即虚空，其余的一切，都是偶然。一切灵魂，必会盛开。诗人也一定有过跟他相似的直觉。

宁静被打破，她转过头说，这里如此美，什么时候能上映一部关于它自己的电影。

他说，要等到很久以后了。他又说，弥语，你想成为怎样的人。

我们根据自己看到的可能性塑造自己，又不知道这样做的结果正确与否。也许人最终所有的努力都是为了一无所有罢了。

想象做一件傻事，纵身跳入冰冷的海里，以为可以漂浮起来，在性命攸关时刻学会游泳。而结果却是背道而驰，人在水中沉没，被水覆盖。没有呼吸，没有光亮，没有出路。人，逃离不了自身的宿命。

他说，你知道你有多美吗？你看见了世间的狭隘以及局限，所以这样失望。

曾经我一度以为，想到了那些就代表做过，经历了。而事实是，如果我们没有到达那一边，任何看法都是毫无意义的，相信冥冥之中自有定数，期待每一天的美好。

我想，你应该学习忘记。她说，我已经没有那么多的时间了。寻找的东西至今没有找到，我一直都只是在等。虽然我也愿意等它到来，但是等待实在过于煎熬。去不了更远的地方，哪里也抵达不了，心里的路为何如此漫长。

现在，黎明熄灭了夜空的繁星，变幻的天空呈现多彩光芒。这让他想起很早以前上的一堂自然课。

将七种不同的颜色均匀涂在色板上，快速旋转，最后看见的是白色。他对她说，白色的光是由不同颜色组成的，所以我们眼前看到的色彩，最后会变成白色。

是的，她说，我知道那个实验。如果把它们都混合在一起，最终会变为黑色。一个是发光，一个是吸光，结果完全不同。

这时的刀锋山笼罩在日光之下，仿佛天地间有一种美，不具有任何功利性，永远不会消失，属于所有的人。他们又一次见证了各自的存在，而她，在这一刻，感到无端的动容，似乎里面包含一种她无法理解的感动。看着阳光一点一点扫过山涧的阴影，所过之处，仿佛一种重生。

她说，我好像在内心里饲养了一只怪兽，必须以自己的黑暗滋养，它才得以存活。因此，她献祭了自身的黑暗物质，换取与它共存。

他说，每个人身上都有这只兽，你最先察觉到了。忍耐，不要急于索要结果。看到其中的智慧，还有无限地相信自己，更加爱你自己。

所有失去的，都会以另一种方式归来。在这新的一天开始之际，他们各自陷入深沉的梦中。

轻柔地在她耳边插一朵桃花，告诉她人世间最朴素的真理，希望被人珍惜。若心灵干涸、枯竭不是因为自身卑微，只能够证明知识浅薄。穿越他人痛苦，以作为对自己的救赎。点一支伽罗香，看炊烟袅袅，风吹过，转瞬即逝。今夜寒凉，缺少一个人的拥抱。想念，似乎比寂寞更早抵达。

16

一次偶然机会，苏铭带着她邀请长生和沈闲一起吃过一顿午饭。她和苏铭年龄相同，长生默默观察她，内心做出评价：确有一种不动声色的美。她的话不多，或者几乎不说话。脸色带着某种病态的苍白，更因此平添一分惊心动魄的感伤。瓜子脸，笔直长发，体态均匀。忧郁的神情，仿佛因一种内在美而令人动容，一瞬间长生明白为什么苏铭会爱上她。如果形容，那似乎是一种空气炙热，人在沸腾，爱在燃烧的感觉。长生微皱眉头，他看不出任何问题，像极尘世的情侣。

而她的存在感已经铆足了气力深深镌刻进苏铭的内心中，每一次的回首都似乎刷新了一遍印记。也许人的感情是一种明明能够洞察，却又无法走出的特殊机制。人无法穿越自己的心，人的本性是一种寻找。

苏铭的失败，是因为对这份陷入漩涡的爱恋的期待永无止境，才会有那般刻骨铭心求而不得的深邃刻痕。

他抬起左手，与镜中人左手相对合。无懈可击的秘密，时空轮转，如同烙印。原来，一个人爱上的更多的是自己。

长生有过思索：如果必然性的发生重新来过，其先后顺序颠倒，那么是否也会如其所示的那样呢？假使一件物品被毁坏，再一次选择重新开始的特殊时刻，又该如何去印证这种发生。

他问沈闲，这个世界是丑陋的吗？她说，眼睛所见，盯着的是什么，心里也会倒影什么。

整个世界陷入持久的寂静中。窗外，雨一直下个不停。此刻，爱更像一个深渊。仿佛来到一片放逐之地。

弥语说，我有没有对你讲过关于他的事，他很简单。

呵。苏铭忽然明白，最终输给的不是时间，不是即使他拼命追赶也要补齐的空白岁月，他输给的是那个男人的简单。

苏铭觉得，也许每个人的时间都不一样吧。他说，人在寂寞的时候就是真的寂寞吧。

她说，我自知不是值得你牺牲时间精力陪伴时日久长的人。关于这一点，一直都很清楚。对不起。

他说，这就是真相，对吗？

她的沉默就是答案。

这段感情竟会是如此简单的结局，然而让人觉得没有安全感的却是女人。她们真是奇怪的物种，可以保持充沛的好奇去接近一个男人，又可以随时拉开距离。

仔细想来，她并没有留下任何称为礼物的东西。或许不值得这么做，因为知道注定会分开，因而不想要留念，拖累可能前进的脚步。

在与她的相处中，反复思考，竟一次主动权都没有。

他被动地被带入万劫不复的处地，然后任由她抽身而退，独自一人花好月圆。终于还是放手了，如同强行用速干胶水黏合的两半陶瓷碗。放手的一瞬间，看见它们碎裂在地上。不再是可以一起拥抱、嬉戏，朝一个方向努力的共同体。他的心，如同脚下的残渣，扎人见血，最终图穷匕首现。

呵，这结局让人何其伤感。现在，是时候他也该放手离去，就像放下一厢情愿拽着他向黑暗深渊的绳索。他打算松手了，也许从一开始她就给了他自由选择的权利。

她说，如果有一天我同别人结婚了，不是因为不够爱你，只是这爱来得太深，也伤得太深，折磨得实在忍受不了。她坚信爱能拯救自己，根植内心的天荒地老，愿他能走到自身的宿命面前。穿越河流，越过黑暗，以及她的劫难。也许，他所有的痛苦只是因为自身对信仰产生了动摇。

她没说道歉，他来说。她说结束的宣布，他默认。

一个有猫咪性质的女人可以爱上很多男人，但又谁都不爱，或许偏爱其中一人，所以既多情又无情，能坦白的人不多，弥语对苏铭说。

他说，到底希望我成为你的什么人。她说，我希望你成为在我的葬礼上可以总结我一生的人。

只是他永远不可能成为那样的人了。鲜花之所以美丽，只为绽放的那一刻，凋零也就迅即。情感需求过于旺盛，所以他也只能仓促离场。

和长生喝酒分开回去路上，看到夜间的蚂蚁。不知生，不知死，是幸福的事吗？如果拿黑暗去接近光明，会粉身碎骨吗？终于还是放手了。

他们最后一次见面的时候，有一天手上佩戴的鸡血藤折了，但是未断。他对她说，两端口相拼，我若用力，是它们错位，还是裂痕彻底断开？

她说，我不知道。
于是他使劲，一声沉闷脆响。他的眉头轻轻皱了一下。
摊开手掌，手心流出鲜红血液。
他说，结果都错了，而是出现新的断裂。木枝扎在手心，伤口触目惊心。
他说，这就是命运。意外是命运吗？

他继续说，我用身体去试验命运。这场表演如何，你可是唯一的观众。他指着依然滴落的血液，笑出声来。

他对她说，弥语，其实我们都自知在这个世间并无真正安身立命之所，有的只是深切幻觉，对温暖寻求的幻觉，但那都不是真实，迟早会破裂。希望会破灭的。

所以相信我，相信这一切。来，跟我离开，相信看到的世界，我眼中的世界。可是已经没有机会说了。

一切已不可挽回，戏终于走到落幕那一刻，所有的开端、高潮和终局都已呈现。最终是她把他放逐到这个世界的尽头，因为太过遥远，人们看到的结果其实并不重要。那些曾为了生活实践而做出的一次次挣扎和努力，才是所有事件的最终。最终的结果不是爱得有多深，而是伤得有多痛。

那一天，苏铭做了一个梦，梦到弥语。她说，带我离开吧。他问她，想去哪里。

随便去哪儿都行。

他又问，为什么。

实在忍受不了这样的生活，很烦，心很乱。

他说，好。那我们离开，只有两个人。

17

他醒来，看到月光照在墙上，钟表的时针指向三点，凌晨万籁俱寂的时刻。窗外，月光皎洁如湖面，同样寂寞的恒星。

苏铭尝试封闭自己的呼吸，睁开眼睛，盯着夜光钟表左右的摇摆。三十秒，四十五秒，一分钟，两分钟，三分钟时，一股巨大压力如排山倒海般涌来，在胸腔里挤压，随后剧烈翻腾。又过了多久，他已不在清醒的意识边缘，只是全身轻松下去，无限轻盈，仿佛被外太空的暗物质包裹住。

一整夜没有再睡着，他问自己，这个梦代表什么。黎明到来前那一刻，不禁思索，新的一天将以怎样的方式到来，又将以何种形式结束。天还没有亮，正是夜最深沉的时刻。

　　曾经的心愿，世事洞明，却不以世故对人。如今他说，我没有活出自己想要的样子，所以很失败。

　　黑暗中，他看见自己重回少年时，被贫乏生活重重包裹住。紧紧抿起的嘴角，孤傲的眼神，冷漠拒绝任何人，充满警惕，像一只荒原的狼。是的，像狼，时刻需要自己捕食的尊严，即使这种尊严在别人看来可笑至极。终于这所有的不甘愿都化作惘然，仿佛受伤的孤狼被丢弃在旷野独自对着月光哀号。

　　他渴望坐上一辆大巴，前往隐秘洞穴。四周是黑压压山脉，唯有一条崎岖山路，不着方向。车灯照射到前方，就像是一头扎在巨大凶兽口中，被吞噬消弭。大风在耳边呼啸，完全感觉不到运动，仿佛永无止境。没有起点，没有终点，这里是世界尽头。它所唤醒的，是一种在黑暗中洞察的力量。嘴中有咸咸血腥味道。

　　他想，这些时光，走的路途、抵达的远方，终究是帮她分担了一些什么吧。就像得到一件礼物是因缘际会的结果，无所谓破损与污迹，于此感受到的东西，是细碎时光。

　　长生说，成长是什么，它是一颗种子，是一颗种子在时光中逐渐展开的过程。你讨厌自己，是你自己的事，它只是自我的价值观念。无关是非、对错，好与坏。

　　苏铭对长生说，不想在无望中看到自身的损毁。所以只能保持步调一致，内心坚定前行，即使它早已沦陷，无法回头。是的，回首就是失败。

　　信仰一些东西，相信它们给予他的力量。不管是过去还是未来，现实的还是非现实的，虚空之中一定隐含着他总有一天会理解的东西。

　　把自己像一块新鲜的肉摆在祭坛之上，人想要得到什么，不管最后结果如何，都一定要先付出代价。看着血液像妖艳玫瑰一样安静地流淌，仿佛那不是自己，更像是别的什么。如同使用一具点燃的火把，献祭自己，因为灼痛到极致，也就感觉不到什么了。

18

苏铭的声音低低的，显示出来的克制压抑，突然像诡异的白光，一闪而逝。

他说，长生，多羡慕你。

像我这种早已没有什么价值的人，早就被别人的眼光碾成了齑粉。即使这样，依然由着这座运行中的城市机器加工压缩，组合成称作人的存在。这是我的悲哀，也是我们的。

你知道吗？我骗了你，恨不得毁灭所有。地狱和天堂本就是诅咒，就像我逃离不了我的恶一样。

他的母亲，向他逐渐伸出沾满血的手。如果当时能及时救治，也许可以活下来。

后来苏铭明白了。原来这就是他的宿命。孤独地生，孤独地死。所以他宁可选择死，也不要这样活下去。

这样的夜晚，重复、单调、无趣。除了头破血流看着他的恶，似乎别无选择，好像要为这恶留出缝隙。它是活的，有生命的。可是他注定为此负责，并疼痛难耐。它就像很沉重的必然存在的虚无，空旷宁静缥缈朦胧。唯有月光独自清冷地照着这个无情的世间，沉默，冰冷。

内心确实需要火焰的温暖，但是他配吗？重新审慎黑暗，就像远远地观看一排排尖细密集的牙齿。由于没有长长的舌头，便可以肆无忌惮地撕咬，永不饱足。午后，躲在软绵绵像被化掉了骨头的皮肉里，享受时间奢侈的流逝。有时甚至觉得自己就像一只无耻的水蛭，一边吸着雾霾，一边幻想鲜艳的玫瑰。终究不是血，没有滑腻的腥甜，也没有吮吸。

血液顺着手腕滴落流淌，兀自在地面化为一摊黏稠色块，鲜活蠕动似毛虫，隔着天堂和地狱的距离。时间一久，便会产生人在温暖海洋中的幻觉，实则身体逐渐冰凉、冷却。

他说，我们都会在特定时刻遇到一生挚爱。失去她，重生一次。死是纠缠在生里，还是生的同时蕴含着死。黑暗和光明，从来不曾泾渭分明。要更加爱自己，才会爱上这个世界。只是我没有机会了啊，我看到他们在向我招手，妈妈原谅我了。

19

此刻，苏铭就站在离海最近的地方，脚下是黑暗中凝聚的潮水，水在下面以何种姿势汹涌着，他能感受到。

触手可及的海水掀起波浪，风将一阵阵冰冷刺骨带到身边，裤脚完全湿透，很快将会结冰，它是海的延伸。一瞬间仿佛听见它们的窃窃私语声。

让你的悲伤化为零碎的瓦砾，埋藏在一片狼藉废墟中。看着它建起坚实大楼，谁也不了解它隐藏着的巨大怆然。有一瞬间，他看见大海怎样与土地相连，又怎样兴起城镇。人类蒙昧时期就与大海紧密关联相依为命，捕鱼、祭祀、探险……大海展现了它无限的慷慨。

此时看到有人纵身一跃，不得不钦佩他人之勇气，回到水中是否犹如重回母亲温暖怀抱？

弥语说，你不明白，我们自身的火焰终将熄灭，或早或晚，我们都是被自己黑暗吞噬的人。

眼前的陌生身影，游得越来越远，姿势优美赏心悦目，犹如一场漫不经心的水中漫步。

到底是他主动远离海岸，还是海水一点点挟裹着他来到幽静中心的深处。这一刻突然感受到，海的潮汐涌动，看见它冲刷边际又缩回深海的样子，它是真实活着的，有生命灵动的气息。

看见它隐藏在黑暗中的触手，慢慢吞噬掉一个个敢于挑衅的渺小生物，人们说善水者溺。蜘蛛张开透明的陷阱，慢慢等待自投罗网的细小昆虫，善飞者亡。

最终，那个人消失于水中。在我们了解什么是生命之前，我们的生命也即将结束了。那么这些精疲力竭，也只是发生。启航的船，渐渐远离岸边，怎么感觉要与尘世诀别。船身将海分向两边，泛起的水花，波光粼粼。

人这一生有多少可以称为邂逅的偶然相遇，他并不知道。内心清楚明了的是，它是一种彻头彻尾的殊遇，而它对于长生最大的安慰是，通过认知构建了新的回忆，赋予自身生命意义的回溯。生而为人，是一件惘然的事。也许因为在漫长的宇宙当中，只有人类具有对情感认知和分辨的能力。2019 年 4 月 10 日，北京时间二十一点整，当长生看到发到网上的黑洞照片的时候，便恍然大悟了。

第八章　殷墟

1

　　翌年五月，公司在一场盛大年会之后，呈现萧条的状态。还记得当时年会举办在丽思卡尔顿大酒店，承包的豪华宴会大厅，奢侈的流水宴席，红酒、灯光、音效，管理者衣装革履，餐桌上一片歌舞升平。服务人员、各个部门的同事，人头攒动。他看到的假象，在不久之后，迅速显现衰退败落。而此时，所有人在这场不自知中表演。欢声笑语，杯盏交错，华灯闪烁，流连忘返。此刻的长生，只是更加寂寞了。

　　国贸大厦三十七层，落在深圳市人民南路与嘉宾路交会点东北侧的罗湖商业区高层建筑群的中心地段。这座中国最早建起的综合性超高楼宇，如今在高楼林立中仍是需要仰望的里程碑。远远望去，160米的高度连接天地。楼顶伸进云层，隐藏起来。这是沈闲第二次来此。

　　沈闲去叶无常的公司，给他送当年的债权转让文件。叶无常约她到餐厅吃饭，说到时拿给他即可。

　　她坚持，对于工作她总是显示出惊人执着的一面。他说，好。他们约在下午两点。

乘坐电梯，沈闲来到他的公司，他早已在办公室里等候多时。记得第一次来时，没有仔细观察，现在再看到他办公室的环境，绿植和古朴的字画装潢，无一不透露出人的品质和心性。交接完毕，她让他签收回执，之后他带她去楼下经常吃下午茶的上岛咖啡厅。

仿佛早有安排般，服务员将他们引进包厢。点好食物，看着它们陆续端上来。叶无常破例在工作期间要了一瓶拉菲，红酒被打开，缓缓流入水晶玻璃杯中，香醇的紫红色在空气中均匀地摇晃。他看着沈闲，然后从穿着得体的上衣口袋里掏出首饰盒，名贵的戒指在灯光中摇曳。她看着这璀璨的闪烁的钻戒，一时不知说些什么。

他说，如果你愿意，就带上它。他的求婚显得干脆利落，毫不拖泥带水，然后眼含希冀地望着她。

她看着他，沉默在倒计时中无声前行。她说，对不起，我不能收。

所以，这是你的回答。他的声音带着淡淡遗憾。

他们平静地用餐，仿佛老朋友般，他再也没有提起。

2

六月，公司倒闭时，他们一无所知。大门被物业用锁套住，连同自己的私人物品统统锁在职场中，长生和同事一起报警。一小时后，民警赶到现场。与之沟通，得出的结论是，只能维持现状。又进一步解释，因为当事人并没有逃逸，所以，不能实施抓捕等行动。然后出现短暂的哄闹，继而安抚，这便是现实。长生冷眼旁观，嘴角轻蔑地嘲弄。不参与，不执一言。人被打败，长久辛苦，付之东流水，体无完肤，最后还能剩下什么。

因为没有结果，法律无从介入。按要求规程找比较理性的长生填完出勤单，然后离去。后来有人上楼才发现门是开着的，内部有人与物业勾结，电脑、投影仪等贵重物品都没有了，满屋子当时和北大荒合作的五谷杂粮、米面食用油被留下，还有大量的办公用品。

办公室里东西被一扫而空。电脑桌椅、个人用品全都不见了，唯独剩下盆栽植物。绿萝、虎皮兰、发财树、文松、水培植物被留下，仿佛开在旷野，无人照料，怡然自得。只是这份怡然自得又能坚持多久？可是，可是它们并不自知，它们不知道究竟还剩下多少时间，就像长生，不知道还能做什么一样。长生把它们打包带回去精心照料，没过几天它们恢复原来的样子，焕发翠绿鲜艳。

有绿萝偏安一隅。这种绿，突兀出现。它的繁复纹理，生机盎然，仿佛很久没有见过。与它相比，人仿佛没能真正的放肆。

那天出现短暂的空白之后，同事纷纷收拾好自己的物品。用纸箱打包，然后开始寻找可以带走的东西。现场混乱，拿走能拿的，其实也没有多少东西可以补偿了。有人两手空空，因为那些食品早已过期。有人嘲笑长生，拿了四包 A4 打印纸。他要用来画素描，所以带走。如果拿走不需要的东西，他觉得没有任何意义，他只拿取他需要的。

他对南浔说，一无所有才最可耻，他又想到自己的一无所有。无数次在黑夜中寻找的光明，又在哪里。总监办公室里，只剩下一条金鱼无忧无虑地游来游去，以为没有人可以看到。突然，他像是有某种警觉：视线拉远，这是一个金鱼缸。我们那些傻傻相信努力的人是金鱼，镜头外是那些决定成败关键的决策层、股东。相信是很可怕的事，客户将所存积蓄毫无保留地交给你打理，结果是竹篮打水一场空。被打上非法集资的标签之后，所有的钱都被充公没收，有人起诉，有人报警，有人气病住院，还有人跳楼自杀。这些黑暗的罪孽该由谁来背负。

她说，这不是你的事，不要太自责了。她也只能如此安慰，在这场风波当中没有人可以全身而退。

如果一篇报道所有的结果定义在正义与邪恶之中，细节过程以及隐藏的真相被水覆没，无法得见光明，那么让群众看到的意义又是什么？

她说，我不知道该说什么。

他说，那就什么也别说。这种无法言喻的描述，证实了个体是被趋势打败，而最终也要习惯如此生活，习惯生活中的孤独。有些东西不是为我们而存在的，就是因为看过太多真相，心从此也就更能接受一些。拥有一颗宁静的心，接受无力改变的事实，希望拥有勇气，改变可以改变的，拥有智慧，能够辨别二者的区别。

3

这个世间的规则、过程的复杂总是超越人的经验。因此，常常无法引领别人，无法帮助他人做出选择，甚至不能辨别什么才是正确的方向。

陆续的，福田区、盐田区、宝安区分公司相继关闭，公司总部坐落于罗湖区 CBD 的一片繁华中。这座南中国首席地标式建筑为一大批 500 强企业提供了良好办公环境，公司总部所在的整层 3700 平方米的面积已经成为留守人员最后的坚持。

他希望成为自由随性的男子，而不是深陷于现实中任人摆布。如果此生如梦，唯一让他觉得真实的，便是眼前的现实一课。广播里主持人这样感慨，真正的自由不是想做什么就做什么，而是不想做就可以不做。人确实是受到限制的。

此刻的地铁在黑暗中穿行，若不是空间将每一次的目的地间隔出来，人就要迷失在这混沌中，并且永无止境了。

果然出现命案。经侦和民警陪同客户家属来到总部，近乎大打出手，愤怒绝望，化为仇恨一样的东西。

如果信任感的缺失是由一方的不正确对待所带来的最直观的反馈，公司以投资失败或资金流断裂对外宣布的结果早已弄得满城风雨，人们的辛苦钱一日间打了水漂，不见一个声响。

有心脏不好承受不住的老人被送进 ICU，这种间接的结果很多，严重的有人当日从高层楼上跳下，身死债消。长生他们唯一能做的只有配合调查，统一录口供。

最后坚守着阵地，同时期待奇迹，祈祷。长生说，如果一个人失望至死，不再相信奇迹，却始终渴望着，那它还会出现吗？

这件事发生之后引出一系列问题。他的客户找他，询问资金流向，是选择坦诚、承担还是删除消失，人性在此备受煎熬。毕竟不是小数目。时间一再拖延。他的意志消沉，在餐馆里用餐，直到店铺打烊，徘徊，不想回去，不想面对。酒瘾也在寂寞中阴暗滋生着，日日夜夜，像潮湿的苔藓。

深夜，闲在他经常吃饭的地方找到他，看到长生与一个流浪的男人坐在一起吃汉堡喝啤酒。以为认错，走过去发现果真是长生，她扶着他起站身。他说，你如何找到我的。

她说，根据一个人的生活习惯，总能知道他的位置。

她接着道，长生，任何一件事情的诱发都有可能导致它成就好的方面或者坏的方面。所以，错不在你，而是事件本身。她总能知晓他心中所想。

他说，我们距离真相到底有多远，闲你想过这个问题吗？就像我失去记忆，也许是抵达真实所必需的途径。

也许我们只比那些动物高级一点。我觉得植物、山川、河流、石头是一种更加高级的生命，然后无形的要比有形的更高一级。因为它们默默与万物共存了无数年，而我们却始终无法理解它们。

他们已经很久没有交谈。她说，你走吧，长生。我来承担这一切。

他说，人在不适当的时候选择消失，是逃避吗？

她说，我不想看你活得如此狼狈。

4

苏铭死的时候，警察开始调查，他才知道。心中无限悲哀，他能猜到发生的事，就像一开始他劝过他。但是，即使他明白，爱能停止吗？不能，它只能让人执着地撞到墙上，头破血流。无路可走，退无可退，从此成为最深沉的幻觉。

在这个城市生活了一年，他交到的唯一一个朋友。他们喝酒聊天，唯一同性的倾诉。

梦想照进现实，眼前却是黑暗一片，感觉像是穿越了一条长长隧道。失去了很多，在内心深处的最柔软之地仍留有一丝疼痛。

5

还记得第一次走进公司时的情景。那一瞬间，声音像潮水般涌来，身体来不及做出反应，在一阵阵晕眩中站立不稳。内心里仿佛有个声音：加入这片海洋。他别无选择。

荒凉沙漠，终究会出现绿洲。一滴水，并入海洋，是命运还是终结。这是他在那个瞬间唯一想到的，所以他一言不发，嘴唇紧紧抿住，沉默不语。

这个世间，汹涌对峙着的是时间，然而时间，却轻易葬送了一切。他看到，最终苏铭没有活成自己想要的样子。死，成为他的终局。在幻想中，天空就这样飘起了雪花，孤单至死的感觉。雪崩的时刻，没有一片雪花是无辜的。人活着，成为世间最美的徒劳。这种幻灭感，最终变为卑微至尘埃里的爱情，即使已经那般接近泥土了，也开不出绚丽花朵。

他的禁忌是他的信仰。长生知道他不能自杀，因为信仰。自杀是最大恶孽。

可是苏铭，你还好吗？原来这个世界有太多我们不懂的，我们终究是寂寞的个体。

生命趔趄独行。他看到所有人的努力都仿佛一场巨大的幻觉，没有人能留下什么。没有悲伤，没有眼泪。他说，人被宿命紧紧攥在手心里，而宿命是死亡。

喻弥语在苏铭的生命里所煽动的黑暗火焰，使他用尽了余生的气力输送燃料以及养分。最终，无力抵挡，连同自己一并焚烧殆尽。那么，究竟我们离真相有多远。或者，真相是什么，谁给它做出的定义。

苏铭给他留下一封信，是遗书。信中写道：

长生，越是年长，也越是理解人类从他人之处所获取的温暖，多么难能可贵。

也许，唯有亲人之间血脉相连的关系才是最毫无保留的感情。可惜，我却一直在心里抹杀它，直到再也没有机会弥补。

终于在世间孑然一身了，了无牵挂了，也到了说再见的时候。长生，爱一个人，我真的错了吗？

因为不了解，只能简单笨拙地探索这个冰冷世界。有一件事欺骗了我们很久，那就是人会长大，而长大之后日子就会越来越好。

时间与空间继续流转。我们会在什么地方、什么时刻相逢，弥语，也许我会在内心的轮回里遇见你。而现在，我终于可以忘记你了。

6

桌子上有燃尽的烛，仿佛苏铭的历史、他的生命全在此处终结，天地荒芜。最后时刻，他感到寒冷。在他的家乡，人临死之前都要点一盏烛灯，据说是为了照亮轮回的路，怕迷失在虚无中。因此，他为自己点亮一盏，带着他所有的爱和因爱而不得的恨离去。没有告别，没有仪式，身边没有一个人。

有时长生会想，他的朋友，这样是否值得。也许，时间也给不出答案。因为他把时间一同葬下，埋藏在深深泥土当中，最终也只剩下腐朽。

而他自己，要继续往前走下去。

他劝过苏铭，喻弥语从来没想过他们之间越来越好。也许她曾经受过严重伤害，也不再相信爱，摧毁一个人，都只是尝试。看看与她同居的那个男人，你会知道答案。没有想过和那个人谈谈吗？

苏铭说，如果内心深处发出严重警告，那必然是错误的，应该遏制，只是他佯装不知依然执着追寻。他说，他们从没有发生争吵，不是因为感情深厚，而意味着并没有真正的开始生活，这些生活痕迹从来不曾发生。

我们没能逃出内心枷锁，是因为缺少洞悉。我们没有洞悉，是因为缺乏信仰。没有信仰，人如何相信他人。拒绝相信，又怎么能够获得理解。不理解，人如何感知这个世界。我们无法接受世间真理，又如何得救。人因此失去救赎的机会，无法完整，无法被满足，无法忍受，无法获得真正意义上的成全。在罪当中体验罪，苏铭，这是你要证明的吗？

她从未给过他相处的机会，他从未质疑她的真心，他从中看到了自己的失败，彻头彻尾的失败。

苏铭对弥语说，一直以来，终于学会一个简单道理：人要先学会爱自己，才能爱他人。我以为，即使是我这样的人，真的可以爱上你，至少真的尽力了。

弥语说，也许，我们都没学会爱自己吧。

梦与现实之间，间隔了什么。有哪些是真实存在过，哪些是幻想。渐渐地，他已经分不清了。苏铭对长生有过交代，假如有一天死去，希望遗体捐赠，而这个结果最终使苏铭有块属于自己墓地——院方作为馈赠的感谢。终于不会成为荒野孤魂。

最后苏铭说，帮我转告她，若有轮回你便是我的轮回。

如果人在通往未来的路上没有终止，如果任何发生的事潜意识都给予认同，那么他的一生犹如函数中那条曲线，x、y轴则对应时间与空间，"凡此变数中函彼变数者，则此为彼之函数"，允许发生的一切，永恒时空内，回过头看昨日都是那么的理所当然。

也许人生不过一场你来我往的较量，最终与自己和解。

长生，如果心中的信念不够，最终是看不见光芒的，而这些全部是人的天性。全力以赴地活一次吧。这是苏铭最后的遗言。

7

此时他的手忍不住颤抖，是愤怒吗？他该愤怒吗？这是苏铭和弥语之间的事，是苏铭自己的选择。我们都有过与人交换感情的经历，这在开始之初便定下了底色，只是不知道最终是否有机会与自己和解。

苏铭曾说，也许，就是因为人在生命最初获得过爱，才不会在余生的漫长孤独岁月里，刻骨铭心地冷。

后来长生有找过她。他为苏铭不平，并不知道为那样的人是否值得。长生找到喻弥语。当她知道苏铭自杀而死的时候，她无声凝噎。手捂着嘴，眼泪止不住流下。他在不经意间看到那些手腕上的伤痕，它被深蓝色刺青遮掩。长生说，现在流眼泪有什么用。

为什么，你这样对他。告诉他事实也好，真相也罢，直接消失又算怎么回事？

她说，我怕了。

你怕，长生不理解。

她说，她怕自己陷得太深，爱上苏铭。当她仅仅是喜欢而开始有一点爱的时候，她知道不能这样继续下去了，不能往前走下去了。这是一个深陷其中不能自拔的深渊。堕落，害怕成为那个伊甸园里吃善恶果的人。

所以，你就成为那条引诱夏娃踏出第一步的蛇？

弥语说，你又怎么知道这份感情有多卑微。他早上来找我，那是另一个男人刚离开的片刻，夹在之间的感受，不经历的人怎么可能懂得。弥语诉说着，脸上透着无限悲伤，她的嗓音嘶哑。你以为在这场感情中是我赢了吗？不是没有付出代价。因为，没有人可以全身而退。

这城市足够大，大到可以容忍你的一切怪癖和习惯。人们都忙于自己的生活，把冷漠说成对隐私的尊重。挺好的、没事吧、那就好、还行，大家都这么说，于是你也这么说。那些找你诉苦的人，倾倒完苦水，又离开你继续前行，你也不怎么在意，因为你只是装作有在听。

心底一朵花未开，并不影响千万朵花开。允许并理解它们其中几朵，以自己的节奏绽放或者沉睡。我们的方向是等待死亡，只是在等待的时间里做着不同的事。若是不能在最初积攒爱的能力，便会在长久之后迷失自我。那是一种心识涣散、长久迷惘的苦楚，直到失去形容的言语。

8

弥语说，有一段时间，我的人生充满损毁、破碎，以及断壁残垣。有时回忆，人便坐于废墟之上。一角灰暗天空，周围枯枝落叶，乌鸦暗哑，没有声音。空间是这样凝固的画面，时光就如此荒凉下去。

她说，就像黑暗中的树，有一种异乎寻常之美，它那种不再需要任何人、自给自足的尊严庄重令人感动。后来，苏铭说让我等他。可是那缕光太微弱，我是被身后的黑暗逐渐追赶并扑灭了光亮的。

　　她的话戛然停止，为何要对你说起。想必这是苏铭最后在这个世间建立起来的隐形桥梁，但它还能存在多久？梦想是远方的田园生活，现实却是脚下坚硬的钢筋水泥。人被这样拉扯着，精神想要远离城市，可由尘土做成的身体拉着肉身下了地狱。

　　她说，我告诉过他。当初，这是他自己的选择。虽然口气冷漠，但是长生感觉到她的沉重。

　　他说，我懂你说的，也给予理解，问题是你能够理解他吗？为什么你总是要别人做为难的事？

　　她说，也许换一个时间地点，我们会成为朋友。

　　他说，苏铭跟你说过吗，我不喜欢交陌生朋友，我们算是他介绍认识的。长生真心结交的状态是：我心里珍惜，她感觉疏离。

9

　　她说起自己的往事，又仿佛自言自语。

　　利益告诉人们，要相信眼前所见，得到实际的好处。它带来充沛幻觉，内心膨胀，过度索取，成为世间绝大部分暴力的源头。

　　因为利益，姨夫来到家中，与她的父母发生争吵。似乎所有的发展都在恶化，令它成为现实的剧本，供人品评娱乐。那身在疾苦当中的人呢，谁来照顾他们的感受，谁会安慰他们受伤的心灵。身体受伤，心能忍受。心若受伤，谁来承担。

　　冲突，剧烈的冲突，斗殴，然后失去了理智。生命几经颠沛、碰撞、残忍、缺失，再次摔倒，并被打败。鲜血、灰暗、绝望，最终成为一次次损毁，她选择不再相信，包括生活、世界、人群、真相以及所有美好之物，不能爱。

鲜血，唯有眼前鲜红色血液才能带来救赎。猩红，滚热的血液……下雪了，是她曾经见过的北方的鹅毛大雪，纷纷扬扬。苍茫无尽头，浩瀚无边际。

她醒来，看到白色天花板、白色的房间、白色的床单、白色的病床、白色的窗帘，白色的桌椅……这天地间太过威严，似乎所知所想都是假象，是不真实的。一瞬间，她竟分不清哪里是梦境，哪里才是现实，到底身在何方。只有手腕真实的痛淹没一切，并帮她记起所有真相。

所以她恨，恨自己无能为力，恨一无所有的生命。她在黑暗深渊更暗更深的无尽处急速下坠，再没有谁可以阻止。自毁，谁来清算。之前看到的仅仅是梦吗，还是一种灰烬间火光的弥留。

10

又何苦为难自己，你也要把洞察到的黑暗强加到自己和别人身上并且从不原谅吗？弥语对着长生说，又仿佛站在她面前的依旧是苏铭。我想要告诉你的是你本就知晓的，但它必须经由他人之口说出，每个人都有自身的局限，即所谓盲点。也许人的期待和罪恶是连在一起的吧，于万千熙攘中，看到真实。

夜阑珊，虚空之中是否依然埋藏着虚空，黑暗到另一处黑暗之间究竟隐藏着什么？可见在既定的命运之上更多是一种猜测。苍天漠然，如此，恨的力量推动命运，成全了谁，又了却了什么。

他轻笑，呵，劝人的话谁都会说。这种能力仿佛与生俱来，可是实现的又有几人？

你不相信？她又发出疑问，仿佛带着自嘲，像是在问自己。你觉得他是什么样的人。

你们相识那么多年，他是什么人，你心中不是已有答案，又何必问我。

害怕孤独，是想发现和自己一样的人，让自己不再孤军奋战。可是人真的很矛盾，一方面无时无刻不想证明自己与众不同。可他终归是一匹苍茫雪原上奔跑的孤狼，需要自己捕食的尊严。

她知道，只要一直向前走，迟早会一无所有。

11

梦与现实共存一世，失望与希望齐头并进。犹如一个人独走钢丝，绳索两边无限遥远。前路迷茫，又回头不得。

组成自身生命的质地与人分享是无用的，那些临渊而立发现的东西也同样无法示人。若是以此作为即将跨越三十岁的心得，是否足以抵挡那漫无边际的荒废虚无。

她说，一如跑步，时间越久就越觉察不出到底是静止着还是运动着。就像我们的人生，很多时候分不清楚过着的是自己的生活还是别人的。看见汽车前进，以为自己后退，实际上不过是人在车里原地不变中多了个参照物而已。

一切是幻象，进入成人世界后的幻象。

对我来说，今天就是我的三十三岁。

第三十三载人生岁月，因为有时看得太明白，所以活得不快乐，平淡是生活的常态。每被拒绝一次，便生出一次退却之心。如果与人沟通是一个下坠的过程，那么自身的平衡状态便会遭遇破坏，并最终碎裂。与此同时，一份爱情的归宿又是一件多么不牢固之事。

他说，别人打你，自己会痛。这是一种提醒，你应该感谢这种觉知。

他具有一切开放之心，坦然接受她的感受，并用他的经验告诉她眼中的世界。

人若没有同等深邃的幽微黑暗，是无法真正理解对方的，或者一开始的我懂你也不过是为了接近做出的一厢情愿的假象罢了。不应该被迷惑，不应该忘记。这个世间曾波涛汹涌着的鲜活存在着的都是已经发生的过去，我们从来不曾真正停留。因此，对你来说，我不在这里。所以，你也不存在。

她说，也许你是有信仰的人，这种信仰所伴随的时日久长并根深蒂固，早已养成习惯。这一点我深信无疑。

他说，也许吧。

我想，我们不会再见面了。

他说，是。

末了，她问长生，能不能告诉我苏铭葬在哪里？

12

他离开时，是微笑的。这是长生第一次展露笑颜。他已知道想要的答案。他说，没有洞彻真相，最后也只是走了触类旁通的弯路。

人在时间中流亡，是先有天荒还是地先苍老？与时光中的自己交谈，逐渐，成为一个连自己都不喜欢的人。她说，现在你已知晓我们的故事。就像一条道路通向脚下，是它途经你，还是成为你走过来的路。

看着弥语突然表现最真实的一面，长生发现他从来都不曾了解过。他在心底说，爱曾经存在过，苏铭，你可以安息了。

这一刻所抵达的远方，似乎是雨落荒原和朗朗晴日的交接，是世界尽头与熙攘尘世的屋檐，是荒芜人生漫长无边际的遗世孤立。

他的面前仿佛出现一座桥，最终贯穿了所有能想到的两端。在水一方，她和他，他和她。他的痛，和她的痛，我们的疼痛。

命中注定，男人和女人的相遇是一场劫难。她是他的劫，红鸾星动，烈焰城池。一次长生在微博上看到一张照片，一条古老的栈道，早被水淹没。他想要前往，仿佛确认早已发生的事，再一次证实它的存在。

13

处理苏铭遗物时，看到喻弥语曾经放在他这里的笔记本，里面是这样写的：

绿纱裙

又是一个阳光明媚的早晨，他从并不十分安稳的睡眠中渐渐醒来，昨夜半开的窗帘透进来的阳光刺得他有点睁不开眼睛，他用手本能地遮挡着，缓慢地穿上衣服。是的，他已经是一个年过半百的中年男子。来到穿衣镜前，他看着镜子中并不年轻的自己，皱纹已经爬上了原来他英俊的脸庞。是的，他拥有了很多，那是对于他奋斗了半辈子的补偿，他目前有了权力、财富以及和蔼乐观的妻子和一双儿女，日子过得富足且安稳。

他摇动铃铛呼唤用人，准备吃今天的早餐。可是，等等，用人端进来的牛奶杯子上，怎么好端端地加了一根淡绿色的丝带。在雪白的牛乳的衬托下显得分外醒目。他微微颤抖地用手指解开丝带，丝带柔滑，带着些许柔光，他就这么猝不及防地想起了她，以及她的绿纱裙。

那时，他才二十岁出头，身姿挺拔，面容俊美中带着些许青涩。那年夏天，他因为身体的原因，回到乡下老家养病。老家的房屋很古朴，却也干净整洁。房子外面栽种着几棵老槐树，每逢初夏，槐树长出洁白芬芳的花朵，屋前常常花香氤氲。阳光好的时候，他会去庭院中坐下来看书。家里就一个四十多岁的女佣阿荣，阿荣身上汇集了许多乡下人美好的品质：勤劳、善良、质朴，但是同时也掺杂着人性中些许弱点：小市民气息、贪图小便宜、愚昧无知。但是总体来说阿荣还是稳重的，把老房子的一切打理得井井有条。

他也就安心地待了下来，在乡下时间过得似乎比任何地方都慢。远处山峦树木层层叠叠，郁郁葱葱，打造了一份大自然独有的安静。

在一个夏日午后，他照常在庭院里的槐树下阅读。家里的胖黑猫悠闲地打起大大哈欠，只有几只不知疲倦的蝴蝶围绕星星点点野花缱绻流连嬉戏不已，他看得有点昏昏欲睡。这时，一个圆形的小光斑，一跳一跳地投映在他翻开的书本上，他起初觉得是邻家淘气的孩子在玩玻璃碎片，没过多理会。但是那个圆形的小光斑并未就此停止，它反反复复投射过来，晃得他眼睛都花了。他这次彻底被惹恼了，扔下正在读着的古典诗词，气急败坏走出院子，准备会一会这个小淘气鬼。就那么突然的，仿佛从天空投下了一束光。他看见站在不远处小山坡上的她，那束光正好打在她的身上。不偏不倚，她穿着一件绿色的纱裙。赤足，白而柔软的手掌中，拿着那个惹恼他的罪魁祸首——一个小小圆形的梳妆镜。她秀气的脸庞有一双似山涧湖泊的大眼睛，此刻正因为刚才的恶作剧而笑得泛起涟漪。红润的小嘴挂着一抹狡黠的笑容，也许没想到他会这么直接冲出来，也许恶作剧败露，她看到呆愣原地的他，一瞬间羞红了脸。像是被抓了现行的小偷，她转身就跑。

他有点着急，一个跨步追过去。微风吹过，她绿纱裙的下摆飘散开来，像极了正在盛开的碗莲。他的一只脚正好踩在那个裙摆上，刺啦一下，纱裙的纱线沿着被扯到的缝隙一路往上，一直裂到她的腰际。她也被吓到了，忽然回过神来，一把攥住往下掉的裙摆，然后红着脸愤怒地瞪着他。他结结巴巴地说了句"对不起"，两个人再次陷入沉默。时间就这样过去了一刻钟，或者更长。他强迫自己开口，说："如果你不介意，我家用人也许可以帮你把裙子缝好。"她失望地看着开线的边缘，气愤归气愤，但还是答应下来。

木偶

我失明了，尽管我两岁就看不到这个世界，但我依旧有灵敏的嗅觉和敏锐的触觉，我用它们也感受过阳光的柔和和花香的清冽。今天，他把我的手指放在了一只猫咪身上，丝滑、柔软，我感觉我在抚摸一朵天边的云朵。

你说，弥语，我们可以有一个小院子，种植花草树木。

你说，弥语，我们还差一场电影。

你说，弥语，我不想变成薄凉至死的人。

你说，弥语，我会一直等你。

你说，弥语，你是否喜欢五子棋，我下午去买。

你说，弥语，别不接我电话，我一个人坐在角落里。

你说，弥语，我们一起生活吧，我们出门旅行。

你说，弥语，我知道你喜欢吃鱼，我学会了如何做清蒸鲈鱼。

你说，弥语，我可以帮你找回缺失的东西。

你说，弥语，我想你。

你说，弥语，请你再快乐一点……

未完。

14

苏铭，死的世界是否大于整个宇宙？长生的面前仿佛存在一座天平，它的两端岑寂。长生凝视很久。每个人也许都应该面对一次死亡——生命的必然过程，生是为死的准备。他站在生的一面，拥有自由意志。而苏铭，是死亡的宿命。他无法猜测，因为他无法感受死，更无法说出生之对面的真相。苏铭说，我也想慢慢向陆地靠拢，奈何水深岸远，这是连摆渡人也无能为力的事。最终也只会以死作为时间的结点，就此消失。

也许遇到人的先后顺序，注定了结局。每个人在生命当中会遇到至少两个人，一个是推你入深渊的人，另一个是会拯救你的人。弃你者，会让你看到世界一切不平、黑暗以及伤口，它们的血液流淌，触碰你，洗之不净；而爱你的人，会让你看到事实真相。要在很久很久之后，你才会知道，原来爱和光明同等重要，用这卑微的希望温暖你、支撑你，让你至少一百年不会孤独。

第九章　黑暗隧道

1

　　凌晨时分，他在等待黎明中摆好画架。从小区物业的低矮栏杆翻身越过，动作敏捷、轻盈，就像天际一只孤鸿，身影苍茫而过，不留踪迹。他与那一丛树林，隔了仅仅一条马路。

　　对于这钢筋水泥的城市，那是还未开发的一片土地。周围十几平方米，夹杂在一片喧嚣与钢铁的围墙之中，仿佛仍做困兽之斗。一些居民住在破败平房里，大大的拆字，猩红地写满了所有墙壁。有的人坚守，更多人却选择放弃。偶尔能从外面看到内里人家的装饰，老旧橱柜、餐桌、双人木床，高大的落地镜在阳光适合的时刻反射耀目的金色光芒。

　　他在等待晨曦到来的那一刻。此时林中有花在静静盛开，花朵散发独有香气。丁香、海棠、三角梅、木棉花隐藏在更深的黑暗中，它们争相绽放。
　　他知道夜晚的花香要比白天浓郁，记得那天晚上经过此地，浓烈香气扑面袭来。不觉得这株丁香很美吗。他赞美它，它迎风为他洒下花香。两个老人散步，说，一黑就是一天哪。另一人说，刚出来哟。夜间的花树，多么美，令人心醉神迷。

夜色在沉默中游荡。人在树下，花在开放，月光明亮，繁花影落。

长生相信，有些花卉是在特殊时间才能闻到香气的。因此他对南浔描述，万物生长，索性我在这里，我还是我。

天光云影，清晨慢慢到来。一道轨迹划过天际，飞机悠悠移动，留下随风而逝的黄色痕迹。有遛早之人经过，看了他一眼，想必也是好奇此刻他写生的动机，然后继续向远处踱步。

2

长生曾为南浔画过一幅肖像，用了一个星期的时间。大幅亚麻画框，复古风，油画彩绘。

画画，可以一幅画画几天，分段完成，没有一蹴而就，慢慢做到来日方长。可是，以前的错误，若是纠正，还来得及吗？借由那些不完美组成的画面，我们只能在寻找中达到完整。发现自我中获得某种恩赐，被赦免、宽恕、成全，以此通向假想中的彼岸。思考这些，最终使人思考美和善良，象征圆满的状态。

美是什么？有的人画水墨画，将时间消耗在一张宣纸上，完成一幅图案，因此美是时间。一朵蜡梅盛放于寒冬，美又能代表生命。然而，美一直都在那里，所以它的最终或许是存在，美即存在。

他说，当我们看到事物本质的时候，那些缺陷以及不完美就会离我们而去，变得越来越遥远，更接近原点或者真相，我们便活得更加真实了。

送给南浔时，许久，她才开口。长生，你确定这上面的人是我吗？虽然拿给任何人去看都觉得栩栩如生，但是她感觉始终缺少什么。神态、头发、比例都没有问题，只是眼睛，带着微妙的情绪。她确信这不是她自己，她没有那种洞悉人心的力量。

有的时候长生的目光会突然变得陌生。看着南浔，仿佛注视一个陌生人，他让她感到陌生。关系一旦突破某个地步和底线就无法推进，陷入故步自封，一时间不知道如何是好。

我们不要往前走下去了，终于，她说，一直以为我们会一起携手同行，结婚生子，可是长生，我知道，你已不可能同我结婚。我用最快的时间相信你爱我，再用更多时间告诉自己其实不然，其间煎熬如同剥骨抽筋。花了好久才明白，我喜欢你并不难过，而我希望你同样爱我，才让我万劫不复。

是什么时候学会的？看着她娴熟地点燃一根山茶香烟，徐徐地在指尖燃烧，烟雾缭绕，就像宇宙中独自漂泊的星球一样寂寞。突然之间，长生觉得他和南浔溪这一刻如此相似。

她静静看着他，这样一个男子，她将用尽一切来遗忘。忘记彼此之间的同盟，忘记生活中种种无能为力带来的绝望。他们的同盟，一夕破裂，好像从来不曾发生过，这是如此残酷的现实。生活在这残酷无情世界的人，又当如何自处。

如果玻璃的命运是为了破碎，那我们呢，又会是什么？会知晓自己该去往何处吗？她预感到，他们到了该说再见的时刻。

3

任何选择都是天道计算的结果，还是上天给人的权利？是自己做出的判断，最终殊途同归，还是各自有其相应的轨迹？也许只有走过去，才知道当年那些我们认为的、守护的，是多么的不重要。就这样望着他，眼神温柔如水，她说，从爱上你的那一刻，心从此变得孤独。长生的内心猛然一痛，仿佛被钝物重击，一时无法言语。

他们一起出去吃饭，作为告别。她看见他带着手链。她好奇地说，之前一直没有见你佩戴什么饰物，它的出现有什么意义。

始终，他的左手都带着一条紫金手链，中间镶嵌一枚南红玛瑙莲花。盛开在彼岸，仿佛永不凋零。这样的女性化物件 —— 怀着这样的疑问，于是她问他。

是。之所以戴，是因为感知这其中有一种柔美。

你的内心深处太过坚硬，闲说，应该中和一下。

她一眼就看出了他内心坚硬的内核，不刻意评论，不揭示，只是慢慢化解。

南浔继续问，她真的仅仅是你的姐姐吗？是，长生说。她是他在此处流转并珍惜的唯一亲人。

一切水落石出。她说，你知道吗？长生，你有多么令人费解。我们的相处，从开始到现在，都仿佛是你一个人的自说自话、自觉自持。你一直都在自己的世界里，有时我在你身边，却感觉不到你的存在。又或许在你看来，我才是不存在的那个人吧。整晚睡不着，我会去想，到底是我做错什么，还是哪里不够好。啊，有一天，我已想通，是你自身的问题。

长生，我也只是普通女子，需要爱，真实的爱，可这一切似乎都成了一厢情愿的失败。呵，她自嘲。现在她的心，怀着死的愿望活着，所以，她要离开，离开他，离开这里，离开这座犹如机器不停转的城市。他们的关系如同一簇朴实无华的蒲公英，一息吹散，各自不见。而内心，遥远得仿佛彼岸的花开。

他感慨万千。南浔，我只是一个容易疲倦的人。更多的时候，疲倦的是心。

长生，你原本就是一个巨大的无法愈合的黑暗洞穴。至深处，隐藏着死亡和其他。和你相处就像被无意带入你自身营造的幻觉之中，和你的交谈更像面对一个幽灵。当你说起自己时，你内心的负面，仿佛四散溢出的迷雾，浓郁得看不清真实。你带着无法避免的从坟墓里爬出来的死亡气息，最终忍受不了。

　　他没有挽留，同样没有解释，他的沉默最终就像厚重的罪恶，只有内心隐隐疼痛。这疼痛，分散了注意力。伤口本应遵循着规律性的循环，那里有奔流不息的血液，暗涌起伏的鲜红血液，现在它依然流淌。

　　长生的眼神落在窗外，带着一贯的失望和疏离，不刻意，也从无慌乱。他心里的苍凉和荒芜就像眼前出现的茫茫飞雪，无边无际。只有疼痛，才是最真实的存在。

　　而真实的窗外，树以树的形象呈现，以惯有姿势，在这片世间突兀生长。人用眼睛捕捉到的画面，头脑给出答案，完成了传送的全部过程。这其中需要一秒？还是它的十分之一？

　　如果，虚空之轮开始转动，或再一次轮回，他们还会相遇吗？南浔看着他，无限感伤，长生，你可曾真正爱过我。

　　她等着，心有所期待，期待他说些什么。就像很久之前，南浔溪做了一个很长很长的梦，梦中的她，一个人生活。仔细观望了它的全部发生以及终结，哪里都没有他的出现、他的痕迹。明明心里那么爱，梦中的她仿佛是一个彻底的旁观者。

　　长生沉默良久，连这样的问题他都无法回答。于是她懂了，她说，一直都有种直觉，你并不与人过分亲近，对谁都友好，但是没有任何人可以走进你心里。是这样的，对不对？

　　你的深渊是你的洞察，你的损毁是你的预见，所有黑暗中的形态，都将以某种扭曲的姿态，夭折在荒山野岭的暗层中。

　　她说，你知道最让我感动的地方是哪里吗？

　　他不知道。

　　不是你熬的鸡汤，不是你要给我送药。我躺在你的怀里，你说，如果一个人将感冒传给另一个人，就会很快好起来。那你，传给我。你知道你眼神倔强的样子有多可爱吗。我没有关系，你能在这里，我很开心。那时我想用一生的疲倦背负你的缺失，真的这样想过。

4

看着内心的火焰一点一点熄灭，仿佛人性里的情感也一点一点冷漠淡化，这是残酷的过程。穷究事理，使人疑惑。在漫长的岁月当中，什么才是重要的。

他问自己，他爱她吗？他为自己设置的限制，并再一次在心中升起疑问。他看见她在光中独自前行，一瞬间，隔空隔世。

她的生命突然豁然开朗，一览无余。他送她去宝安机场的路上，长生问南浔，今后有什么打算。

她说，回家。也许经人介绍，会结婚生子。我不想再等了，知道这样没有结果。

对不起，南浔。

不，你是我在错误的时间遇上的最正确的人，我会永远记得你。这里，她食指指向心口，为你留下一扇门，我将它束之高阁，同时用时间上锁。我会记住你。

对她而言，这所有的爱恋迅疾如潮水般褪去，只是身体在这片土地这座城市产生了刻骨的记忆。

南浔说，人这一生，最会自欺欺人的就是，时间会抚平一切，伤了毕竟伤了。时间只会记忆，从不遗忘。

南浔……她打断他，她说，长生，你会看着我离开对吗？是，他温柔地为她抚顺遮挡前额的散乱发丝。那些发丝轻柔得一如调皮孩童，触手可及的温柔。此刻心就像一面镜子，清晰地反映了这林林总总的世间万象。湖水幽暗碧绿，仿佛镜中深处，沉下去，无波无澜。只要你说，从今以后，不要这么寂寞。

所有已知的熟悉感重新回来，他是她今生擦肩而过的爱人，他是在她发烧昏迷中轻轻唤她南浔的人，他是那个在她落水罹难搁浅岸边为她盖上大衣却又不知如何去爱的男人。

现在，此刻，她必须为这个幻觉做出选择。她选择离开，因为时间已到。

他说，有时候，我们会忘记，时间并不是衡量存在的唯一标准。请你一定要记得，南浔。

5

长生送南浔溪去宝安机场，看着她从自助购票机里取出登机牌。彼此没有说告别的话，仿佛无须告别，又好像他们从未相遇过。这一刻，人来人往，到处是将要远行的游人。他们对视的目光却从未被阻隔，世界一下子安静下来。夕阳在无声沉坠划落，时间就此停留。

飞机航行在一片广漠的苍蓝墨色之间，有如暮色中的海洋，渺万里层云。她的生命不断升华，身体却始终没有支撑，跌得粉身碎骨。

南浔溪再一次陷入梦中，看到那个自身凛冽如寒风过境，气质与古老书籍气息相结合的男子，她想要接近，想要了解，确认他是否是和自己同样的人。可是需要穿越的黑暗和深渊是她穷极一生依然无法抵达的边界，但那时甘愿做扑火飞蛾。火焰有多炽烈，他的追逐就有多盲目。

她记得他说，想要做一个黑洞，吸收一切物质和源头。只是吸收，不发光。

她看到真相：一个带着无法愈合的伤口，内心隐藏死亡和离别的男子遇到一个女子。在她伤心时，带她进入自身营造的种种幻觉。更深的交往中，她发现这一切都像是在和一个幽灵爱恋。她选择远离这种没有结果的危险因素。她失败地逃离，随后懂得什么才是真实。

她说，就像你不知道想要的是什么一样，在走出这场迷雾笼罩般的幻觉前，我也不知道自己想要的是什么。

他说，什么是就此终结，它是妥协已经达成。最终结果早已注定，一切问题得到解决。

已经不知道还能说些什么，似乎余生所有的语言早已讲尽了，所以他们告别。

6

他的疲倦也只是幻觉。忘记它，长生，继续赶路。她说，人得多幸运才能遇到那个正确的人。影像在头脑逐渐模糊，变得依稀难辨。

他说，像我这种人是没有未来的。给不了她承诺以及安稳，所以，无法往前走了。他问自己的心，心，你想要什么。

沈闲说，你其实爱她，但你的爱没有超过爱你自己。所以她离开，你没有挽留，而她留在回忆里。

一个人独行太久，会产生错觉。嫉妒、怨愤、吃醋、感伤，终究是弱小的情绪。最后，把它们全部留给时间。

此后，时间对他的意义不外乎两种：一、不断对自己失望，从而绝望；二、在永回廊里迷失自我、寻求自我。二元对立，死亡与重生、光明与黑暗、爱与不爱，关系转换。凌晨三点半，突然惊醒。身体有一种无限的虚空，那些矛盾、挣扎、对立，就是已经逝去的时间。要如何存活下去，继续面对这天长地久的缺失。他开始感到失望，自暴自弃，荒废时间，混日子，什么都不想，一天又一天过去。

以后生活很有规律。既然做出了选择，当然要面对一次次失望，无数次轮回，无穷尽困惑。他始终在生之路上。觉得缺失了什么，到底缺少什么？

所以他对她说，也许我是一个死而复生的幽灵。心愿未了，想要完成，所以始终无法瞑目，无法烟消云散。到底是什么遗愿呢？我不知什么原因忘记了，实在苦恼。

也许他们都是在这场荒凉之中选择逃离的人，因此，他们是同类人。疲倦也好，困顿也好，终究会过去，就像一场梦中的危险的高空表演。幸好，天亮的时候，梦也就结束了。也许最光明，才会最黑暗吧。这是他在梦醒之前想到的。或者不过是在青草芬芳中美美睡了个懒觉，醒来之后记忆氤氲，起身离开时拍拍身上飞溅的泥土，脚步轻盈地离开。

7

为了看清黑暗中有什么，我们都成为被黑暗吞噬的人，最终他所在的地狱是无解的轮回。渐渐的，也就越来越沉默。沉默的是他的心，他的一整个人生。

如今，他离开并独自生活在深圳，却并不是自己的选择。只是觉得某种力量必须要带着自己去往远方中的哪里。他被搁置其中，只为了做完该做的事，也许这是那股力量的选择。

他回到家，把枕头下的剪刀丢开。如果生命里注定出现一些无解的选择，那就正视它的存在和迎向它吧，至少他不想再逃避下去了。

那天夜里，他以为会再次回到黑暗中。炼狱般的场景没有出现，有的仅仅是遮天盖地的大雪，还有为了接住一片来自天空的洁白花朵而轻轻伸出的双手，看它在掌心温暖融化的人。遥远的天际是一座塔，整片世界只有他一个人。他想要走到那座塔上，心中怀着这样的目的，却始终拉不近与它的距离。到底过去了多久，身后的脚印早已无限延长，望不到尽头了。始终拉不近与它的距离，好像在他行走时，塔也跟着移动，仿佛他们之间隔着永远一样。

他在一片茫茫大雪中行进，风向趋使他朝着一个目的地孤独地走。他知道这是只有他一个人能抵达的终点，内心如此笃定。

他的身后是一串串被雪覆盖掩埋的脚印，同样漫长无边际。

不知这样走了多久，仿佛画面被永久定格，他似乎一直在往前行。逐渐，视野变得更加开阔，这也许是幻觉。他将那座高耸的塔当作标的物，以免被这片无限洁白的世界晃瞎双眼。不知怎的，他已无法依靠自身的感官去判断了，更像是陷入自身永恒的轮回里无法自拔一样。他有一种由来已久的错觉，也许走到时光的前面，就会看到光明。

以有限对待无限，以虚空对待空虚，以识别对抗无明无常，以灵魂永恒对抗肉体的无尽轮回，无限加剧了时间的自然流逝。也许这里没有时间，这里原本就是时间的尽头。他踏着霞光，行走于白云间。无星无夜，无日无月，他早就允许生命中一无所有，允许自己一片空白，允许落魄困顿跌落谷底。如此，他才能继续往前走，生存下去。他已没有恐惧。迷失于这片混沌吧。他对自己说。

如何以无常去度量时间，又该如何定义它的存在。如果有这样那样的目标，人总向此踏上旅程，到底结果如何，最终都不是需要考虑的事。他将继续独自行走，同时那些路显得漫长而有回忆。

突然会感到困惑，人要如何度过这漫长的一生。想到这些，便觉得无限枉然。也许，当想到这些时，时间已经开始流转，它们顷刻属于过去。人能够剩下的，也只会是回忆了。

可是，为什么连仅有的记忆都要被夺去。剥夺回忆的权利，是因为前世的因果吗。罪孽深重，要在今生偿还，以一种重新开始一无所有重生般的姿态。这也会是一种尝试，一次期许的机会。

8

人与世间产生的联结，必然以某种无法解开的方式终结。如何隐藏真正的自己，并且相信日子不再遥远，到底要在世间见证什么。

六月，他参加一场由品牌赞助商主办的死亡葬礼体验。那一天，长生接到一份死亡邀请。是许久之前他在微信推送中参加的报名。时隔半年，通知他成为幸运儿，可以免费参与，地点位于南山万象天地二楼。

工作人员介绍"死亡体验"，仿佛将时光倒流，指明走出死地的通道，提供了聆听心灵声音的方法。"死亡体验"是提供一种跳出来看世界的方式，是一种站在出世的角度，采取入世的态度来看自己、看事物、看生命、看世界的方法。一条通往内心、寻找自我、认识生命的高效便捷的新途径。如果说平时学习思考是人生的必修课程，那么"死亡体验"是人生的顿悟精品课。"死亡体验"是让人在较短的时间有更大的领悟。

哀乐响起，穿上寿衣，吃一顿离别饭，留下一封遗书，再安睡在棺材中……有关死亡的种种仪式，如此逼近真实，人一瞬间是否会有死去活来的恍惚。

葬掉自己，向死而生。

肉身在无限轮回，灵魂坠落。盖棺的一刹那，寂静是属于永恒的。

9

他任由棺椁覆盖下去，覆盖他。近乎冬眠的身体突然僵硬，无法动弹，那种沉重凝滞让人无法呼吸。它们流经他的全部身体，然而他的内心没有哪一刻比此刻更加宁静，仿佛用柔软羽衣包裹住的身心被一种无可奈何的深沉潮汐持续涌来。黑暗过后，便看见了光明。

他睁开眼，看到那座通天巨塔，仿佛耸立云端，带着天地间的苍茫威严。起心动念，仿佛受到某种吸引，想走到那座塔跟前，去看清它的模样，以及隐约浮现的纹路。但结果仍如上次那般，无法真正做到。放弃这样的执念，坐在地上。无思也无想，时间就此停止。

不知有多久，仿佛黑暗中有个声音对他说，既然你已无恐惧，心中又怀有无限希望，又怎能留得住你？于是，他惊奇发现，那座塔已在他面前。长生好像有感应般回过头遥望走过的那条漫长道路，仿佛再看一眼就要遗忘似的。身后风雪大作，一片混沌。

塔的褐色木门打开，两个孩童出现在长生的面前。四五岁光景，一个小男孩和一个小女孩，身穿粗布绿色棉衣棉裤、棉布靴，戴着白帽。这时，他的猫从他们身后缓缓走出，喵，它跟长生打招呼，一如往常。

慢慢走近他。他听见他们说，大哥哥，我们要走了，去生命的下一个旅程。现在猫留在我们身边，作为弥补谁也不再亏欠。最后，一定要记得哦，当恶行导致善行时，那就是真正的救赎。

10

周围不断闪烁，寂灭，没有声音，更像是整个世界无言的诉说。他恢复了记忆。眼泪伴随一种近乎失落的情绪，逐渐蔓延。是害怕吗？往生有三问，你是谁，从哪来，要到哪里去？

他对闲说，我现在真的一无所有了。找回了记忆，却一无所有。他与这个世界的联结，早就没有了。喝酒，宿醉，因失眠服用过量安眠药。他把自己在心里杀死，然后失忆，远走他乡。

过二十岁生日那一年，去拉萨骑行，和闲相遇。

遥远的记忆，只是无力改变。

心空洞得像一个无底深渊，从来都是被这个时代推着往前走的人。不定期清空手机聊天记录，清理通讯录，更换号码，如同一次又一次清空自身过往，不留下痕迹。看不出来路的男子，带着隐约的神秘属性，穿梭在一座注定被人遗忘的空城里。

闲将书中夹的书签拿给长生看。那是他当年写的读后感，后来送给她。他写道：在看她的文字，是一种唏嘘的延续，你带来的错觉。起身赶往下一段路，生命由此展开下个旅程。总是感觉城市这样大，大到没有容身之所。就跟爱的发声一样，永远活在自己世界里。

他回忆那段旅程。他说，有很长一段时间，回去以后半夜醒来，都以为还在路上。有过瞬间的茫然，身体似乎在他不知道的时候穿梭于时空外继续旅行，他知道这种状态也许要持续很长时间，并不厌烦，内心会因为莫名的失落欣喜万分。他曾经路上，并且经历了未知的旅程，拥有这些就已足够。

青年客栈的木板床吱吱响起，旅行者获得一夜的安息。他们的气味，通过种种方式留下看不见的痕迹。沉淀下来的流年，是漂白剂洗不去的印迹。

愿此身在世间流转不负流光岁月，把生命活出白昼和黑夜。

11

他们再一次走在莲花山公园小坡道上，道路两旁绿树成荫，形成天然氧吧。似乎这里的一切并无不同，没有因为时间的流逝而产生任何变化。也许变化的只是移动中的人。大厦高楼鳞次栉比，即使在夜间依然灯火辉煌，仿佛海上游轮。周围却静悄悄的。闲的脸庞忽明忽暗，隐藏在夜色里。他说，那时你一眼认出了我。

如果每一次失败，都称为一段走过的弯路，那么时间深处的秘密，又会是什么？人能走到哪里，依靠本能又能走多远？此刻，种下一颗种子，在心田，然后看到更多。他说，期待答案，犹如置身事外；幻想别离，如同重获新生。与你相遇，竟由来已久。

现实就像手指中的泡沫，轻轻一捅就破。个人的轨迹也如眼前无常的种子，飘落哪里，便扎根在哪里。不知怎的，总是喜欢这种夜间的花树。它们的开放，无须目光的关注。年纪越长，似乎也就更加理解世间的无常。

只是为何会有开在夜间的花？花在盛开的时候，需要什么？他问她。莫名伤感地生出一种对世间种种无能为力的退却之心。

他轻轻牵起她的手。闲的手指有细小的纹路，一路延伸至手背。手指温热柔软的触觉，像是一抹夏日琐碎的微笑，稍纵即逝。也许，他抓住的不是一个成年女子柔软洁净的手掌，而是一份苍茫大雪中求之不易的温暖火焰。

他唱歌给她听，声音悠远绵长，在夜色中格外清澈。少顷，偏过头看见那双眼睛，即使在黑暗中依然闪闪发亮。她说，你不害怕吗？如果关掉手机以及所有照明设备，重新回到黑暗中。

不要怕，我在。假使遇到坏人，有我在。我会拦住他，你逃跑。他发现自己的声音在黑暗中异乎寻常的镇定，仿佛从洞穴深处发出的声音，无限延伸。

他说，我对黑暗是存在恐惧感的。

她说，那你怎么办。

没事，我不会有事，他说。

他们在黑暗中看到的光是什么，绿色如雨点般轻盈落下的微亮痕迹，此刻突然出现在他们周围。从树丛里蹿出，在树上，或者更远处，上下飞舞。顷刻之间，仿佛黑暗被绿色的萤火点亮。如同奇迹一般出现的萤火虫，就像这个夏日将尽之际最后的一场蒙蒙细雨，温暖了他们干涸的魂灵。

她轻哼一首耳熟的歌曲：心若碎，拿什么补缺／你若留，为何离去／依恋却决绝／一切由他去／蝶恋花，花可知晓／火桑树，一年又一年／曾经竟时过境迁／桑花随水逝／韶华已不在／往事就像流水去／魂系天下／我身埋

葬何方 / 可还有你的音讯 / 天生至尊 / 当主宰浮沉 / 这世间谁与你比肩……

她在不经意间看到的小说配了歌曲，旋律优美，只是不喜歌词。在一次偶然间，借着歌曲引发的情绪波动和共鸣，写出自己的声音。提交那一刻，它即刻与她失去关联，就如一个写作者笔中文字，我爱你，但与你何关。

回到家，他找到来时所携带的背包，那里有一个 U 盘，扁平小巧，被一根灰色麻绳拴起。他用电脑打开，看到所有的照片，记忆清晰得历历在目。

他对闲说，真是命运的捉弄。

原来他一直戴着他的过往，只是不曾打开。

12

和陌生的人天南海北地聊天，双方年龄在 25 到 30 岁。他说，阅读大量的书也算是行万里路，阅人无数。因此，也就不需要亲身旅行了。

她说，一个人把各种片面的个性、阅历、感悟慢慢构建成一个内在自我的修养，永远不会组成完整的人格，因为那都是别人的人生。你像是曾经的我，跟你聊天，仿佛看到许久之前的自己。你看到的，始终是你自己构建的，人会重新构建现实。

她说，长生，人总是要背负一些东西前行的。或多或少，记忆、责任、情感、缺失的信念、悲伤的泪水，而最后记忆会消退，责任与情感亦会生出其他。既然缺失已经找回，只管大步向前走吧，你可以比我走得更远。然后回来，我等你。

在这座城里，抬起头，呼吸夏日炎炎的热灼，心脏下血管内有涓涓的流水声。也曾有泪流满面、感慨万千的放纵，更多是进退两难、困兽之斗的不能自已。已过而立之年，却不敢承认自己开始老去。

叶子也不能要求阳光将它变为绿色，哪怕吸入二氧化碳又呼出氧气。河流奔腾，有可能是白的也有时是黑的。房子即使够坚硬高大了，还是会害怕寒冷，别人看不见它轻微的颤抖。她说，长生，你真的（存）在吗？

13

他说，我对你的承诺只为了报答你是我唯一的倾诉，你是我的遇见，是我的全部。梦见无数次的画面，鲸鱼尾翼落入海中，飞溅起白色浪花，麋鹿向森林寻找答案。可是，一切的发生都来自大海。在兜兜转转之后，他终于看见了，那是梦中重复无数次的经历，这里是无限的伤感和落寞之地。他很欣慰，不是所有的生命都可以拥有重新回到原点的机会，生活还是要继续。

长生脑海突然闪现一个动漫想表达的内容：男子的愿望是不存在。不是死去，而是从未来过。于是他寻找森罗万象许愿，想要消除自身的存在感。于是他保护那个拥有森罗万象的宿主，直到生命终止。他的条件就是他的愿望。

因为使用禁忌之力，最终身体破碎不堪，生命最后一刻，他哭泣如孩童。他说，我不想死去，即使这样，我还想好好活着，我好害怕，救救我……他将手伸向远方，已经看不到任何东西了……他的身体如风般化作飞灰，只留下那件单薄的外衣。

因此，长生只想对一个人说，我们可有道路？

14

那天夜里长生发起烧来，开始频繁地做梦，有谁在耳边低语。

"也许你并不爱我……"

"贯穿一生的孤独，只因你与时间都薄凉。"弥语临走时不无悲伤地注视他。

"我们这些被生活揍趴下的人，一生，一定有可以赢一次的机会。"苏铭在黑暗中向他伸出一只无限延伸的手……

闲说："长生，我就在这里。"

"如你所愿，直到永远。"南浔最后的微笑。

"如果没有发生，一切维持现状。"执法人员冷冷地说。

猫在雨夜中瑟瑟发抖地呼唤着什么，"喵"。

月光皎洁，树林田野，虫鸣鸟叫，毫无保留地被这具身体烙印下来，仿佛来自遥远国度的黑暗的风。

他醒来的时候，纯粹的阳光仿佛穿越漫长的旅途，透过云层，照射进来，脸上和煦温暖。这一刻，他的心终于平静。

如果任何一个地方的停留都是主动选择或被动带领的结果，那么还应该承担相应的寓意。是冥冥中的命定，还是内心强烈的指引，或许时间才是答案。通过回忆这条遥远的隧道，他看到自己在黑暗中渐行渐远。

深圳一年的生活，长生，沈闲的弟弟，一个理财投资顾问，公司倒闭；南浔溪，分手；唯一的朋友苏铭，死于割腕自杀。

这一切，在他变成沈长生之时，都似乎发生了某种意义上的改变。一切都要时过境迁。铸造身份，建立关系，这是他持有的真实。

15

就当独自穿越了一条隧道吧，南浔在心中对自己说，在心里祈祷。她说，看到苦海的样子了吧，它就是人在这个世间最无能为力的呈现。它的形态，决定了她的无力。

城市里，夜果真如海洋般流动。假如时光倒流，谁又能保证自己可以做得更好一些，不让彼此失望，不辜负相思情谊。

远眺重峦叠嶂，只觉得山高路长。这片曾被海水淹没的土地，站在其上，感受到的是荒凉废墟。生命中那些被强制改造过的痕迹，是确凿的事实。剜去一刀，仿若死去般疼痛。一段路的开启，在于全心全意的验证。

世间一切，总是让人觉得参与度不够。水渍浸染出枝纹繁复的花朵，观望它，这一刻，仿佛它是世界命运秩序所在，如同开在苍茫雪山上的洁白雪莲。此时，无人知晓它的盛开和衰败，就如同无人猜测它的来历以及黑暗，它是属于命运的。

心念是微小的，尚能汇聚成河流，奇迹也是有的。

后来开始明白，人是跨越不过心的，就像心跨不过时间一样。唯一能相信的，只有走过的路。所以，能在这一刻相互陪伴就已经足够。

南浔说，就让我给你留下一封信作为记忆吧。它是一切的终点，也是起点。她在信中写道：鲜花是枯萎的，火焰早已熄灭。是谁说，人活多年，就当快乐多年。我们要过得像块石头，麻木不仁。所以鲜花是留给活着的人，火焰冷清，留给亡灵。永远铭记这样的时刻。

此后，我仍要执拗地在世间停留。所以，固执是一种罪过吗？

记忆还停留在那天夜里，你指着窗外漆黑的宇宙中最明亮的那颗星，看，北极星。

不是应该像勺子吗？

傻瓜，你说的是北斗七星。

16

有些时候人只能往前走，却又不知前面有什么在等待自己，是好还是坏，是糟糕的还是更糟糕的。祀年曾对长生说，我早已把最珍贵的东西献给了时间。我的孤独，是我最珍贵的礼物。

路边看书的时候，疲倦地睡着了。阳光很自然地打在脸上，眼前却是无边的黑暗。不知道手中还拥有多少的时间，他只能走下去，并且别无选择。

他坐在东门老街，看路人穿的鞋。各式各样的鞋子，被不同的人穿在脚上，每一双都有独特个性，它们控制着脚步朝着某个方向消失在人海中。猛地抬头，他看到了这一刻夕阳的沉坠。

他说，也许要过很久，我才能起身离开。现在，被慑服于此，观望夕阳最后的时刻，在它的余光下臣服。姐，如果你抬起头，我们看到的会是同一片天吗？我知道有一种美，是那样万劫不复。

这样的天空我已经很久没有遇见了。春日将尽之际的遥远天边，似乎是某处时空交错的瞬间，这一刻，他仿佛抵达了过去的任何角落。

从电影院走出来，辉煌灯火忽然打到脸上。他突然内心平静下来，对自己说，那片灯光不属于我啊，然后转身回到黑暗的角落。逆光的道路，虽然耀眼，却更容易产生错觉。

路边摊上，买了一百块钱的刮刮乐。快速刮开，结果什么都没中。他知道它并不重要，因此也就没有失望。只是，失落，淡淡的寂寞。又要赶路了，那样快……

17

那一年看到的是类似泡沫一样的东西。2000 家 P2P 理财公司快速倒闭，然后急速消失。店门关闭，员工离职，他不知道那么一大批的人要如何安顿。同样消失的还有与之合作的所有商家，像被黑洞一下子吸收似的，来不及反应，看不到出路，甚至往前奔驰很远，都看不见方向。

沈闲对长生说，心的空洞延伸，是内心的边界，而边界外，是一整个世界。细胞在数百万次的分裂中出现一次错误，因此有了进化，有了我们自己。所以生命的本质是尝试。因为看不见，所以在你的面前出现超出以往经验的情况，人会存疑和畏惧，就像不理解它的人即使拥有再多也无法获得深切喜悦。那些谜底，早已蒙蔽了双眼。丝绒布连接着光和暗，伸出手，拉下帷幕……

如果结果都是累积到一定程度的产物，那么无论它扭曲可憎恐惧到何种地步，人都应该心怀感恩地去接纳它，因为他接受的是他自己。此刻，你存在，就是最好的结果。更加相信自己，更加坚定地走下去。

很多事内心明了，形成自给自足的状态。他的年龄跟不上他所感受到的内容，越来越这样觉得。

他说，写作只是令自己觉得重要。

那一天她找到流落风尘的他，一如莲花山公园的那个夜晚。

她说，你冷吗？人的血肉之躯如何与大自然的寒风凛冽相对抗？人能做的唯有忍耐接受。他微笑，让人如沐春风。

他微微眯起眼睛，我跟别的男子不同。他们欢愉，充实健谈，有活力，热爱肉身贪恋的一切，并努力达成目标。而我只是存在，没有目的，不期待发生。也许吸引我的，只有黑暗中的烛火。人若不能学会对当下顺从，就不可能得到花好月圆。

这一刻她的内心有猛烈撞击声。是真的完全陌生的目光，温柔又冰冷。

她不知道这两种特性是怎样融为一体的，只听见他说，这便是真正的我自己，现在离开还来得及。说完便轻轻低下头，等她的回答。

她轻拍他的头，我的傻弟弟。

沈闲说起那个客户追求她的事，有一段时间长生确实很少和闲交流。她说，我拒绝了。

那一次他们见面，关于投资理财的事我很抱歉，我会想办法……

他打断她，这件事就不要提了，过去了就过去吧，我想知道关于之后的事。我们可有道路？他等待她的回答。

她说，你条件那么好，为什么选择我？

他笑起来的样子真的很好看，冷毅的线条开始变得柔软、柔和了。他说，我哪里好？

你英俊、潇洒，经济富足，学历高，这样的人为什么会选择我？她再一次问。

他说，因为你足够匹配得上这样的男人。这一次他没有笑，认真地看着她，沈闲，你难道不知道自己有多么让人喜欢吗，那是一种男人想永远照顾和保护的欲望。

她说，原来是人底层欲望决定的。

不，我说这些是想给你直观的感受。他在这次交往中一败涂地。

兜兜转转之后，她说，当一个人不知道自己要什么的时候，一定要知道不要什么。又或许，人的出场顺序真的很重要。

18

她在七岁那年穿过一片杂草丛生，有大片桦树杨树的树林。月亮的光从缝隙里一层一层透过来，满满都是银色。人被月光淹没，风吹来乌云，月光又被黑暗吞噬了。在这个黑暗里想被当作别的什么，是一棵树、一枝花、一滴露水，就是唯独不想做一个人。这种逃避现实的恐惧感觉，就像努力地向岸上游，可是想象的岸离得无限遥远，仿佛怎么也游不到头。

那一年看到的本质，也许就是这个样子的。她说，别人在累积，而我在破碎。看不清一件事物的真相，如同看不见别人心的跃动。那些露出的，它们愈合；那些肮脏的，它们被洗刷；那些鲜红的，于无声处寂寂流淌。她的疼痛是一场永无止境的漫天沙海，那种铺天盖地的压抑窒息，让人无法沉睡，无法永眠。

他看到一个关于老鹰的故事。

它是世界上寿命最长的鸟类，它的一生可达七十岁。但是要活那么长的寿命，它在四十岁时必须做出困难却重要的决定。这时，它的喙变得又长又弯，几乎碰到胸脯；它的爪子开始老化，无法有效地捕捉猎物；它的羽毛长得又浓又厚，翅膀变得十分沉重，飞翔十分吃力。

此时的老鹰只有两种选择：要么等死，要么经过一个十分痛苦的更新过程——150天漫长的蜕变。它必须很努力地飞到山顶，在悬崖上筑巢，并停留在那里，不得飞翔。老鹰首先用它的喙击打岩石，直到其完全脱落，然后静静地等待新的喙长出来。鹰会用新长出的喙把爪子上老化的趾甲一根一根拔掉，鲜血一滴滴洒落。当新的趾甲长出来后，鹰便用新的趾甲把身上的羽毛一根一根拔掉。

5个月以后，新的羽毛长出来了，老鹰重新飞翔，再度过30年的岁月。

19

他在梦中看见一座山谷，巨大山谷四面环绕山峦，一面湖泊透过月色闪烁璀璨银光。他潜入水底，柔软的水草像鬼魅一样缠绕上来。甩开它们，他的面前出现一个人形轮廓，被石块压着。

是一个人的尸体，腐烂的肉和森森白骨，一种恐惧感萦绕心头，鱼却浑然不觉，尸体被它们啃食得坑坑洼洼。

突然出现的画面令活人恐怖，鱼不害怕，可是人可以轻易杀死一只弱小的水中生物，这难道不是一种讽刺？他在自身的嘲讽中沉入湖底，永远沉寂。

向深渊问路，犹如投石湖中央，只余波纹涟漪，不见踪影痕迹。他心里有个底线，所以能够一退再退。可深渊有多深，用黑暗填补的空洞仿佛永无止境。当你发现深渊的时候，是深渊先一步捕获了你。

他对世间始终存有敬畏之心，害怕独自承受生之负担。始终一个人，直到遇到她。

三岁，成为弃婴。父母争吵，长生的父亲离家出走，从此再未回来。母亲同年改嫁，重组家庭，带着疏离顾忌撇清关系，他被祖母带大。终于抵不过时间的残酷，最终成为未亡人。

八岁，沈闲落入水中，孤立无援，看清世间的苍白荒凉，无能为力。

十二岁，长生成为眼神冷漠、卓然清秀的俊美少年，带着对人世的疏远，一心只想快点长大，获得无边的自由。

十五岁，怀孕女子在一个黑夜被抢劫，争执中意外流产，长生没有伸出援手，从此被噩梦纠缠。

二十岁，她看到那场火焰，熊熊燃烧。黑色烟尘滚滚向天空伸展，像恶魔延伸的翅膀，肆意张扬，铺天盖地。她就站在下方，眼神专注，身体渺小。仿佛此刻，她是投身火焰的飞蛾。心里因为过分清醒而感觉迷惘，而这迷惘又因为自觉的孤独而更觉寂寞。

二十岁，长生独自骑行青藏公路，遇到狼群。内里的黑暗嗜血，暴露无遗，渴望一场你死我活的重生。二十天后，最终抵达拉萨，那一刻，遇上闲。

二十五岁，她逃离婚礼现场，前往拉萨，东错青年旅社的门口，邂逅他。

二十八岁，遭遇变故，失去记忆。机缘巧合来到深圳，重新见到沈闲，成为沈长生，成为她的弟弟。那个无数次在黑夜中寻找光明的时刻，学会了对待尘世多一分理解。

三十岁，她有了自己的公寓，一个人的生活。看到人在世间宇宙中微不足道，沉坠，沦陷，深深的无力感，看到已知的和拥有的多么可笑。最终承认生命中光影并存。看见爱，多么遥不可及。

二十八岁，长生邂逅南浔，结识苏铭，坚持喂养一只流浪猫。

二十九岁，南浔离去，苏铭自杀，猫消失。仿佛突然之间一无所有，心来到世界尽头。

三十三岁，闲拒绝叶无常的求婚。也许这是一生当中最后一次的婚礼。这一刻，全世界就只剩下他们两个人。

他不禁想起这一年来认识的人和那些到过的地方。点点滴滴，他已经有这么多美好的回忆了。

那日记忆恢复之后，他的神态和以往并无任何不同。他说，现在重新认识一下。伸出右手，手腕俊美，戴着一条玛瑙手串，手指细长。

他说，慕长生。

她心中微微动容，伸手轻握住，沈闲。

所以，我们曾经邂逅，你都记得。这是我们第二次见。

她坦然看着他，笑着说，是，我们曾相识。现在一切都已明了。他的身心在遥远的地方旋转一圈，最后来到这里。他说，闲，谢谢你。直到现在，此刻，我方知我是谁。

她这么看着他，轻声发问，你是谁。

长生，沈闲的弟弟，沈长生。

长生，她轻声呢喃，她唤道，长生。

20

接到经侦的电话，是在翌年六月。客户因为收不到定期打到卡中的收益而开始恐慌，陆续报案。有些是业务员带着前往，一传十，十传百，经侦开始追责。管理层以上都要负连带责任，而长生不过是普通的职员，可有可无，不在追责的范围，他逃过一劫。长生陪沈闲去有关部门报案。

罗湖经侦给出的最终判决是，沈闲因为是初级管理层，涉及金额不巨大，构不成犯罪，而且在不知情的程度。看守所留察两个月，其间退还所有佣金提成。银行工资流水，办理结清。

他去里面看她。沈闲穿着休闲的衣服，长发随意扎成马尾，光脚穿平底拖鞋。

闲，你还好吗？

她并无慌张，神色镇定，安慰他，长生，不要担心。这些天在里面，思考了很多的事，又仿佛什么也没想。因为无所事事，因此我知道我的时间是静止的。无所求，不作为，还是不作为，所以无所求呢？人到底该期待什么，又会在何时迷失自我？

她说，我从未如此清醒。说这句话的时候，她的眼中仿佛有流星闪过，稍纵即逝。在世界中心某一刻相遇，不早也不晚，时间刚好，空间重叠。人可以在过去、现在以及未来的任意点穿梭，这是奇妙体验。

我从来没有想过你会这样老去，闲，我真不希望你会变老。要怎么做，才能留住时间，无论什么代价。告诉我，我该怎么做？

她说，我在路灯下前行，深蓝的夜空投射下来，人间景象是众生的心愿吗？什么才是符合自我的天性，我又该何去何从？用尽一生寻找存在的真理，用对永恒的解释来说服自己，然后活出生命意义。如果有奇迹，我想，用心容纳一场夏天的雪。

闲的声音低低的，显示出来的内敛含蓄突然就像锐利的剑光直刺虚空，稍纵即逝，他突然感觉进去的几天里她发生了某种看不见的变化，不知道是往好的地方发展还是其他什么，似乎是对生活生出全新的理解。

长生有些害怕。你别乱想，我会一直陪着你。

她接着说，这一生已经无数次的失望了，内心被腐蚀成黑暗的窟窿。这个世间，若不能以自身的力量突破黑暗，又该是何其的绝望。顿了一下，她又笑着，长生我们做个约定吧，在今后每一个特殊日子里送对方礼物，保持下去，作为时间的见证。还有，这段时间你出门旅行吧，回来的时候，过来接我。

他心中一动，真的萌生想法。沉吟片刻，他说，好，我答应你。闲，请你保重。

她将纸条塞到长生手中，那是她偷偷写下的文字。仿佛不擅长表达，羞于启齿般的隐秘。

我不贪恋苟且／也学不会偷生／到了适当年纪／那个时间，那个时刻／我必将知道／一切宇宙的秘密／最终答案／然后，怀着心满意足／坠入黑暗轮回／来世，我要成为一块岩石／不爱不恨不嗔不痴／直到再次遇到一个人／拥有一颗心。

21

从黑色大门走出，来到外面，短短的三十分钟仿佛过去一个世纪，那么久，那么压抑。他所身处的这个时代，就像一场流亡的比赛。盲目，随性，自我，叛逆。他知道自己的缺失所在，被时代遗忘，同时选择遗忘时间。

努力想要活下去，在这个比以往任何时刻都更觉陌生的城市中，无法感知这最简单愿望包含了多少深沉的幻觉和过往。他无法给予她任何安慰，只能任她独自一人，寂寞地流泪。

此刻，深圳的木棉花开得更旺了。火红火红，团团簇簇。微风一吹，像火焰飘摇，仿佛触手可及。他想起儿时语文课里的内容：枫树秋天叶儿红，松柏四季披绿装，木棉喜暖在南方。

微博上有一篇报道，三峡水库的木栈道在江水上涨中淹没，再不见往日规模。这古老栈道建于古代，至今已有千年。也许他内心里趋向的就是这种事物，孤独等待中被水淹没。想去看一眼，同时在心里埋葬它，它就是他的宿命。

买了飞往宜昌的机票。不对，似乎还应该有一个起点。仪式感的存在，无时无刻不在提醒着他，修改行程和时间。凌晨，开封，城市陷入睡眠的时刻。想象飞机在经过滑行加速中起飞，逐渐脱离地面，地平线是连接天空的苍茫黑夜。

千里之路，就像一场又一场缩短的人生。在有限的时间和空间里，人与人这样相逢分离，仿佛永无相见之日。

第十章　在路上

1

深圳就像是一座永远无法竣工的大楼，不断有人到来、住下，不断又有人缺席离去，填充的永远比消失的要多得多。他也不过是彼时汪洋中即刻蒸发的一滴水，晶莹潮湿。

从来没有如此迫切地想要表达什么，因为无必要。每段旅程都有明确的终点，每个旅途中的人各自归入人群。蚂蚁用它的视角观望巨人，它会猜测，若是爬上一个人的头顶，看到的会是天堂还是地狱。

他对这座城市的理解和觉醒基本上已经完成了，现在他该走了。

他突然萌生写作的欲望，既然无法表达，无人可以分享，他想把他们的故事写下，放在人群中流转，看到生命自有归属。也许那时就不再有困惑，完成了倾诉。此刻，他的存在就是所有意义。也许他们一生都在需索一种情感，然而纵然花开得剧烈，也凋零得迅疾。有没有人的情感模式是一见如故，相遇短短数小时就仿佛熟识了十几年。瞬间的灵魂认同，就像拉萨那个夜晚，他和沈闲的相遇，与君初相识，犹如故人归。就像苏铭和弥语的魔兽世界，挣扎、辗转，内心做出某种损毁，活出全新的自我，这便是重生的机会。

他不知这个故事如何去写，也不知能带来什么，亦不知能带走什么。这些通通将要流于世间，烙印俗世枷锁，并入河流。

2

也许从他闻见那一丝风的气息开始，就知道，秋天将要来了，在还没有准备好的时候到来。天空的云变得越来越缥缈，好像即将远离地表去远行。风带来稻田的芬芳，又是一个收获季节。只是，他知道，他到了离开的时候……

当天收拾好行李，和来时一样，不多不少，纯黑色双肩背包，原来一切又回到了原点。那本《世纪旅人》的小说还静静躺在怀中，这本书真有意思，于那一年第一次抵达拉萨的东错旅舍里开始读起。那么多需要理解的内容，用了那么久的时间。他发现，似乎一切又回到原点。

就像一个符号 —— 句号，代表一切的终结，抑或者重新开始，所以在苍白中添加一些什么。那是一种离去和归来的力量，是原始的回音。

他在黑暗中祈祷，到底我在黑暗中供养着什么，或者我的时间到底供养着黑暗中的什么？这些痛苦和寂寞，是黑暗的救赎吗？为了要看清黑暗中有什么，必须要经历痛苦。蠢蠢欲动的欲望。

但是我害怕，害怕有一天你会放下我独自远行。一天闲这样说。他上前拥住她，这丰腴充实的肉身，承载这些年所有已知未知的幻觉梦境。这温暖的怀抱，终于得偿所愿。

他细细摩挲她的头发，说，这么多日子以来我一直拿你当亲人，这份心意从来没有改变。现在我要走自己的路了，毕竟为此付出那么大代价。我们回忆自己的路，总是觉得太过漫长，像是过了好几个世纪。

再见。他在心里做出告别，将钥匙留在门外地垫下面。长生乘坐地铁，然后转到深圳南站，去往机场。

在这样高速移动的有限空间里，人可以肆无忌惮地做一名安全的旁观者。聊天听音乐，看手机朋友圈、微博、抖音，自拍，不一而足。他有一种错觉，在地底穿行时，仿佛与人间自动脱离，是另一个世界发生的故事。身体感受咔嚓共振，仿佛不是在前进的机器里，不是物理上空间的移动，倒像是人在原地，移动的是四周的黑暗。

3

长生用自己补好的身份证，买了晚上六点的机票。坐在候机大厅里看书，耳机里放着音乐。抵达开封，此刻，再也没有人分享他的孤独了。某一刻他意识到人的本质，人即孤独，那些回忆似乎都成了遥远的记忆。

也许他内心有一种固执的坚持，一个人出门确实孤独。有时，他在想，如果内心的沦陷是一种身体没有着落，无归属感漂泊无定的东西，那么，引发它的原因又是什么。是他前世的因果循环吗，是他今生不该快乐吗，是他内核里真正的期待吗。突然之间，时间就慢慢过去了。

独自前往开封，也许这是很久以前就想要去做的。人的起心动念仿佛从来都在遥远的地方注视着，远远地观望。那些闲曾经去过的地方、看过的风景，沿着她的路往前走，努力是否就可以追赶得上。

故事写下，或许拥有另一种结局会更好一些。趁时间还来得及，没有被心彻底吸收掉。

苏铭说，从前你是我的信仰，之后你成为等待。他在等待一个答案，诡异冰冷的现世如现实一般，到处呈现灰暗色彩。

始终是背对着阳光走路的人，相信那些黑暗的存在。它们未知，潮湿，无法看清轮廓。阳光总是照不到，永远无法抵达，埋藏着生命全部的秘密。有人喜欢光明，也会有人崇尚黑夜，时间和空间不会是衡量得失唯一的标准。

一个人说，害怕睡觉的理由，是害怕再次醒来，重新面对无望的人生。

这是多么可悲的回答。

从没发现书写竟然如此重要，所以，长生知道自己将要泪流满面。然而黑暗中那些重现的画面，它们都是真实的吗？那天夜里，长生对着黑暗的流水。只听见声响，不见水流。他听见苏铭说，长生，你知道，在一段光的追逐中，各自趋向同一种属性是人和动物的本能。路有千万条，开始选择其一，就必须这样走下去。而尘世广漠，这又是多么小的概率。有机会让我的故事继续流转下去吧，不要忘了她，也不要忘了我。

一个人若不在这个世间真正留下些什么，就真的要消逝于这冰冷无情的苍茫变迁中了。哪怕是那么一丁点痕迹，也要证明自己曾经来过、活过、爱过。我们鲜活的生命，都那么努力，在这个世界留下烙印，多么用力地过着。我真想重新来过……重新来过，并且拥有，也许未必会幸福。若追求幸福比一切都来的重要，那么为什么不能更加爱自己。

这一刻长生光脚走出旅店，屋外，月光清冷而孤寂，赤裸的脚下，大地寒凉。

就这样，迎来在开封的第一个夜晚。他在随身携带的笔记本电脑中打下第一段文字：古都华美。想必她的美和尊严也必临到。生命中的真实时刻，生命中的温度，眼睛里掠过的时光，都是寂寞的流年。静止的岁月，不知为何，最后都化作了河流。

4

弥语说，想了解我，想看我的故事，可以啊。只不过是一个失败的故事。

害怕受伤，因此把别人置于受伤的立场。这样决绝，不留余地。转身离去，不回头，不相信，不再爱。所谓爱情，在心里也只是寂灭，她寻找与自己共存的假象。她的人生，如此而已。她说，心在枯萎，感受到了疼痛。

她远离了她自己，也远离了从前的道路。

就像写好的剧本，如约考上深大。从不与过多人接触，不产生密集来往，不联系。没有跟任何人提起，她的病，除了苏铭。

与舍友产生隔阂，她几乎不住在学校安排的宿舍，除了晚间有课程之外。打车回家，经济富足给了她充分的自由，经常外出的父母感到对她亏欠，因此表现得分外宽容慷慨。孤僻、奇怪、特立独行的女生不经意在校园流传，美貌和成绩优秀足以让她继续保持对现实的疏离。

大二上学期，开始有男生给她写信，希望与之交往。她对苏铭说，痛苦使原本三十岁要思考的问题提前，就好像耗尽了所有懵懂无知直接进入成熟期。

她的态度，从不回应。渐渐地，男生在她的冷傲面前低下头，女同学的嫉妒和男同学的敬而远之令她更难以接近，并孤立无援。

她说，身体的痛苦令我无法跟上他们的节奏，每一次的呼吸都让我重新认清现实，而现实是与其被迫告知真相、被同情怜悯，不如一开始就是陌路。至少，还可以保留最后的尊严。我开始接受这种生活。

她说，命运的掌纹指向何处，人就去往哪里。

5

天色大亮时，已是中午时分，宾馆外就是马路，小吃遍布。长生吃了份凉皮，步行前往电影院。

选座位时，他选择了最后一排最边缘处，不愿靠近中央，从来不坐居中位置，这是他给自己的设定。每个人都是孤独的，不想被包围在团团孤独包裹着的孤独当中。只是观望，不愿接触。

影厅有瞬间的黑暗，他一下子感到无尽虚空。

时间十分充足，现状与未来混乱不明，他决心遵从内心的需索，不计划，不计较，放任自如。中途休息二十分钟，选择再看一部电影，选座位，出票，从另一个方向进场。

寥寥几个人漫不经心地等待。同样的座位，最后一排，最边缘的位置。他陷入自身回忆中，重新审视这份记忆的质量，确信它曾经留下的深重的感伤。

LED 灯熄灭的前一秒，一个女子推门而入，坐在他的前排。眼熟的背影，上一场的同一个人，同一个座位。同类人，这是他一瞬间想到的。

一部非常好的电影，人们很喜欢看，这就是娱乐。娱乐是通过一个故事让你在两个小时里不去想任何烦恼，这就是电影真正的作用。一个著名的导演如是说。

影片继续，黑暗中，他听见女子隐约的哭泣声。是被影片内容感动了吗，对她生出好感，善良的女子。

不回避，不做作，坦然接受发生，努力面对内心每一刻真实的感受，付出真诚，实现并得以完成，这是长久自觉性的体现。所以在看到眼前女子流泪，他递出了纸巾。

她说，谢谢。
我们是第二次见面。

年轻女子眼中瞬间露出敏锐的省察，审视，戒备。
他平静对着她，坦然这只是巧合，我来到这里，看了两场电影，然后离去，就是这样。

6

下午五点，长生去清明上河园，售票处有人推荐他品尝第一楼的包子。长生实在不知道在哪里，也就一笑而过。手机扫码购票，随人群进入。

中元节，清明上河图，宋城，汴梁，从导引那里拿了份《清园寻胜图》。一朝步入画卷，一日梦回千年。看露天表演，每个演员脸上都是竭尽全力的热情。演出顺序围绕园中一圈，依次是包公迎宾、盘鼓、高跷、包公巡视汴河漕运。最后到大宋汴河灯影，以及东京梦华。

四周树叶伸展，彰显阳光的力量。房子低矮弯垂，老旧得仿佛在一点点融化。人蜷缩在各自的剪影中，不知流光有多漫长。

东京梦华的演出是在夜晚。长生四处闲逛，沿着九龙桥，登上拂云阁。那一刻，眼望远方，曾经的繁华盛世。小河流水，车马云集，小贩的吆喝，照亮了整个黑夜。千年一瞬间，哪个是真，哪是幻觉，他究竟身在何方。

在雕刻《清明上河图》的城墙上遇见卓凡，橙色壁灯打在墙上，暗红墙檐层次分明。人群一波接一波地经过，离开。整整一个小时，她一直用手轻轻抚摸墙上壁画，《清明上河图》的石刻。

长生走来，说，你很特别。

卓凡看他，他不是那种怀有目的的男人，与她保持大约一步半，也许这是她为别人和自己设定的安全距离。这个男人的眼神清澈，眼睛望着她，没有躲闪。有干净的面容，俊美清秀，看不出年龄。

仿佛命运就是有这样一种巧合，如此邂逅相逢。她说，刚刚电影院里，谢谢你。

7

她邀请他一起吃晚饭。走在附近的清园夜市里，人间烟火味儿扑面而来。小店门口炭火烤熟的玉米，在火炉上滋滋发出声响。杏仁茶、鲤鱼焙面、八宝布袋鸡、菊花包子、灌汤包、馄饨、红豆仙草芋圆……琳琅满目的食物聚集了天南地北的人群。夏日的傍晚，自顾自地拉开帷幕，又自顾自地悄然隐退。

寻到一处木质的古朴凉亭，被改造成连锁的堂食街，他们坐下来点餐。每个城市都会有一些东西，你在其他地方都找不到，是属于此处的独一无二的味道。她自我介绍，说，我叫卓凡。

她对长生说，你不知道我有多么喜欢《清明上河图》。这幅长长的画卷就像人生的华丽诗篇，且行且远。更仿佛自己就是画中的一部分、凝固的一个人。就是这样的一场幻觉，持续了一千年没有休止。

她指向手机拍下的石刻照片，用一种近乎梦呓的语言细细描述：
小溪旁边的骆驼队。小桥旁一只小舢板拴在树蔸上。几户农家小院错落有序。高树枝上的鸦雀窝。打麦场上有几个石碾子，是用于秋收时脱粒的，此时还闲置在那里。羊圈里有几只羊，羊圈旁边似乎是鸡鸭圈，圈里饲养了很大一群鸡鸭。

中元节，清明上河图，宋城，汴梁。她的声音仿佛甜美和低沉的结合体，于夜色霓虹中娓娓道来。

再看过来的画面已是农业与商贸的接合，右上是一队迎亲娶妻的队伍，徐徐地从北边拐过来，后面的新郎官骑着一匹枣红马，静止般走来。
茶馆边一家农舍饲养着两头牛，远处田里的禾苗正在成长，农夫为禾苗浇水施肥。
南边一家两口出行，还有一个脚夫挑着出行所需物品。码头上货主清点货物，百年树龄的大树枝叶缝隙中，可以看到粗大的帆桅及绳索。

酒店与茶馆之间的街道中间，有一个正在喊打卦算命的先生。往街里边看过去，一家包点店的人与一位挑担买卖人正在谈事情，仿佛能听到他们在对话。

横跨汴河上的是一座规模宏大的木质拱桥，结构精巧，形式优美，名叫虹桥。码头上不少人招呼着，以迎接家人或亲朋好友。桥面上熙熙攘攘。这样的场面，一直延伸到桥的另一头。

桥下一艘船逆流而上，似乎要去泊船，而上游不远处已有几艘船依次泊在岸上。商人不失时机地安置了游船，让客人在上面饮酒喝茶，欣赏汴河的风景。

以高大城楼为中心，两边的屋宇鳞次栉比，有茶坊、酒肆、肉铺、庙宇、公廨等。

过溪沟小桥的脚行门前有不少劳工，有的坐着休息，有的在打瞌睡，还有的干脆躺下休息，脚行里面还有骡马也拴着。

护城河大桥，城门高大宏伟，几匹骆驼缓缓地向城外走去。

城内一家商号好似是零担货运，货运物流已具雏形。一栋几层楼的客栈，门前客人熙熙攘攘，里面客人也不少，定是大贾富商住的。过街的一间店铺还有修面的，在城内需特别注意仪表。城市功能真是齐全，吃穿住用样样都有，一家绸缎庄店面很宽，里面放满各色彩绸锦。就在城内这一小块地方就有两家诊所。

从内城方向走来一队人马，前面有仪仗开道。主角似乎是一个武官，后面还有人替他拿着一把关刀。另有两人在码头两手拉着嚼口，这是害怕惊马或失前蹄最有效的方法，画面到此结束。

月色低迷，人群攒动。仿佛她带着他置身于那个时代当中，就像流亡一样。

　　她说，人们以为与景观标志合影，就可以拥有历史感了。这一点，我十分不理解。

　　长生心中存有疑惑，为何不见古建筑？

　　她说，它们就在这里，只是你看不到，因为地处黄河下游，每次河水泛滥，这座城便损毁一次，人们再重新建起。

　　所以，我们脚下的就是无数次毁灭和重生之后的城，它们在地下。

　　身在其中，仿佛穿越了时空和千年的流光，四处是流光溢彩的烛火。被人精心设计，用灯笼、用色彩紧紧包裹，好像手中跃动摇曳的是一颗鲜红的心脏。千古一梦，梦回汴梁，一帧一帧画面迭代重演。历史成为时间的轮回，只剩下光和影。如同空中楼阁，梦了一千年没醒。

　　东京梦华在整点准时开始，人们鱼贯而入，找好各自的位置，等待一场大型水上实景演出。梦幻的效果，把人们的记忆拉向一千年前的那个辉煌时代。喧闹和烟雾蒸腾中，八阙经典宋词和一幅清明上河图串联的画面呈现。

　　全剧七十分钟，由700多名演员参演，一场场饕餮盛宴带来视觉冲击。烛火顷刻点燃，前世远离，此生被远远隔开。不知是人间梦，只道少年游。

　　这场记忆中的雨，依稀飘零了一千年，仍未休止。只想不停地流泪，一直流泪。杨柳岸晓风残月……念去去千里烟波……这样的时代已不复存在，此刻仅仅是一次注定衰败的凋零。

　　长生问卓凡，是否愿意与他同行，他的目的地是三峡。她说，需要考虑一下。

　　长生说，两次相遇，那么还会有第三次，我开始期待。

　　他们各自道晚安，长生回到酒店立刻打开电脑，开始击打文字。

8

我想我是明白了，像我们这样的成年人是没有办法把感情依托于别人的，只能很清醒地看到界限，不逾越，保持距离地观望。

常常不禁在想，她到底有真的爱过自己吗，还是觉得可以随时离开，也就不那么在乎，因而伤害自己或者他人都无所谓了。

苏铭过上一种不能理解的生活，人在体验生死轮回的路上越走越远，变得放不下。我们都是时间的产物，所以一切都是时间的累积，包括死亡，我已经承担过一次了。来路不明的人和事，最终也就去向不明了。正如她曾对他说的，我不相信爱情，就像不相信天长地久一样，它们都是瞬间组成的部分。

在发生一件事时，他想到的是儿时的大象滑梯，敦实的大理石象，有着长长的鼻子。沿着台阶踏上去，从鼻子通道滑落下来。穿过短暂黑暗，然后就这么结束了。他想，他的人生是不是也就这样结束了。

人类用爱、时间创造美、不朽，这本身就是一种对抗，是以卑微渺小对抗宇宙广阔的永恒。可是这有何意义？肉体的美丽对于宇宙的起源与终结不过一瞬间。

人被自身宿命紧紧攥在手心里，而宿命就是死亡。因此，我要一个一个与你们道别。苏铭冷冷地说。

如果一开始就知道徒劳，谁还会付出时间代价。人最终都是要被一种怪兽捕获，它的名字叫空虚。它食时间，以某种意志喂养，获得强大力量。因为虚空，所以他觉得所有的一切毫无意义。

即使这样，也感觉无限寂寞。那些无常的黑暗的熄灭的灯火，是我遇到的人，是我的人生吗？如果人是在一个又一个瞬间老去的，那么此刻，他正在老去……

　　长生做了一个奇怪的梦。在梦中，房屋的内部就像一张张的大脸，把自我吞噬消化，无声无息的。门上的贴纸是水果的样子，颜色像两只眼睛，下面是黄色的便签，各自排列组成了嘴巴跟牙齿。

　　衣橱的横向门是大嘴，门上比例均匀地贴着两个福字，不知道是哪一年的春联。连窗台的花都有些反常，嘴脸中自有新的内容。捕蝇草开合间好似无数咀嚼秘密的牙齿，阴然森冷地向着空洞的地方。

　　就在这样一间民宿里停留一晚，空气昏沉，呼吸凝滞。时钟滴答不停，指向凌晨。

9

　　落地窗后便是外面的世界，高楼鳞次栉比，汽车呼啸而过，钢筋水泥圈起的城市，人们渺小如蚁般仓皇徘徊。当下便心灰意冷，个人存在感被无声消融在这庞然大物中。

　　这一天唯一的对话是，商场安保人员路过他坐着的长石阶座位时简单的言语。包是你的吧，请照看好。长生说，是。并为这善意的提醒充满感动。

　　长生坐的三楼看台正对着一座大型溜冰场，占很大的面积，假期里成年人带着自家小孩儿来这里玩耍。视线追逐孩子的身影，从一端到另一端。

　　人们体验滑冰，从此处到彼处，用最小的力抵达最远的距离。在鞋底装上轮轴，地面铺上适量平滑的冰，使用减少阻力的方法实现了目的。这是不是自由的一种体现呢？就像飞翔，鸟儿依凭羽翼和自身的优势，借助风和气流，只需轻轻地挥动翅膀就能去往遥远的地方。我们羡慕它们，发明了滑翔伞、滑板、自行车，从而体验到它们的快乐。

在这长久的凝望中，他突然惊觉，这么忙碌繁华的商场，只是表象，这里其实没什么事情发生。停留久了他发现，这里只是在无限重复，日复一日，重复着昨天，昨天的昨天。生命流逝的速度骤然加快，太多的人被悄无声息地吞没了。

最近的阅读是关于理解、理念，它说："无知的洁净中生长出来的，很容易被折断。从反复的暗黑中生长出来的，可能是信念。"在黑暗和暴烈的背后，为何有一种空而透明的光芒闪烁着？即使穿过苦痛，依然具有一种微渺可能。坚持下去，有多么难。

现在，即使坐在这个陌生场所，他仍然感觉自己是行在路上。他的手微微颤抖，心久久不能平静。有个声音，熟悉的声音，一直试图告诉他，他确实在做正确的事，在正确的路上。此刻真实地看到了时间，它缓缓向前，仿佛载着一叶扁舟，飘摇而过。

10

当太阳从另一栋写字大楼的玻璃窗将它的光反射到眼前时，他确定了此刻的时间。这种敏锐性，使他清楚自己做任何一件事情所要付出的精力代价，以及堆积这些所需要的全部。任何一个时刻，只要他想，看着身边可以依照的参照物——汽车、树木倒影、阳光照射的角度、行人面孔，他都能分辨当下的时间。仿佛心里一直有个声音提示他，活在当下。

卓凡走到长生面前，她说，若是我没有来你会怎样。

他说，不来也没有关系。毕竟任何事都无法勉强。

也许很久以前他就习惯了等待，等待结果，等待别人离去，等待雨过天晴，等待一个人出现，然后带他走。他不知道厌倦了等待是一种什么感受。

常常会不经意地锁定一个目标，跟着他或她前行一段距离，思考其他的事情。等到发现时，停下脚步，露出诧异神情。为此查找了许多资料，网上说它是一种心理效应。

他曾对闲说，我知道，我把一切想象得太过完美，合理化，如果失望，是很受打击的事。而你像镜子，一面古代铜镜，于水波潋滟之中映射了我的不足。他们都这样说过我，但是我一意孤行，直到现在，才感觉到心里惭愧。

他再一次看到那些相同的脸，反反复复地出现、消失，像一阵回旋的风，打落树叶，反复轮转。

我可以理解你是在发出邀请吗，我们的生命、时间、灵魂都不对等，她说。
众生纷扰，其实我们深知自己独来独往。期待与人的相逢，同时又信仰离别。
她说，很多时候不知道想做些什么。
他说，那就聊天，喝酒。什么都不要想，尽兴而归。如此就好。

他说，有些古人那种"寒夜客来茶当酒，竹炉汤沸火初红"的情怀。那种情况，会把满足无限放大，把欲望同时压缩得无限小，人因此知晓真正需要的是什么。那些所做出的决定都是当下做好的选择，结合所有天时地利人和经验，累积层层的结果。所以，归根结底是不需要回头的，努力地走下去。
那些事件大多就像一场噩梦，捕风捉影，确有其事，然后销声匿迹。等待沉淀足够多的时间之后，再回头去看，它们成为一道道深浅不一的疤痕，而且失真。

第十一章　只如初见

1

伊利丹·怒风。

一万年太久，只争朝夕。

有时候，真的很恨上天，生不逢时，造就了一个又一个悲剧人物，也许人生本身如此。

一厢情愿地想，终于可以在一起，不用理会俗世阻挠，不离不弃。不过是一厢情愿罢了，往事终是一条不堪回首的路。

他，是半神塞纳留斯的弟子，本可以和玛法里奥一样成为自然守护者。可是，爱不允许他追寻兄长的脚印亦步亦趋走下去。

曾经的俊朗外表、高大身躯、坚强隐忍性格，再加上精灵族里代表传奇的琥珀色眼瞳，都注定他将成为一个伟大的暗夜精灵。

　　然而没有太多的时间给他选择，"空有力量却不能证明自己"，泰兰德无情的话深深伤害了他。

　　在燃烧军团踏足那一刻，为了证明自己，更为了她，伊利丹冒着被全族人唾弃的危险，向过去告别。舍弃了精灵高贵的身份，朝着那个罪恶的源头萨格拉斯假装效忠，并暗暗学习恶魔的法术，汲取他们的精华。的确，他成功了，他凭借恶魔的力量，最终和他的兄长一起挽救了世界，但，玛法里奥——这个德鲁伊成了精灵族的英雄，而他，伟大的法师，却被众人当成了可恶的叛徒，关了起来。

　　一直以来什么都不说，以为清者自清，但经过一次又一次千夫所指，忽然有些心寒。

　　事情不可逆转，他被关进了牢房，牢门关闭的那一瞬间，泰兰德转身望了他一眼，就是这一眼，在伊利丹的心中流淌了一万年。

　　"也许我已坠入了黑暗，也许我的双眼再也见不到光明，但我却能穿过无限的空间默默看着你。"

　　成王败寇，他所有努力的根本目的，不过是摘掉自己"失败者"的帽子，向世人证明世界上还有另一个"怒风"。遗憾的是，付出了一生的努力，也没能换回他希望的回报。

　　时不我待，造化弄人。
　　一万年匆匆而过。

　　当然燃烧军团第二次席卷而来之时，泰兰德想起了他的力量。再次相见的时候，没有刻骨的仇恨，也没有满腔的怒火，有的仅仅是无尽的眷恋和倦意。

"泰兰德，真的是你，在黑暗中度过一万年漫长岁月后，你的声音还是如皎洁明月般照进我的心中。"

"我就知道你还记得我，从现在开始我不为种族而战，不为自由而战，我只为了你。"

历史开始大转变，伊利丹又一次打败了燃烧军团，本应成为英雄，但他那心胸狭隘的兄长却再次将他驱逐。

"我被囚禁了一万年，又被逐出了自己的故乡，背叛者，我才是被背叛的！"

也许英雄的末路比女子的红颜老去还要让人惋惜心痛吧。

2

苏铭看着一个个文字符号，雀跃欢喜地组成词句，似乎某一刻，他和伊利丹这个并不存在的幽灵相遇了，达成共识，合二为一。手握圣光，却仰望不到星空。

凌晨五点，天亮了。

应游戏的征文活动，苏铭的投稿很快收到暴雪官方的回应，获得一笔奖金，刚好够他去深圳的路费。

这不到两千公里的路程，需要苏铭做出各种预算。为了见她，他愿意付出代价。

坐长途客车，换乘地铁、公交巴士，剩余一段路只能打车，这是精简的计划。

中午她在公寓门口迎接他。他还是印象中的样子，细瘦身材，白皙皮肤，眼神明亮。他穿着朴素的外衣，洗得发白的牛仔裤。他的条件并不好，她一直都知道。然而他的脸显示出超乎外表的内涵，她感觉到智慧和阅历的深度。

她说，终于见面了。
是的。
你好，我是苏铭。他伸出手，手臂瘦削，手指修长，看得到清晰脉络。与之相握，感到某处掌心脉搏轻微跳动。这是一瞬间她的感受。

3

八月中旬，大把阳光从门前耸立的法式梧桐下洒落，知了没完没了地嘶喊，仿佛每一分每一秒都是最后挣扎。蟋蟀也参与进来，隐藏在草丛中随声附和。这个季节，来到这里，与弥语坦诚相见，空气中有淡淡的清香，是混着泥土的花的芬芳。金色阳光暴烈，他产生一种不真实的幻觉，相比于偌大的国土，他们近得仿佛伸手就能触摸，却又好像需要穿越整个世界才能相遇。

她带他来到客厅，踏上羊毛地毯，坐在意大利手工真皮沙发上，面前是精美钢化玻璃茶几，上面摆放着杂志与工艺品。

她说，你想喝什么。未等他回答便转身离去，蹬蹬蹬，他听到她上楼的声音。这段时间，他得以观察周围的环境：近一百平方米的大厅，高档吊灯、壁炉、钢琴、手工制品……正在运作的加湿器，生活此刻所呈现的富足是他所不了解的陌生世界。

她拿来两个大口径酒杯，说我们喝酒吧。橙黄色威士忌倒进玻璃杯，加入冰块时有撞击声。他们认识整整十年，没有像这样见过面，却像相识很久的好朋友，一起喝酒一起聊天。

她的脸无疑是绝美的。可是他凝视她的眼眸，看到的是深不可测的寂寥。他感到呈现面前的是一件精美无可挑剔的瓷器，内部却有不能忽略的裂痕。这残缺形成一种真正的美，浑然天成，赏心悦目，但却令人心颤。

他认真注视她，为什么这么信任我。

她给他看她的素描：纸上黑色线条精准勾勒出少年形象，执拗的眼神，倔强嘴角微微上扬，单手环臂的寂寥以及对周遭人事的疏离感。

她说现在见到你，我更加确信。

那张画，画的是自己。是的，这一点苏铭第一眼就已感受到。单凭直觉可以将人把握得如此神似，这是你的天赋。他说。

加湿器的水烧干发出预警声，她走过去，把它关闭。空气里有潮湿雾气，朦朦胧胧间，外面阳光正浓，这里却有如月光林地般的安详。

他说，我们怎么会那么要好。

你忘记了，一个人常常暴露软弱很容易找到倾心的对象，是你先对我敞开的大门。

4

她给他倒酒，也为自己斟满。摇晃手中的杯子，橙黄的威士忌在阳光下折射斑驳倒影。

他说，弥语，不要再喝了，你的身体……

她打断他，没事的，痛苦在可承受的范围，现在我们只喝酒。

她继续说，从来没有想过会种植花草，大部分时间在虚度。你送的《魔山》已经读完。这本书，用一个精致的塑料书皮包装，摆放在写字台正中。她轻轻抚摸它。

她说，描绘的那个地方，的确是一座魔山。作者将主人公置于这样一个介乎生死之间的境地。

卡斯托普，不知不觉在山上一住十年，难怪他很快像其他疗养客那样，怀着冷漠的心情俯瞰和傲视平原上碌碌终日的芸芸众生。

现在我和他处境相同。当我站在花盆面前，看到泥土中爬来爬去的黑色蠓虫时，特意买来放大镜，观察它们的生长、忙碌，一种相似情绪由来已久。

她的脸上出现笑容，可是那笑容却犹如幽灵一般苍白。他有些犹豫，说，你应该关注的是作者借主人公之口说出的，为了善和爱的缘故，人不应该让死主宰和支配自己的思想。

弥语，高山和平原、动物以及捕食者，这些都该看成人与宇宙之间的联系，你错了。

5

话题没有继续，他们说起了游戏。她说，下个月燃烧远征就要开始，70级，我们还会再见面吗？

他没有理由让她失望。他说，你知道我的回答。

时间过得很快，夜色低沉。打开客厅的灯，霓虹光芒迅速充盈着周身，光彩夺目。没有接受弥语的邀请去吃晚饭，他站起身，准备离开。

她说，你可以留下来。

你知道我不会，若是如此，恐怕你会失望吧。

她的小小试探被拆穿，也不觉尴尬。陪他穿过清凉月色，路灯下，他们道别。她的表情突然落寞，之前话语仿佛是一层伪装，蝉声隐去，此刻所呈现的才是真实自我。

他想拥抱她，这近乎熟坠的身体，想象她的真实，以及接近泥土般的实质。她散发的谜一般的清香，什么都不做，他只是想象。

十年的时间，他第一次如此强烈地希望表达自己的立场，与这样的女子在世间某一刻结成同盟，是对还是错，在今后笼罩迷雾一般的看不见的未来。

他们分开时，她站在原地。走出不远，他心有感应，回过头问，你怎么还不走。

她说，我在等。

等什么。他说。

等你说告别的话。

你真是……好吧，再见弥语。

再见，她说。

6

卓凡接受长生的邀请，一同前往三峡，她有自己的考量。长生确实是有独特魅力的男子，接受这个邀请，仿佛是另一种形式的约定。

二十五岁，她要再一次旅行，跋山涉水，不想再独身一人。这双脚，所能抵达的远方是哪里。她说，无损于生命中的尊严，比什么都重要。白夜如昼，还是昼似夜晚。就这样悲伤地看着万千灯火，一盏一盏地熄灭吧。

挣脱原来的束缚，超脱出来就像蚕蛹化蝶。它的蝉蜕遗留在原地，翅膀带着失去枷锁的躯体飞往别处。

电视中一个特效画面，水滴以无限静止的状态凝固。下坠的瞬间，当积攒了足够的蓄势后，突然放开。最终以穿越无常穿越时空之永恒姿态，于寂静空气中，再一次回归原点，落向水中，就像流星穿越枯寂宇宙。

长生说，这便是我眼中的世界。深切的悲哀，以及深切的喜悦。就像他的文字，太过于深刻的爱恋，也许最终就是一种被沉默覆盖的破灭。

7

卓凡好奇地问长生，既然你想去三峡，为何先到开封。
他说，它是一切的起点，是开始。也许是仪式感吧。

之后他们坐火车前往三峡，绿皮火车缓慢前行，这是一个信息科技高速发展时代的最后存留，他珍惜此刻的因缘。其间他去网上搜集资料和攻略，征询她的意见，规划每一天行程。

他们的旅行将从宜昌正式开始。

根据网上的资料，三峡徒步的路线从青石开始，沿途会经过哪里哪里，但是如今水位上涨，早已淹没。换乘城市公交到三峡人家景区下车，然后他们再次坐摩托前往码头。等待下午四点的客轮，前往巴东县城。沿途风光无限，两岸辽远，江水浩荡，青山幽碧。其间他坐在甲板上读书，旁边几个人在聊天，涉及男女之间的情爱对错。

他闭上眼睛时他们依然在对话。讨论自身，偶尔情绪热烈波动起伏。

他张开眼，看着其中一人，轻声说，介意一个男人站在自己的观点说一些不同看法吗。他的出现不合时宜，他当然知晓。这个词语在宇宙中的本来含义，代表错误的时间和错误的地点相遇。但是冥冥之中就是有一种巧合，打破时间空间，超越人所能持有的心识意念，所谓命运自有安排。卓凡默默观察他们的对话，这真是一个特别的男子。

8

两岸猿声啼不住，轻舟已过万重山。渡轮轻易就越过了重重叠叠的群山。一只蝴蝶翩翩起舞，有当地人坐船去另一个县城办事，用竹篓将孩子随身携带，这种安然笃定在孩子身上让长生内心喜悦。母子血缘建立的联结，可以放心将一切交出。竹子编织的背篓显示出具有力量和天然的美感，没有现代的人造塑料和污染，用一层棉被包裹，简单柔软。人追求完美，而完美的东西是一种病态上瘾，所有会引起上瘾的事情都非良性。

因为上瘾本身就是一种病。持续的、深入的、隐秘的感染自身的坚持。他们坐了三个小时的客船抵达巴东。嗡鸣声缓缓停止，客船逐渐靠近。岸边灯火渺渺，水波荡漾。

卓凡和长生就近找了一家民宿，可以点餐在大厅食用。他们点了鱼香鸡丝、烧茄子、一碗鸡蛋汤、两碗白米饭，都是简单的家常菜。热气腾腾中，他们各自沉默下来，仿佛一面吃着东西，一面回忆各自的心事。

走到前台登记，是一间房还是两间？服务员询问道。他看向她，你来决定。一间吧，这样可以省下一些费用。她说。他们之前已经决定好，各自在这场旅途中拿出部分钱财作为公共花费，承担应该担负的，互不亏欠。这是他们共同的原则。

看着他将被子铺好，木板床刚好够两条棉被整齐并排。卓凡问，你一直这么会照顾人吗。

他说，我只是按照自己的方式对待事物本身而已。

时间尚早，她拿出手机玩起一款曾经下载的游戏，他在旁静静观看。她说，这是很漂亮的游戏。你需要帮助一位沉默的公主走出一个缤纷绚丽的世界，神奇建筑与几何体相结合的梦幻探险，它叫纪念碑谷。

他说，这看起来就像视觉欺骗的艺术。

你平常玩手机游戏吗。

不，从不。手机只是用来接收信息、听音乐以及查看资料。智能手机的功能实在太多，我只使用一些基本的用途，每个人的精力有限，不应该消耗在这种事情上。

他说，曾经下载一款交友软件——声音小酒馆。匹配陌生异性语音三分钟，如果互有好感就公开身份，头像关注欣赏，加为好友。他加了一个杭州女孩聊天，然后突然声音空寂，之后偶尔出现杂音，再不能交谈。

她说，没有再重新打开语音吗？
他说，没有，只是因为我把她弄丢在声音里。
因着一个软件，把毫不相关的两个人关联在一起，这是多么神奇的事。

仿佛一条湍急河流里出现的两条鱼，各自先后朝同一方向前进，在汇入大海那一刻与亿万生命交融，彼此永不可能发生交集。而突然出现的关联，有了继续的可能。就是这么一种微小的可能，好像命运一样存在着无限意义。

然后卸载它。现实就是，更多时候人只能往前走，却又不知前面有什么在等待自己。

9

卓凡分手之后，一个人的时间，就这样大片大片掉落下来。还没来得及绽放，就已凋零。也许是受到过伤害，伤口始终没有愈合，才会害怕受伤，采取防御姿势，不相信世界不相信别人。这颗脆弱的心，成长为世界的种子，再独自面对风雨之时，随时会夭折。

她说，我一辈子都忘不了。那一天他整了一个小晚会，12级会计专业和机械专业的所有学生的小晚会，然后，他就在台上唱《爱转角》，手捧玫瑰花，那花是自己一点一点叠的，他从台上走下来……当时我以为自己真的遇上了白马王子一样幸福。

他是什么样子，和我说说。长生问卓凡。

他啊，俗世中一般男子的样貌。中等身材，微胖，面目平常，小眼睛，有细长眼眉和睫毛。他曾说自己像他的母亲，经常穿宽松的 T 恤，因为常常喝啤酒碳酸饮料，小腹已微微隆起。笑容很温暖，露出大颗洁白牙齿。皮肤不是很白，长期日晒，留下长久阳光的痕迹。

长生问，后来呢。

当她提出毕业结婚的时候，他选择出国深造，他让她等他。她等了一年、两年，然后三年。他们最后一次见面，他仍旧像之前希望的那样，于是她提出分手。

她说，长生，你知道吗，我的爱是在这三年时间里逐渐熄灭下去的。你知道国外是多么的开放，我早已等不下去。一个女人有几个三年可以这样磨损下去，永无止境。电话铃声不断回响，时间久了，声音自然而然重归沉寂。

10

他安静地聆听着她的故事。他当然有理由相信，世间有人无法企及的绝望。就像在梦里他会飞，却总是有电线缆绳布满天空，始终无法做到真正自由自在地飞翔。

希望被珍惜，是人心中最珍贵的种子。而爱，可以让这颗种子成长起来，时间却是这个世间最孤单的想念。

她说，可是如何确定一种选择而不会后悔。

他思虑良久，说，选择真正的含义，是要用承担选择的后果来体现的。

她说，你都不知道我对他有多好。他的家庭条件不算好，那些年在一起时给他买东西，请他吃饭、看电影，可是即使这样，依然留不住一个男人远去的心。身边的朋友劝说我，应该让他花钱，不能太过主动。至此心中一直留有疑问，是不是方式错了。

他说，你觉得应该让男方主动承担开销吗，需要他送你名贵礼品？

她说，也不是要东西，其实男人对你投入越多，可能就觉得以后找别人不合适。

他说，这一点我赞同。这一点黏稠连带着的皮肉似乎就是一点一点物质上的累积，堆积得多了，反倒像一座山一样压到自己身上，让自己走不开。久而久之，他会觉得你就是他的一部分，是属于他的。所以，也就无从分开。

对她来说，也许世界的本质是痛苦。各种各样的疼痛轮番上阵，演绎了活色生香丰富多彩的人间闹剧。她问，为什么不是由喜悦和爱构成这一切。长生说，人在爱着的时候，在快乐中看不见更多。眼睛被愚昧蒙蔽，感官迟钝。爱和喜乐更多的时候如吗啡，并不能带给我们更清晰准确的认知。而人沉沦于困难中看到的唯一真相是，时间凌驾于一切之上，深不可测。

11

那一年，卓凡去爬华山。那一年是她必须面对的人生低谷，她迷上爬山。在精神高度集中下，把感情分隔出来，看着它在笼子里化成野兽横冲直撞，最终消亡。带着必死的一部分，血肉模糊，逐渐破碎。心某一处成为空洞。然后新的东西经过时间，涌现覆盖重复轮回，淡忘缝合。由此她看到，这就是我们常人的情感模式。通过充分运动，把残余的力量耗尽，为了能好好睡上一觉。醒来时忘记自己，然后在清醒后的一分钟里重新确立自身的存在。

那些你以为的还是以为的那样，那些真实发生的继续在路上，岁月被创造出来就是为了让人忘记流年。

有段日子她频繁掉头发，早上醒来，发现枕巾上有大把大把的头发，浓密茂盛，像是一束束细小火苗，簇簇燃烧，仿佛来自黑暗中的火焰，从她身体自动脱落，划清界限。而她为了更好地前进，还会生出更多的发丝。黑色的海藻般头发，随风飘散，狂舞的黑焰。

耳边是深夜里最真实的声音，那个声音对她说：世界的本质就是人的本质。

她买了一张单程票，力求突破内心的边界。她知道在她成为自己以前，心必须彻底毁灭一次。

在华山一处泉水边看见一群蝌蚪，泉水自上至下流淌，蝌蚪竟保持静止，发现一种对抗下平衡的美感，或者水面奔流，水下原本就是静止世界。

那些茂盛植物，常年生长，应该是幸福的事吧。她想象自己前世是一棵树。

人是在什么时候变老的，也许爬山的时候就老了。体力逐渐不支，她喝了很多水，液体在身体中自行吸收，维系某种平衡状态。

七分裤下小腿部位被蚂蟥叮咬，热心的人帮她取出。去休息处找工作人员借来打火机，火焰让蚂蟥收缩，啪的一声掉落。她不忍它的死亡，阻止别人的脚落下。用石头将它挑起，放在安全的草丛旁。

继续赶路，石阶在脚下发出清脆回音，蚂蚁在崖边前进。眼前所望，一片苍白。人在受伤中才会成长吗？直到最后心里也只剩下了"喜欢"这两个字。这是曾经时间确认过的感觉，再无话可说。

12

一次坐公交车，他坐在座位上，迎面来了一个女子。也许出于习惯，坐在他旁边。汽车快速向前行驶，带着有力而呼啸的风。他偏过头对她说，让我猜一下你的职业。猜对了就答应和我看一场电影，如何？

没有过多犹豫，她说，可以。

我猜你是护士。

她露出吃惊神情，并问，你怎么知道。

他说，我闻到一股很浓的消毒水味道。

她说，那也有可能是我刚从医院出来。

是。所谓猜测，不就是有赌性在里面吗，错了，又不会有任何损失。

长生对卓凡讲述这段经历。也许拥有这些矛盾、困惑、不解，内心深处终将错落成另一个有序世界。

第十二章　回归

1

　　他们的路线随性，并没有采用旅行攻略上推荐的方案。第二天从巴东坐船，到达培石村时是上午九点，上岸休息，下午一点三十分准时在岸边集合，前往神女峰码头。

　　培石是一个很小的封闭村庄。岸边一些骑摩托车的当地人招揽生意，拉游客前往住宿和饭店。他们的年龄看着都很年轻，淳朴，皮肤晒得黝黑健康，充满活力。长生和其中一个人讲好价格，他会载着他们去附近的餐馆吃饭，然后准时送他们回来。

　　点了摩托小哥推荐的江鱼，还有一些自家栽种的绿色蔬菜，腊肉。他们邀请他一同用餐。看着摩托小哥憨厚的样子，卓凡和长生会心一笑。

　　时间安排得刚刚好，吃完饭，带他们围着村子绕行一圈，送到岸边，等待客轮。其间小哥多次拒绝他们递过来的钱，并感谢他们邀请他。不再坚持，最后合拍了照片留念。

2

清晨醒来,抬眼望去,窗外绿水青山,连绵不绝。绿色是江水,淡蓝薄雾,山就隐藏起来,时而露出容貌。他由此获得一种孤独体会。卓凡看见长生继续趴在窗台写写改改,似乎从她见到他那天开始,他就一直在写。她产生好奇,轻轻问他,似乎带着某种神圣意味。你是作家吗?

他笑着说,不是。并不是一个人具备了什么因素就能够成为什么。

那个伤口,即使阳光照着都会生疼。他在梦中仅有一次,梦见了她的死。他知道,如果没有闲,自己一辈子也不能变得更好了。

越来越接近一个真相。心理和身体反应的状态是:亢奋,紧张,激动。

神女峰在迷雾中逐渐显现,天上人间。歌谣里,唱不尽的缠绵悱恻,道不完的爱恨纠葛。雾霭苍茫,一片仙境。码头民宿的老板介绍山峰的来历。神女峰,又名望霞峰,是巫山十二峰里,最高的山。相传是巫山神女瑶姬的居住地。

慢慢地,他们走到峡谷深处,那里更接近水的源头。谷底多是羊齿类植物,它们大都与苔藓伴生而长。漆黑铁树坚硬如石,穿透泥土和一切阻挡,高高生长在岩石崖边。她仰起脸问他,长生,你说电视剧中的景色,那些美是真实的吗?

它们经过滤镜虚化修饰。种种过分渲染的画面,人却要为之惊叹、向往。她的内心唏嘘不已,只觉得如此荒芜。

她在路边拍下一只蝴蝶。她说,我没有看见过这么大的蝴蝶,它那么洁净美丽。他看见她的眼里有盈盈泪光,他的心猛一颤,感受强烈。

水呈现深绿,更像一块线条优美的条形翡翠。一经流淌,就会发挥自己的本性，这是水的天性。而人在职场流露出来的大多是：产出比、产能、流水线、操作工。像是一架巨大机器设备的一颗螺丝钉，坚硬、顽固、易碎，随时可以更换，头脑一片混乱。

3

有当地人盖了茅草屋，门边堆放杂物及柴火。因为昨日下雨，空气异常清新。木柴有些被雨淋湿，因此更加深了叶子的纹路。

他们随身带了火腿、馒头，以及腊肉。门口有个野炊台，现成的工具。万事俱备，他建议在此处野炊，正好休息一下。从山上远眺，群山环绕中，江水滔滔，连绵起伏。又仿佛这片天地是一个巨人，水是环绕的手臂，山是绿色新生的婴儿。

吃完食物，他们往山下继续走。长生的神情不在状态，似乎生命力通过笔和文字发生交换、替代、转移、接轨，成为这个故事的养分和内核。

长生心生恐惧，一瞬间出现精神恍惚。山崖就在旁边，他的身体突然出现倾斜，向左倾倒。卓凡一把抓住他的背包带，下坠的力太沉重，以势不可挡的姿态，她只得迅捷坐在地上，用身体做赌注，所幸险胜，止住长生滚落的趋势。

长生惊魂未定，在崖坡躺了很久。天空云朵岿然不动。头的上方延伸出分叉的树枝，带着翠绿枝叶，茂盛浓密，悬崖下是浩荡流淌的江水。有那么一瞬间，长生突然心底不可遏制要回去找闲，在完成这场旅程之后。

无法预知相逢，人在不断前进中总结，而后成长。如果有人问，故事的结局是什么，也许这就是答案。是闲教会他的，心怀仁慈，而有担当。

这几年，他是踩着这些黑暗的伤口一步一步走下去的。至于那些血色脚印，又吞噬时间追赶上来。良久，他坐起身，认真对卓凡说，我欠你一条命。刚刚躺在地上，青山碧水，蓝天白云，悠悠岁月，他想起一条古老的箴言，不要小看任何一座山，仿佛再看一眼就要将这个世间遗忘似的。他说，我们走吧，下山。

这些高山沿路开凿出来，承载了多少脚印和重量。但是这些来来往往的生命，经过之后各自消失，不会再记起。也许他们会觉得，它们的价值，也就是一张景点门票的价格，无所谓。这些无关紧要的心情分化裂变无数次，也不能组成一种实质存在。他转身看了最后一眼。

4

只愿他的文字能在世间流转，拥有力量。可是一个人的文字是否具有力量，重要吗？也许并不如想象的至关重要。但他依然要为它前行、寻找，就像他所背负的生活一样。这不仅是自己的，还是她的。

苏铭希望长生把他们的故事写下来，然后顺其自然。他说，我不怕死亡，只是怕被遗忘。我只有你一个朋友，不要忘记我。

疲倦地入睡，很微弱的白炽灯打在脸上，眼前是无边的黑暗。不知道身在何方，每一天等待的又是什么。

人在永久之中，还能选择做些什么。他说，我似乎也开始听见窗外落雪的声音。这纷纷扬扬的飘落，受引力影响，一开始就成为泡影般虚假的自由。大气和风在其中到底扮演了怎样的角色，避免了垂直的下坠。才刚落地，便生根一样属于地上的任一种物体，并用永远束缚，无始无终。

是的，我知道，我听见黑暗中雪融化的声音。寂寞，寂静。

黑夜是在下一个瞬间跳跃某个边界变成黎明的，六点四十五分，她察觉到了这一刻天空的变化。犹如孩子哭泣时脸上的表情，突然露出笑容，原来它可以表现得如此单纯。天空从淡粉变成橙蓝色，她坐在窗边，看着白色单调的帘幕犹如幽灵一般微微游荡。

　　她回头看了一眼熟睡中的男子，远远望去，犹如悄然无声地读着一本文学名著，生出一种奇异感。在陌生的地方，与陌生男子同处一室，没有戒备之心，像是万物开始之初，两座山峰沉默无语，遥遥相对了无数年，沧海桑田之后再次遁入尘世相逢的莫逆，一切都是水到渠成的契合。

　　他的过往，她并不了解，看着他一步步向她走来，仿佛看见他的身体某个位置打开一扇门，内里发出呼唤。来，快来了解我，不要丢下我，让我继续留在阴暗角落……他的声音掉落深渊，与什么一起被带走。那一瞬间，她决定与他同行。

　　清晨，万物都在慢慢苏醒。从昨天就在此居住的木屋里放眼望去，窗户缝隙隐隐约约闪过，风刮进来水流动的声音。那些曾经的人的模样越来越远，仿佛眼前一场纷纷大雪过后，动物在厚厚雪地上寻找足迹。她看着眼前这一切，要么完美无缺，要么损毁彻底。心用了那么多的时间去缝补裂纹。

　　她对长生说，很多年前，在商场一家服装店门口摆放了一面铜镜，在她随意游逛时，一眼看到了它。仿佛某种吸引，卓凡在长久凝视中似乎观望到了自己的前世，就像她一直以来做的梦那样。

　　在梦中，她知道自己是一棵树，一棵活了许久许久的菩提树。年幼时生长在一片肥沃的热带雨林中，扎根于黑暗的土地。越来越深，曲径通幽，旁枝末节直到地心深处。像是倾听世界的回声，黑暗中隐藏着无尽奥秘。树叶像拍手一样发出不均匀的节奏，有时还会暗涌般浮现潮起潮落。就是这样一个日子里，特殊时刻，遇到他。一次偶然，被人类带离出去，移植在红尘间，自此生根成长。多少春秋寒暑，当她长到直径一米、高七米时，当初带走她的那个男人早已经子嗣成群，儿孙满堂了。而他自己，却垂垂老矣。又过去了几年，她默默看着他离开人世。

　　她的心感到悲意，可是她有心吗，她只是一棵树，她的近旁有一个湖的名字总也记不住，拥有深邃碧绿的湖泊，让人望一眼便深深沉醉。总是需要在稍纵即逝的记忆回廊里不断地确认，也许前世太过于熟悉，以至于命运在如今强加了束缚，为了让人彻底遗忘。因为它是不被允许的存在。

她说，也许这种存在不被允许，它是属于秩序的事。她诉说的时候眼睛过于明亮。凝视面前深渊，黑暗自她看不见处伸出一双手。心脏被紧紧攥住，身体动弹不得，而只有一瞬间。她如此形容。

若干年之后，那些曾经见到的人都不见了，她因此得知他们的逝去。

时光始终在向前推进，无始无终。当她两百多岁时，已经长成十几米的巨大古树，枝叶翠绿茂盛，微风摇曳间，仿佛波涛起伏。卷入战争，有士兵想要砍伐做工具，被指挥官制止，那个人说，这样令人敬畏的植木，若用来杀戮，未免可惜。她得以幸免，之后的瘟疫，她仍在生长，仍然是壮年。现在，她已经五百岁了，见证了太多的人事变迁、沧海桑田，而她还要继续下去。

这么渴望一个人，一个人的出现，带着她离开这里。她已经彻底厌倦了，厌倦了这儿的一切，而她也清楚地知道自己哪也去不了。脚下的根纵横盘桓，为了吸收更多水分和营养，已经盘根错节至地下几十米。哪里也去不了，无法交谈，日复一日年复一年地重复着每一秒、每一刻、每一天、每一年。好似这些终于可以坚硬地活下去，像一株千年古树，不死不朽。只是一直苍老下去，不知天荒，不知地老永无羞耻地活下去。

她只是一棵树，很多时候根本无法回头去看。她很想有一颗心，这样就可以和人类一样感受世界了吧。

那个人临死之前看望她，对她说，如果我们有缘，就会重逢。即使过去无数年，即使肉体灰飞烟灭，即使将要穿越的黑暗漫长而艰辛。灵魂，灵魂也会以无比澄净的状态在不可知的未来相遇，那时，请记得给我。

她相信了他，也相信了他的话，她一直在等待。

卓凡醒来的时候，脸上布满泪水，仿佛不受控制般，心中悸动。那不是悲伤的过往，而是温暖的无限遥远的记忆。

是的，她梦见的正是自己的前世。她曾是一棵菩提树。那无数次的衰老死亡，几经轮回，她看见自身。湖泊碧绿的水面风平浪静，岛的中央有一棵参天大树，周围芳草萋萋。这一刻，终于，她得以见证了她自己。

5

因为命运遇到了转折点，人生急转而下，仿佛河流被强行修改了路线。一路逶迤曲折，然后看着孤独胜过虚空。

卓凡说，人有时候特别傻。在一起时不知道彼此相爱，一定要在分开之后才能看得清楚。

怎么，后悔了。也许在一起时，两个人是盲目的。分开之后那种过分依赖在时间面前显示力量了，那种撕裂拉扯纠葛会慢慢涌出来，像一口泉眼，夜里能听到咕咚咕咚的心跳。

她说，不被爱其实很容易习惯的。一个人看电影，一个人吃火锅，后来连玩手机都是一个人，然后在刷到好笑的微博的时候一个人欢笑。没有回应，也没有陪伴，慢慢地就知道该怎么保护自己，和陌生人保持距离，在别人示好的时候往后退一步，牢牢地把世界圈死在没有第二个人的范围里。麻木了，也就不会难过了。

内心深处清楚明了，知道是错误的，却想把错误一直走下去，看到它从出发到结果。

人这一生要凑合和将就的东西实在是太多了，这样疲倦。她说，分手之后，一直无法正常睡眠，服用安眠药，留下后遗症。长久地失眠，只能选择默默承受。

长生说，最好不要吃安眠药。采取适当的措施，比如对症下药，中药调理。有一年我就是因为吃大量安眠药忘记了很多东西，直到现在才慢慢找回。

她说，你可见过北方冬天的大海。

翌年二月，突然想去看海，不可遏制的念头。她坐大巴车在山海关下了车，那时没有直达北戴河的长途客运，然后打车，十八公里后抵达目的地。她下车，在一阵寒风中瑟瑟发抖，搜索附近民宿，步行两公里，走到最近的一家。

因为是淡季，屋外大门紧闭。她打电话确认，然后有人开门。她是唯一的顾客，五十元一晚。如果开空调，需要另加十块钱。即使这样，夜间依然很冷，干冷。

后半夜，窗外听见咣当一声脆响，空调在电压过载中跳闸。仿佛在大风呼啸的洞穴深处，独自度过了寒冷孤独的一个漫长冬夜。

海边没有一个人，没有飞鸟，没有生命迹象存在。偶尔会看见汽车经过，似乎都不愿停下一秒，快速穿过。

他说，之前看过一部电影，影片最后，小流氓头头对男主人公说，都是小人物，活着就好。是这样啊，人被碾碎在地，烂成泥，肉体的卑微向往更广漠的宇宙。只要活着，就有希望。

6

酒精让很多东西成为背景。他的面前突然浮现一个巨大的天平，仿佛所有的缺失忍耐悔恨伤感都被遥远地放置一端，而它的另一端，是不可名状不可言喻的重要时刻。

卓凡说，你穿越了狼群。荒凉，无边黑夜，今后还有什么不能度过。最终他们彼此凝视，他沉默良久。那时狼王选择放过他，是不是源于他身上的深沉死意，知道有些动物不吃尸体，它们那一刻是不是也觉得他不似活物呢。

某一刻长生注视着前方碧波江水，目光冰冷，没有温度，仿佛及天弥地的苍茫连同空气为之冻结。但是转身的下一瞬间，他眼睛微微眯起，阳光暖暖。

他这些年拼命往前走，相信自己坚定信念，把所有痛苦、所有眼泪都甩到后面，直到它们再也无法追上自己，最后连影子也追不上。

7

巫山是一个很小的县城，小到即使用地图导航放大五十倍，依然只显示很小的一个方位。从客船下来，长生用手机直接导航到一家民宿，岸边有人力摩托，五块钱送到门口，民宿楼下是餐厅。

民宿坐落于长江边，门前需经过一条走廊，漆黑中远处有光亮。窗外能看到江边一路逶迤，笔走龙蛇，气势宏伟，临近一瞬间有微微水汽。

晚上，他们走到外面。风从遥远的地方吹来，带来水泽丰润。星光明朗，借着月色，卓凡偏过头，望着长生。仿佛第一次认识他，她说，也许，许多年之后，我会想和一个人出去走走，选一个安静的晚上，找一条小溪，就在溪旁慢悠悠地走着，听着耳旁潺潺流过的溪水，感受迎面拂来的微风，还有那偶尔响起的三两声虫鸣，都使得夜更加的惬意。我和他就这样静静地走着，没有只言片语，我总喜欢撇过头去看，看他的发梢随着微风摆动，看他在月光下的笑容，一切都是那么的美好。我和他就这样走着，直到某一刻，我看看天上的月，再看看身旁的他，然后轻轻地说，其实，今晚的月色真的很美呢。

他们路过小酒馆，偶然看到挂着精致镂空灯笼的招牌用描金瘦金字体写着：不见迟早消失的人，不竟未完成的事，不去到不了的远，只想和你虚度时光，在路边小馆里，吃一碗面。

字体镌永，笔劲苍遒，在他靠近的时候，有凛然触觉。

她说，长生，你有过喝得酩酊大醉的时刻吗？

她说，有时觉得喝醉是一件好事，不会让你记住做了什么，但会让你记住感受到什么。我想，寻找另一个人的意义可能在于，使自我的平凡生活多出一分期待。

卓凡驻足小酒馆的门前，近乎痴迷地看着前方，又仿佛观看一场华丽炫目的表演，那幽静深处藏着的，究竟是什么。

她说，我喜欢这个灯的样子，仿佛无形中隐含某种形态，不知怎的，会产生一种怀念。

长生说，那我们进去坐一会儿。说完率先为她把门推开。

小酒馆里只摆放着四张桌椅，是坚实木质的结构。除了他们还有另一桌客人，坐在并排对着门口的位置，仿佛是出游的情侣。看到长生和卓凡进门，停顿一下，随后又低下头低低地聊天。

头顶的白色灯泡雪亮地照着，晃得人眼睛睁不开。生意惨淡，店主却毫不在意。上前安排他们入座，坐在年轻情侣的身后。

点了农家自酿啤酒和白酒，小吃配薯条锅巴。店家送了一碟小咸菜，看不出来是什么种类，可能是当地种植的蔬菜。

长生打量墙面贴满的各种图片，被其中一张吸引。确切地说，是上面的一首诗：

远看山有色，近听水无声。
春去花还在，人来鸟不惊。

心是需要参照印证的。被其突如其来的直觉锁定。它所唤醒的是对古典诗词的思绪。

他说，网络对现实的冲击巨大，太多的东西消失在时代潮流中。书籍渐渐淡出视线。很多实体店艰难运营，甚至关闭。那么多人认为知识存在于互联网中，需要时可以随手查阅，以为任何问题都可以迎刃而解。

拥有这样的意识是何等危险，也许用不了多久唐诗宋词就会成为孤本秘籍。再过若干年，人类科技实现机器智能化，那个时候我们丧失的可能就是情感，人与人之间隐秘的微妙不可言的喜怒哀乐。特殊时刻，他的某种敏锐直觉做出警醒，为了认清自己。

他不知道说了多久，身体流失的热量在食物中慢慢汲取、补充。

她说，通过交谈可以看到别人所看到的、所察觉到的，你将拥有别人的视野。现在我终于明白了。

在这个世界上，总有一些人具有某种灵敏直觉。他们不经意间的言语，具有强大预见性。在曾经的历史中，他们有特定的名称 —— 先知。那是可以跟天地之灵沟通的媒介。有那么一瞬间，卓凡想到了这些。

老旧电视机在角落里嘶嘶发出干扰般的声响。看到一个专题片，图像是沙漠和大海相连，给他带来一种视觉的冲击，不知为何有一种说不上来的意味。它转换成某种感受，在他的脑海里存在了一段时间，然后消失掉。人在寻找的路途中到底有无可能接近真相，实质一般的真相。

窗外，夜色兀自流淌。这样的夜色，今后要面对多少次。也许这样深邃的黑暗才是这个世间最真实的面目。

他说，我害怕终有一天变成一个自己都不喜欢的人。

她说，心地善良是最好的武器。我这样理解的：首先，心地善良，可以让你足够坦荡，在你心里，全世界都是朋友，没有各种局限，如果硬说要有一个角色，那就是，大家是一个物种，是同类，是朋友。

当你心里面向的是全世界时，对你来说，也就没有了额外的限制和障碍，这样，你就能很充分地展开你的生命力，拥有足够强的战斗力。

如果心里阴暗，有芥蒂，首先会限制你，这已经吃亏了。如果你还不够强大，你会自我怀疑、自我否定、自我攻击、自我伤害。

所以，我觉得善良是一种能力。

本来，每个人都有这种能力，但有时候在成长的过程中，由于种种原因，却丢失了。每个人，终其一生，只会成为自己，也就是让自己的生命力得到足够展开。

山隐藏在更浓的黑暗之中，只是更加沉寂了。

他想，终于有一天他能理解这些寂静之美，内含丰盛的完满和喜悦，觉知它们的内在与万物关联，如同薄雾笼罩下的镜湖。

8

她说，我们为了走更远的路，付出了多么大的代价，以至于最终失去了爱的能力。寒冷的乡间夜晚，两个人走在午夜大街上，四周幽暗，唯有风贯穿身体，呼啸而过。

他给了她一支香烟，最后一支留给了自己。两个都不会抽烟的人，装作抽烟的样子。瞧，我们真傻。他听见她说。喝了当地白酒，52度，是半醉半醒的状态。

光与光交互融入黑暗，夜色朦胧。时间既不会往前，也不会向后。它不是河流，可以由着高处流淌。所有觉得时间是在整日整夜运动的，都是错觉，它甚至不存在于空间。蜜蜂流连于繁花丛中，人醉于流光溢彩的时间洪流上游。

她偏过头，让风盘旋从发丝流连，借着月光，卓凡的脸上微微迷蒙。说到爱情，我只想到死有余辜，就好似人间的日子不值得，倒像是熬出来一样。

卓凡在一棵三人环抱的粗壮树下，目光闪动，然后他看见她做出奇怪动作。她用额头轻轻抵在树腰，手轻轻抚摸纵横交错的树皮。

他问，你在做什么。

跟它打招呼。她说，我相信任何古老植物都具有完整的生命意识，它们有思维，就像人们相信古玉通灵一样。既然石头可以埋在河床下千万年得到灵性，那么这些古树一样可以做到。虽然没有在世间存在如此久远，但它始终沐浴在阳光之下。太阳赋予万物生机，需要的条件不同，结果注定迥异。所以我们是人类，它是植物。

他静静看着她，充满活力神采飞扬的样子。他轻声问，卓凡，你可有信仰。

她摇头不语。

她说，我们之所以存在世间一定是为了和别人见证一些什么，共同分享某一刻。我们相遇，然后错过、遗憾、怀念。

她问他，你很喜欢阅读？

他说，我想我是一个有饥饿感的人，而阅读恰恰犹如人进食，也许文字是养分。为了更好的生活，人试图改变，越来越试图接近一个原点。

看过一个故事。那个忧郁男人每一次心情不好时，都要在午夜的海边站着抽上一支烟，看夜色中的海水一遍遍冲刷海岸线。烟头在风中明灭不定，然后熄灭它，他才会开车离去。

长生说，若不是重新回顾一次他的文字，恐怕他就要永久地遗忘下去了。人也是如此。

卓凡心有感慨，发出轻轻叹息。她说，有一回我和两个朋友约去唱歌，就是那种 KTV 里烧烤欢歌。给小青送行的时候，大家在那种灯光交错、推杯换盏中，彼此聊天，做最后的话别。我问小青，你要回老家了？她说是。我说，你会消失吗；她沉默不语。然后我接着说，也许我也会消失，如果我结婚，我会消失。如果我的求职被拒，我也会选择消失。

原来生命中有那么多可以消失的事还有人。我们就这样笑着笑着，不自觉流下眼泪。大口大口地痛饮杯中酒，酒精辛辣刺激，心怦怦地跳。那一刻，仿佛每个人都在对彼此告别似的。除了用于宣泄的眼泪酒水，再无其他。

卓凡说，可能有些人就是会这样消失不见。

有些人就是会这样消失不见的。此刻，良辰美景，且度今宵。

她说，人是被习惯打败的。而最终也要习惯生活，习惯生活中的孤独。还是要回去。

卓凡轻声问，长生，你的愿望是什么。

他说，死于更好之死。因为最终成全你的，也能成为你自己。

9

卓凡半夜醒来，小腿肌肉突然痉挛，剧烈疼痛，大口大口喘息，额头冷汗淋漓。即使如此，也没有发出过多声响，她不想影响到他。台灯被打开，他在旁边另一张床上转过身。看到她的身体僵硬，不敢动弹，依然咬紧牙关。

他说，是腿抽筋了吗？看着她轻微点头，便扳起她的脚，拉直膝关节，这样坚持了几分钟，终于好转。

她缓缓挪到窗台，拉开白色窗帘。窗外路灯下，大雾弥漫。能清楚看见它们从天降下重叠一起的姿态，神秘而骄傲。这个晚上他们静静看着窗外，再没有交谈。

10

第二天和船家商量好了价格，在夔门租了快艇，这是最后的水上路程，平缓开阔。他们动身前往奉节。

雾从身后涌来，想起电影中的场景，也是突如其来的一场雾，灰茫茫望不到边际。

混沌不堪的世界，使人轻易联想起永恒，突然内心一片虚无：来自过去的复仇，随着一个特殊人物的到来，带走一些人，使活着的认识错误、清算、损毁、真相大白。当所有的罪人都得到应有惩罚，主人公找回失去的记忆时，大家心愿得偿，小镇恢复原状。结局是恶人以死获得救赎，死去之人以恶者之死获得安息。

特效场景用干冰制造烟雾弥漫的效果，在这里雾气是空气在海面水平流动生成。暖湿空气移动到冷海面上空，底层冷却，水汽凝结，形成平流冷却雾。

会不会突然出现这样一个幽灵，对他伸出手。怀着这样的警醒，在这种物理现象中穿梭，并不觉得是可怕的事，一切都是顺其自然。

有那么一瞬间，他隐约看见闲是怎样回到那个叫作莲池的地方，又是怎样被它束缚。要如何苛责这美好的洞察。地平线的尽头，长生长久地凝望这直冲天际无边蔓延的黑色翅膀。他听见她低低呢喃，看到大风如何贯穿她的躯体，以势不可挡之势。她在寒冷凛冽中颤抖，却毫不动摇。仿佛自身处在河水下游，耳边充斥巨大轰鸣声。面前出现一扇门。推开它，迎来崭新世界。黑暗过去，光明必来。

那么多年，似乎有了答案。他又看见未来很多年之后的相遇，那样百转千回，尽在不言中。没有眼泪，没有伤感，没有遗憾，只是释怀。

卓凡说，一个人如果独自旅行，心里一定非常寂寞，想要了断与世间的所有过往，但是在路上，又渴望着重生。她说，如果这样的两个人相遇，那么他们一定会在第一眼就认出对方。这是他们的直觉。黑暗中遥遥相对的明亮灯火，阑珊处期待一个人的蓦然回首，他们一定会成为彼此最好的旅伴。

她继续说，人的一生那么短暂，匆匆数十年，所以尽力去感受，在灵魂上留下深刻印记。一个地方的停留不是巧合，仅仅是对的时间里遇到正确的那一处，而此处刚好与内心的沦陷相吻合。

就像开封曾是一座不断损毁重生的城市，每年大量涌进的人口，助力这座城市的建设发展，脚下却是一层一层随着岁月战乱洪水更迭剥离开来的废墟。

他说，顺着当下的际遇流转，你会遇到一个人。而看到美丽风景，也算了解它们之间的发生。

她说，长生，你才是那个特别的人。

他说，只是一种人所能选择的对待时间的方式而已。就像血液流下，瞬间变成沉默的精灵。灵魂往上，是泥土在沉淀。

船在航行，水光山色，人在画中。世界就像一片静止的墨色剪影。

11

最终人们不再相信奇迹，奇迹也不再眷顾人类。仰望夜空，群星隐藏在厚密云里、雾里，月光惨败。

是的，我失去了你，失去了猎物，就什么也不是。

让你说对了，伊利丹。当猎手追到了猎物，也就是失去猎物的时候，我什么也不是了。

没有开始，也没有结束。一些顺其自然，多好。

如果不是月神殿前的誓言，我就不会那么想穷极一生捉拿你，为了洗刷一次微不足道的失职。浮生有限，执着可恨。真的是太匆匆。

从艾泽拉斯到影月谷，多少路程，多少寒暑。此生如幻，唯一让我觉得真实的，就是我追赶你的途中。建功立业，声名远播，真的不是我的本意。

赢了那些又如何？我只想追逐你的脚步，可是你的离去是我最彻底的失败。

事事如潮，淹没了所有的爱恨情仇，只有彼岸的花开，依然像他或她纠缠在一起的殷红一样触目惊心。

日影飞去，王朝西斜。

归宿。

她对苏铭说，我的病好了。真是奇怪，当我内心做出某种承诺并付诸行动时，多年来的苦痛竟消失得无影无踪。清晨醒来，身体一下子轻松了，仿佛沉沉睡去许多年，重新苏醒，呼吸到新鲜空气，身体细胞再生了一样。这是我遇到的唯一一次真实的奇迹。

他说，也许你的病本身就不存在，它只是一种臆想，一种使你和周围人分割开来的过于孤独的自我保护。

她说，也许你是对的，但一切都无关紧要了，我已经获得重生。你呢？

对于弥语的离开，他不能原谅。不知为何要独自承担这隐秘自责的痛楚，渴求完整。

一段感情的开始和结束，必然因为什么而带走什么。此刻苏铭眼中洞察到的黑暗物质和存在宇宙中的永恒是同样质地吗？而一切有因果的事物，最终成全了因，还是求得了果。她说，不出意外，明年我就要结婚了。他沉默良久，所以你已经找到那个正确的人了？

没有。她说，他还没有出现，不过，我已经有预感。苏铭，留给我们的时间不多了。

还有，你以为忘不了的，最后都忘了。时间就这样过去了，仿佛时间是一切的真相。

他知道有一天，他会死于自杀，不是衰老，不是疾病，更不是任何来自外界的危险。如果现实是牢笼，无力打碎，他自己终结自己，同样关闭轮转的通道。

12

长生说，总会梦见在去拉萨的途中，高山海拔、雪山，每一个经过的地方，每一个。青海湖、橡皮山、茶卡、格尔木、昆仑山、唐古拉山、小唐古拉山、念青唐古拉……这些名字他通通都记得，那十二座 4000 米以上海拔的险峻山峰，汹涌湍急的澜沧江水，长长延伸仿佛无限尽头的吊桥，几经流年的界碑。

如果有人问起他的感受，他也只会说身体在地狱，眼睛在天堂。与那些藏民眼神交汇错身而过的瞬间，会产生真实的情感交流。

即使只是短暂的 1/10 秒，也已足够。理解他们的生活，同时也就理解了这片土地，他们之间的故事。

他们的眼神直接有力，即使脸上布满皱纹也无法遮盖发自内心的真诚微笑，淳朴善良是与周围环境融为一体的质地。

遇到一个外国学生，他说他叫萨沙。简单交谈，长生问他，你在旅行时最重要的是什么？

See all（看到全部）。他说。

前面远远就看到奉节。从渔船上下来，登上岸边，脚下便是奉节的土地，与世界各处的土地并无不同。他们穿过一片老旧住宅，摸索来到闹市区。下午四点，天色昏暗，小雨拂面，凉丝丝沁人心脾。吆喝声不绝于耳，顺着鱼市远远传播开来。长生和卓凡几经打听，走到小巴汽车公交站。9 路汽车的终点站，他们乘坐它驶向新城。

奉节是座老城和新城的结合体，老城人口密集，房屋破败，老年人为主要人口，是真正步入老龄走向衰败的集中所在。

小巴车在颠簸中前行，玻璃窗更加深了外面世界的阴沉。雨打在车窗上，显示凌乱的轨迹。长生头枕着背包，看着汽车沿江岸在山路穿梭，内心再一次感知疲倦流离。

13

有时生出黑暗是比光明更加重要的觉察，眼睛只会在黑暗中寻找微光，它是本能，而只有本能，不会遗忘。无论过去了多久，都是刻在骨血中的烙印。

苏铭说，你走以后，你的声音，细化成一条线的轮廓。飘荡在风中，凌乱了夜晚的月光。

手机屏幕隔着彼此虚幻的距离，我们小心翼翼，如同心有猛虎，细嗅蔷薇；如同高城望断，故人长绝。

我知道，如果相爱，再远的距离也会回到对方身边。

只是，从今以后，我知道，我们不会再相见了。

存在是多么让人发狂的事，宛如此刻，那些事件大多就像一场噩梦，捕风捉影，煞有其事，然后又快速销声匿迹。等到沉淀足够长的时间之后，再回头去看，它们终于成为一道道深浅不一的疤痕，失去本来面目。

一个接一个的故事，历经艰辛想要汇聚，但在中途却燃为灰烬。两个人的关联，终究会生出一些别样理解吧。

14

此刻的汽车在隧道的黑暗中穿行，若不是空间将每一次的目的地间隔出来，人就要迷失在这混沌中虚空无着，并且永无止境了。

仿佛在跟每一个人告别，认识的、陌生的，言语来不及展开，震动的波纹涟漪隐藏无形，即刻遁入广漠的寒冷深渊里。它的深远影响，也许要在许久许久之后才能带来实质结果。他注定要在其中求索、寻觅，因着他的相信或怀疑，对存在说，我恨过你，那是因为我不敢恨自己。对不起，我错了……

站在时间的节点，在世界相遇。一些人出现得刚刚好，不早也不晚。如同于泪水中寻找存在，如同黑夜中看见亮光，如同隔海望月。没有无故的关联以及巧合，因为各自因缘汇聚的兴起都是心湖的呈现，是内心深处曾汹涌起伏的强烈需索，而非事物本身的浅显姿态。此刻，尽管看不见她的表情，他也知道她正在流下晶莹剔透的泪水。

她说，我想让你成为我黑暗的牺牲品。之后的一瞬间，更像是发生在永远之前，这克制的人生，最终成全你的，真的也能成为你自己吗？

15

苏铭和弥语最后一次见面，是在一家咖啡馆，他们说着告别的话，又仿佛多年的情谊要一直延续下去，直到永远。

他在不经意间看到手腕上的伤痕，它被深蓝色刺青遮掩，纹上某种热带雨林里蝴蝶的样子。仔细回想，是她在书中看到的绿鸟翼蝶，"这种蝴蝶，有一对屏风般坚定的紫蓝色翅膀，大都活在热带雨林之中……它翅膀上有华丽的令人眩晕的圆环形花纹。"她曾在一次闲聊中提起，并为之深深迷恋，谜一般的蝴蝶，张开翅膀，完成化蝶蜕变的瞬间。

他说，如果一开始我们就知道答案，还会选择这样吗。她无法回答，所以只能转身而去。

他给她发了短信：有些事情，必须要弄清楚，否则我无法前进。

十天后他收到回信：好，这一次我来找你。

如果两个人很长时间不联系，那么时间一定会把彼此周围的空气挤压形变，形成坚硬的膜。再见面，同一片天空下的氧气密度不同，就像两块互相吸引的磁铁，一个转身，只会把对方用力推向远处。

他们在约定的咖啡厅见面，市区图书大厦对面的时间坐标咖啡厅。她先到，点了一杯美式咖啡。

他到的时候看见她一件紧身风衣，白色的，如出水芙蓉般独倚窗边。看着她，他出现短暂失神，迟疑了一下，推门而入，她替他叫了一杯拿铁。你从来不喝苦的东西，他看着她说。人总会变的，她看着他，好像要看最后一眼然后遗忘。

顿了一下，她说，我结婚了。

一瞬间，他不知所措，望向她，那双眸子完全看不出丝毫的情绪，仿佛话语并非出自她口。

舒缓的轻音乐响起，是班得瑞的风，伴随着夜晚拉开帷幕。他们谁都没有开口，让微风轻轻沉淀在耳朵里，好像回到了从前。

咖啡厅有推销鲜花的人，带来一阵花香，是玫瑰。他笑着拒绝了。

他对她说，这些花若在我们手中不过存活一天就枯萎了，而继续在他那里保管，还可以存在一段时间，虽然结果都是一样。

他说，但是你会不高兴吧，我没有送花给你。
她说，不会。谢谢你对我解释这些，你还是那么善良。

有人说过，历史的战争从来都是由一个人抢占另一个耳朵开始的。所幸他们都是喜欢聆听的人，总是一个人说，另一个安静地听。这样持续了那么多年，他还记得她笑的样子。

她说，苏铭，我们认识多久了。

十五年了。多么漫长的时光。

风声消弭，接着是淡紫色梦幻，在梦中，没有一片彩虹。

她说，和家人的关系好转了吗？

他说，工作之后才知道他们的不易，人在长大之后总能顺理成章地理解很多事情，学会包容。

他说，你呢，谈谈你吧，最近可好。

16

她讲起她的婚礼，丽思卡尔顿大酒店，整整六十桌宴席，在司仪、主持人、众多亲戚朋友的一片嘈杂声中，极尽喧嚣，她内心感到的只是无限的惆然。说起那个男人，她的丈夫，语气中没有任何变化。

他静静地听着，就仿佛在看着一个最熟悉的陌生人讲述另外一个陌生而遥远的故事。

最后，他轻声问她，弥语，你爱他吗？

爱吗？她也曾这样问过自己。她露出一瞬间的轻笑，那笑容掺杂了太多他所不能理解的东西，他只知道她过得并不快乐。

他说，那个男人不适合你，为什么还要嫁给他。你是内心那么骄傲的人，怎能允许不相干的人介入进来，那个世界只能容下自己啊。

突然，他言辞激动，呼吸急促。

她说，那我应该选择谁。她看着他，声音出奇的平静。那一刻，眼神清澈，仿佛一眨动便有晶莹滚落下来。

他突然低下头，内心百转千回，却无法做出任何承诺。因为一无所有。

怎么能够这样不爱惜自己，蹉跎岁月，他嗫嚅着。
她发出轻轻笑声，眼神落到窗外。四下霓虹亮起，是这样活色生香的世界。

这之后又说了什么，他已不记得。他看着她离去的背影，心中无喜无忧。或许他早就知道会有这样的时刻，而且他也知道，她说再见，是真的不会再见了。他将手中冰冷的咖啡一饮而尽，微微有些苦涩。这一次见面，是最后的告别。

每个人都可以成为另一个人的拯救，也许对她来说并没有什么，她也只是陪你走了一段路而已。

他在恍惚间犹如做了一场真实梦境，梦中的她对他轻声耳语，我知道，一直知道，从此以后，不会有人再那么唤我，弥语……然后他醒来。决意忘记一个人，最好的方式：时间和新出现的人。

17

凌晨三点，被一种恐惧感深深慑住，我变得不像自己。

这个故事越来越多的要求，像要把自己吸收掉，整个人完全被故事吸收进一个正在高速运转的漩涡当中。紧紧包裹，挣脱不掉失重的命运。卓凡，你知道两个人之后不想再回到一个人生活。可是我终究明白，他们的相遇很简单。两个带着各自属性和孤独的灵魂于漫漫无常黑暗夜里一眼识别对方，听起来很复杂，但那种一瞬抵达，是旁人无法理解的隐秘。

人性的希望在无尽黑暗中发出幽微光芒，好过那些一直站在阳光明媚之中的芸芸众生。

而他眼中看到的光，是无尽深渊里最耀眼的星辰。所以，当他说喜欢时，那是一种深邃的情感洞悉。也许唯有走到时光的前面，才会看到这些，带着生人勿近的气息。

后来苏铭说，我只希望她能回来。

长生说，幸好存在着无常，我们都在变化。

卓凡对长生说，仿佛再看一眼就要将这个世间遗忘似的，人的梦境和真实是否有连结。通道被打开，眼睛被擦亮，黑暗中浮现的甬道，漫长且寂静。

一滴水出现了回声，然后无限扩大，缩小在手掌。到处是看不见的幻觉，可是鸟也有飞倦的时候。被痛苦最终成全的是诗人，是拾荒者，是起身赶往下一个场所正在流亡的人。

空虚是有一种欲望无限延伸生长，并时刻得不到满足。每一分每一秒都是寂寞的声音，是身体中的血液，是无望的等待、挣扎和妥协，最终趋近一段恋情，迅速结婚生子，然后，远走他乡。

她说，所以这些年，她是看着自己一点一点坠入地狱中的，因为挣扎无用，时间被看不见的东西所蚕食。

他说，我害怕心中某一块永久缺失……有时我在想，如果我们遵循内心的声音，究竟能走多远。这种黑暗中的挣扎撕心裂肺。有多痛，可以形容吗？

18

老成，世故，心在经历沧桑之后，很难保留赤子之心。时间包裹住身体，留下温暖的回忆。他说，我不知道，我没得到这个机会，也没尝试去原谅。所以连放下都显得空落无着，日子也就那样了。

雨后青石阶的蜗牛一步一步慢慢往前爬行，可是任何人的漫不经心都可以让它粉身碎骨。这种残酷现实，它知晓吗。如果这就是生命的答案，那么未免太过冷酷无情。

所以，一定是生活中某一刻触动了他，才能够静下心来抄写经文。
苏铭想证明，也许只有关乎心灵层面的作用，才是无价。
虚空中的亡魂，看不见河的对岸，简陋的乌篷船，还有暮色中漆黑的木桨，就当是一场梦，梦中他正在渡自己过河……

有些东西出现在梦里，犹如心中有尘，怎么也擦拭不掉一样。从窗户缝隙里，高楼大厦俯视中，看人的模样越来越远。仿佛一场纷纷大雪过后，在厚厚的雪地上寻找遗迹。
这样的夜晚我只能不停地看书、选书，然后买书。是真的怕了，怕在时光中没有变得更好，没有等到那个值得珍惜的人。怕月光如水，连同自己一起消融在无边无际的黑暗里。就像很久以前乘坐一只没有浆的木船，一直逐浪漂泊，没有方向也没有岸……

最后的通话记录停留在他给她邮寄的一张明信片上，照片是他开车去西藏的途中，在青藏公路上。落日余晖下，万道霞光，刺眼夺目。远望白雪皑皑的山峰，仿佛近在咫尺，空旷高原在即将到来的黑夜里拉开帷幕，无有边际。

他在明信片背面写道：

我期待一次远离尘世的机会，也同样
期待进入

我的心遁入空谷
我的灵魂是身体

我的梦与现实共存一世
失望与希望齐头并进

我不期待发生
因此 也就不期待开始
和你

某一刻 我来到一座岛屿
面对这遗世孤立 再一次
感受内心荒凉至死

当走出去时 知道接引我的
定是一座孤独的桥
回过头 才发现
那竟是我自己

于是

在四周桦树、风声中
我听到
心脏碎裂的声音

他为这美动容，即使相逢恨晚、停留短暂，却仍然固执地欢喜。

没有眼泪，早就没有了眼泪。他说，键盘清脆的声音伴随长生的低喃在午夜回响。

只是，我知道再也看不到你，哪里也没有你的身影了。从今以后，我终是一个人。这样也好，你迟早都是要离我而去。寂寞地，寂寞地，对着尘世熙攘，黯然下去吧……

恍惚间产生一种错觉，这间隔的流年就像眼前薄薄花瓣，风吹过，只余清香环绕，轻易地翻过去了。

无限寂静里，会把人压迫变小，让自己以为回到童年，记忆突然扑面迎来，措手不及。

再一次，感受失眠头疼。身边并无可以实际发生的联结，因为记忆极速退去，因此感知时间漫长。隐藏在黑暗里的秘密，就像人与生俱来的欲望不可明辨。

期待一个故事的发生，如同写故事的人去寻找它的结局。内心成为荒原，寒风过境的荒凉，形成一个隐喻。最终人会因为失眠而永久迷失在黑夜之中。

可是，我要对你说，我们又要如何在清醒自知里选择自甘堕落。自此那些疲倦的东西也从身体剥离开去，成为更纯粹更独立的物质，脆弱的终将被碾碎。不知为何，他们最后都化作了河流，陷入这巨大轮回里。时间一而再再而三地塑造一个人的形象，而那些内在的，隐藏得更深了。

此时，不知为何要独自承担这隐秘自责的痛楚。渴求完整，相信世界有尽头，却执着肉身的幻觉。

苏铭对她说，弥语，如果我们都曾经爱过……

19

而对于长生来说，写作就像一根看不见的丝线，把生活中所有可能串联起来，有了实实在在的意义。然而这个故事却越来越不敢往下写了，害怕人变成空的，由内而外地掏空。

人的日子不像过的，倒像熬出来的。把黑暗写得有触感，稠腻湿湿冷冷地粘在身上，甩之不去。如此信仰这些文字，相信它们给予他的力量。

以黑暗伤口趋近的关系势必带来黑暗的联结，可是一个伤口不肯愈合要用怎样的方式治疗，是谁都没有教会他的事。未来的路到底该如何走下去，他也只能独自面对。一个人的灯火阑珊，一个人的困守孤城，一个人的古道西风，一个人的咫尺天涯，一个人去看这个世间内里汹涌起伏的海……他会把这些全部记录下来。那些压抑的、困惑的、黑暗下的灯火，要拥有怎样的结局，而这其中又意味着什么。

曾经被一个人带入深渊谷底，直面世间最深沉的黑暗长夜。苏铭说，弥语，我从来没有责怪。只是，你的离去才是我今生最大的失败。这就是寂寞至死的感觉，路途中所有的疲倦和惘然化成所有的等待和泪水，独自哀号，无人问津。他知道这一切，都将在永恒之中，必然经过轮回。希望能被人珍惜，爱与被爱。

苏铭长久观望一幅画，以站立姿势，失陷于油画色彩绚丽中，不可言状，不能言语。毫无缘由的，眼泪止不住往下流淌，感动于温柔色彩的流线，被一种无所不容的美包围。时间化为河流，在流淌，流淌着。

苏铭在心里做最后告别，弥语，我原谅你了。那一刻，他与世界终于和解。

长生的指端敲击着键盘，拼音字母在黑暗中缓慢持续有力地按下。仿佛敲凿一块岩石，知道它的纹路，知道它将以怎样的形态存在、面世。在长生打出最后一段文字的时候，听到耳边有微微叹息，又好像是一阵从窗边无意中飘来的风，风中传来苏铭的声音。是告别吗？他知道一直以来他都欠他一句这样的告别。至少，现在长生释然了。时间指向凌晨三点，世界万物沉睡的时候。

20

虚构出来的故事让他得到一种虚构出来的满足，似乎这满足连接着另一头的世界。那里有时间，有蔚蓝天空，有广沃大地，一切都是照搬现实而生的欲望。他让这枷锁束缚，同时又自由，因为那是他唯一拥有的幻觉。

他们在网上预约了顺风车，300元直达重庆市区。等车的时候，长生买了小摊的熟食递到卓凡手上，食物蒸腾起白色热气。空气湿冷，浑身有潮湿的感觉。

汽车晚点，比约定时间迟了半个小时。道路拥堵，谁也没有怨言。长生留意车牌是渝字头，这是重庆本地的车。上面已有三个人，他们坐上去更显拥挤了。开车的司机笑得暧昧，他问长生和卓凡，你们是耍朋友吗？长生不懂他的方言，露出疑惑神情。旁边有人解释，就是男女朋友的意思。长生微微摇头。

注意到卓凡显露的疲态，他把包抱在怀中让她倚靠，支撑起两个人的重量。四周有人睡着，发出均匀呼吸声。

窗外是万籁俱寂的无边沉默。

长生把写的故事最终打印出来，装在档案袋中。他要留给这座陌生城市、陌生地方，把它留给下一个起身赶路的陌生人。希望被人拿起、观看，期望这种纸质文字能够流转下去。有的人，可能一辈子不可能相见。但是苏铭和弥语，他们间隔网络陪伴彼此走了那么远的路，走过每一个黑暗时刻。没有要求，不常联络，不必取悦，却能安心，也许什么都明白的人才最温柔冷漠。

现在，由我来为你讲述一个故事，由你来判断整个事件的真实与虚妄。当困惑时，就问问自己的心。此时此刻，可准备好了。

21

重庆，身体抵达那一刻，内心仿佛早已到达。是时候该回去了。此刻，洞洞火锅店，四周热闹不断，辣椒刺激泪腺，使得眼泪仓促流出。看时间的时候，经常看到 11:11、3:33 这样的数字。

她说，也许时间是敏感的东西，人的内心跟它产生交感，极度孤独的人才会相遇这样的时刻。

卓凡问长生，始终不明白，苏铭和弥语，两个注定不会在一起的人，为什么要安排他们相遇。

他说，也许为了向世人证明，有缘无分或有分无缘都不可能终成眷属。对爱而不得的一种感受也许就是如此吧。

后来苏铭说，他有努力去尝试、接近、改变，直到再也……心灰意冷，他说，一个人渡过的河水，是那么冰冷，石头沉在水底，亘古静止，沉默不语。

即使受因于时间之中，他也在一直前行。即使有偏差，这也是一种尝试。店内热气蒸腾使人汗流不止，辛辣刺激心跳加速，脸色绯红，而外面即将迎来新的一天。

她说，人是被习惯打败的，而最终也要习惯生活，习惯生活中的孤独，还是要回去。

他说，我会忘记你，就像忘记所有人一样。

如果一个人内心荒芜至死，那么他该如何背负别人的那部分感受。就如她所说的，如果有什么能对等爱，那一定是恨的力量。

所以我会把一切用来遗忘。然后，他听见了大海的声音。它的腥咸，不是眼泪，是海的孤独。

我们这些被生活揍趴下的人，一生，一定可以有赢一次的机会。只是，后来他开始知道，人对于超出理解之事，是不能理解的。

也许一开始，并不是他找上她。而他率先用声音发出的邀请，仅仅是收到一种无声的信号。宇宙中一定有某种我们看不到的波动在亿万生命中流转，把那些可能发生和已经发生的转换嫁接，重新组合，变成新的物质。

他说，你为何选择与我同行。

她说，我想要一个同侪，这是人不堕落的底线。闭上眼，与自己的内里悉心关照。这感觉如此美好。

她说，你如此希望苏铭存在于这个世间。为什么他和弥语的结局不能安排得更好。

他说，我一直在思考，究竟这样的故事该有怎样结局。可是，当时很年轻不知命运所馈赠的礼物早已在暗中标明了价格，她的内心中有一部分永久的黑暗。是孤独吗？她不知道。若是接受，必须接受她所有的孤独，她对苏铭说。可是终究没有机会说出来了，她没有给他等待的时间。

内心潮起潮落，那一道道潮汐之后的波纹，在海天一色的荒芜中成为遗迹。然而，让人感觉快的不是时间，而是四季轮转的记忆，记忆生生不息，记忆悠然远去。他一直探索的是：到底是黑暗中看到了光明，还是让那一缕黑暗融化在光天化日下。

后来苏铭对弥语说，我想陪伴你时日久长。不是照顾，仅仅伴随。我知道，在同等条件下，你比我更能照顾你自己。

他们的面前是一口洞穴，巨大黝黑，看得久了，眼前的景物也似乎虚化散开了。这样一个庞然大物，深处是浓郁得化不开的黑暗。日久弥深，以一种呼啸而至的无声对峙扑面而来，带着必然的损伤，人在它面前也好像必死无疑。就像手掌上停留的一根刺，提醒彼此的疼痛。

所以苏铭说，我知道。终究我不是你生命中对等的那个人，所以准备放手。

弥语说，我将继续前行，人必然以新的意志无可抵挡地经历轮回。在找到那个谜底之前，不曾遗忘生命里那么简单的东西，竟然如此美好。

他说，这一刻月光清冷而尖锐地照着我的罪，无数的黑暗像活着的生物一样，纷纷蔓延。

我知道，若不能在根本上承认黑暗，寻求再多的光明也是一样可悲，注定成为一种归去来兮的力量。再见，我的爱，以及那些我爱过的、伤害过的人……

22

远处群山逐渐消失，仿佛隐退了，暗淡了。这深深的苍蓝雾气，薄薄揭开，一层又一层。

全世界，那么多的人，汇聚之后，又快速消散。

长生不知道他们这些人到底要去哪里，归宿又将如何。他们在分开之后，又迅疾找到安全场所。一个接一个，密集快速而有序地隐藏起来，等到黑夜再次覆盖。

他后退一步，说，我们就在这里告别吧。

如果任何一种相遇都具意义，那么他们选在这里道别是否也是命中注定。他在不断损毁中获得新生，她在失去以后学会珍惜拥有，她用笔写下她的名字和电话，一笔一画。她说，请你记得我。

保重，卓凡。他说。

期待这样一个拥抱，在人生的某个特殊时刻给予慰藉。拥抱彼此的孤单，完成一场圆满旅行。人因此学会迎接，迎接未来将要发生的任何重要时刻。

她说，在旅途的尽头，那些本不属于我们的已全部归原主。《纪念碑谷》这个手机游戏教会我的，现在我赠予你。

他们道别。一瞬间，他感到他的生活仿佛产生成千上万种可能，它们在旅途中群集。清晨，呼吸的空气充满微微水汽。整个城市似乎还处在沉睡中，大街上没有人。

火锅店的电视屏幕刚好播放王家卫的电影——《东邪西毒》。那个叫黄药师的男子对坐在他对面的男人说，我能不能请你喝酒。那个人用阴郁的目光望着他说，我只喝酒。他又说，你知道水和喝酒的区别吗？酒只会越喝越暖，水会越喝越冷。黄药师说，我们还会再见吗……

卓凡说，长生，只是请你以后不要再这么落寞了。她的眼里流出泪水，亮晶晶，湿润了脸颊。

好，我答应你。他的笑容里仿佛隐含着什么，此刻都随着雾气不断地上升。

最后他对卓凡说，上帝用了七天创造万物。而我们，用了七天完成一场相遇的旅行。

不经意间发现，他竟然看见了如此之多别人的泪水，眼泪证明了它自身的价值。一颗顽强的心，无论破碎成什么样子，都能够再一次重生。在时间稀释之前，心先吸收掉。

23

长生接到沈闲的时候，午后细碎的阳光从看守所门外不知名枝叶投射下来，斑驳了一地。七月，又是天气开始炎热的季节。闲在温暖的阳光海洋中伸出左手，纤细洁白手指停滞半空，闪烁白色盈光。外面是鲜活的世界，鸟鸣，汽笛，人潮攒动，这一切熟悉的感觉又重新回来。里面一个月时间仿佛是凝固的、静止的。人可以穿梭飞行太空，坐动车远游千里，可以乘船潜海，但仅仅是同空间游戏玩乐，无法和时间做朋友。

这一次，沈闲体验到一种真正沉寂下去的机会。在有限空间，回声无限放大了原本的听觉。虫声、雨的声音，以及树叶飘落的节奏，这是喧嚣城市和办公场所感受不到的孤独寂寥。

每天六点起，静坐，然后吃早餐，按照协管要求做劳务。午饭，继续静坐，持续静坐。晚上十点，准时上床，白炽灯熄灭，入睡。同室六人，本来毫无交集的人生，在命运某一点相遇，有了简单交谈。人熟悉的环境改变，被规则强行圈起，所有一切都在被清楚地模糊掉。而人，会在什么时候迷失自己。如果此时的意义是为了度过时间，那么时间又是什么？

一天大部分时光是在消磨中度过。五六十平方米的静坐室里，有精致的书柜，是红木结构的，与拉门平行，正面镶嵌钢化玻璃。大量禅修佛学的书籍陈列摆放，她得到全新的阅读体验，内心逐渐安宁。闭上眼睛，仿佛重新陷入黑暗。不知为何，这黑暗显得如此静怡绵长，仿佛永无止境。一沙一世界，一花一天堂。细细感悟，仿佛无限就在眼前铺展开来，望不到尽头。

她想，原来我们是能够获得虚空中的真理的。曾经以为要么完美无缺，要么彻底损毁。然后用了这么多年去缝补，空白的仍旧空白。虚空中的真理，凡事都是虚空。

此刻夕阳在天空划过，划落向永恒的远方。无限遥远，又无穷靠近。曾经心在无边绝望中万劫不复，可是现在她所感受到的来自孤独中的喜悦，又那么真实，好像触手可及。

闲被长生牵着手走路，直到走出很远，额头开始冒出细密汗水，发觉这只有力温暖的男人手掌是如此真实的存在。脉搏跃动，每一秒都清晰地从她的手掌传递到心脏，扑通跳个不停。

长生带她回到家中。闲，你先休息一下。然后他开始准备午餐，如同她当初带他来时，她为他所做的一样。

所有被人为改造过的痕迹，最终将以一种遗憾未尽的方式继续存在，直至再一次寒武来临，冰河覆盖，完成新一次轮回。

闲呆呆看着长生在厨房客厅进进出出、忙忙碌碌的身影，眼睛就开始湿润起来，大颗大颗泪水像圆润的白色花蕾，还没来得及绽放，便破碎于旷野。

命运给了我们这样一次机会，在三十岁时，看到时间的破碎，残破终得以弥补。我们回首，做出告别。它的仪式感，你感受到了吗？

她说，我感受到了。这一刻回家的感觉，真好。

可是原本都要成为比沙漠更荒凉无数倍的行星，孤独地、永恒地继续漂泊下去。她说，还好，现在只是一片沙漠。即使表面干涸，至少地底深处有水，于看不见的细微地方有生命。还有可能出现绿洲，或者海市蜃楼，那是它对希望最热切的憧憬。这些，我没有忘记，还都记得。

他说，不要成为永恒孤独的行星，哪怕为了我，闲。

她听到长生低沉冷静的声音，仿佛自虚空传来，或者更远的地方。风带来车水马龙，各种讯息如看不见的潮水汹涌起伏。他说，闲，咱们结婚吧。正如你曾对我说，不相信爱情，就像不相信天长地久一样，它们都是瞬间组成的部分。其实我只想告诉你，两个人在一起，不是只有爱情，亲情也是必须存在的。

"《山河故人》里说：每个人都只能陪你走一段路。不是每一个遇见的人都能很幸运地陪你到老，但是只有你往前走了，才能遇到那个陪你到老的人。"

此刻，她的生命中终于出现一个存在可能的归宿。这种似曾相识就像拉萨那个夜晚，群星璀璨，灯光摇曳。山河远阔，人家烟火。她的内心，某处坚硬内核发出轻轻碎裂，她轻轻叹息，说，我愿意……

24

轻轻煽动翅膀便引发海洋咆哮是真实的吗？还是小说家偶尔虚构出来的幻想？

大洋彼岸与我们间隔的距离又何止千山万水，眼下那一对对在蠕动的支脚正与泥土紧密结合。当爬行过一段又一段纵横沟壑，然后攀上树梢时，我们的身体与枝叶暂时合二为一。是为了躲避天敌，还是就此做个美梦？

微风把一切吹乱。在所有童话里，我们终将被黑暗团团包裹。不需要吃食，也无须饮水。

故事的最后，天空裂下薄薄缝隙，我们的手一定先触碰阳光。咦，我们的脚呢，是何时开始变成了一对宽大羽翼，轻轻挥动，便可跃入云霄。带着细微颤抖的不安，我看到翅膀上无数眼睛，一圈一圈地轻轻睁开。

我们还会看到不慎落入水中的那个可怜的蛹。还有可笑的梦。

后 记

时间以不可阻挡之势滚滚向前，回首遥望，故人已远。写这个故事的初始是在 2015 年，记得那一年八月，突然萌生骑行拉萨的念头。托运单车，在西宁下了火车，海拔两千三百米的高原城市作为起点。

独自一人，在路途中，青藏高原一览无余。彼时油菜花开得正旺，黄色花瓣吐露芬芳，随风飘荡。右手边可以看见湛蓝的青海湖，蓝得近乎纯粹透明，让人心生喜悦，仿佛永无止境。在距格尔木市区二百公里处，茫茫戈壁，月光皎洁，遇到狼群，心在紧张和激动间徘徊，最终活了下来。

住宿拉萨东错青年旅舍，五天里终日无所事事。吃青稞面，喝酥油茶，读书，如此一天已过。决定离开那日，我心有灵感，遇见一个人，然后发生一场灵魂对等的交谈。关于爱与被爱，关于黑暗与救赎。时间全然不知地游过，离别时间已到。

回去的时候，萌生写作的欲望。在火车餐桌上，靠着窗边，写下小说的开头，至此已有五年。其间断断续续去了很多地方，遇见有趣的人，他们逐渐成为故事中的血肉骨骼。

以个人微小的能量去碰触这世间广大到漠然无边的黑暗之后，结果会是什么。那些被时光包裹起来的东西，会在什么时刻以本来面目呈现，也许，是下一个路口。转身离开的瞬间看到深蓝色的慈悲，那是一种可以洁净到他人的光芒。

想过上符合本性的生活，有多难。种种迹象表明，始终保持自省，或许才是真正的答案。

想尝试在人的内核里寻找丰盛完满，可是洞察到的黑暗始终源于对他人的幻觉。

有一种说法，爱其实是，当我们得到的时候，就是在失去。忘记一个人最好的方式，是时间和新出现的人。然而心里明确知晓，记得和忘记是同样重要的事。

这一年，春节，祝愿所有的人都平安喜悦。

凛冬散尽，星月长明。